Amor en directo

books4pocket

Carol Higgins Clark

Amor en directo

Traducción de Martín Rodríguez-Courel Ginzo

EDICIONES URANO

Argentina - Chile - Colombia - España
Estados Unidos - México - Perú - Uruguay - Venezuela

Título original: *Popped*
Copyright © 2003 by Carol Higgins Clark

© de la traducción: Martín Rodríguez-Courel Ginzo
© 2006 by Ediciones Urano
        Aribau, 142, pral. – 08036 Barcelona
        www.edicionesurano.com
        www.books4pocket.com

1ª edición en books4pocket septiembre 2010

Diseño de la colección: Opalworks
Imagen de portada: Getty Images
Diseño de portada: Epica Prima

Impreso por Novoprint, S.A.
Energía 53
Sant Andreu de la Barca (Barcelona)

Fotocomposición: books4pocket

ISBN: 978-84-92801-53-4
Depósito legal: B-25.293-2010

Impreso en España – *Printed in Spain*

Agradecimientos

¡Arriba y fuera! Me gustaría expresar mi gratitud a las siguientes personas, las cuales me han ayudado durante la preparación de este libro desde la idea inicial hasta el despegue definitivo.

En primer lugar, quiero darle las gracias a mi editor, Roz Lippel, fuente siempre de tantas sugerencias y consejos. Gracias también a su ayudante, Laura Petermann. He de elogiar, como no, a Michael Korda y a Chuck Adams, por sus comentarios y aliento.

Muchas gracias a mi agente, Sam Pinkus, y al publicista, Lisl Cade, por su permanente orientación.

Loor al director artístico, John Fulbrook, y al director editorial adjunto, Gipsy da Silva. Gracias también al fotógrafo Herman Estevez.

La veterana aeróstata Ruth Lind me introdujo en el mundo de los globos aerostáticos; ¡gracias Ruth! También me siento profundamente agradecida a Tom Rutherford, que me ayudó tanto en el Festival Aerostático de Albuquerque. Mi reconocimiento hacia James Hamilton, alias *Chicken Jack*, por el tiempo invertido en acudir desde el Rancho Imus para niños con cáncer para mostrarme la feria. Y gracias también a John Kugler por subirme en su globo. ¡El aterrizaje fue divertidísimo!

Para terminar, desearía expresar mi agradecimiento a mi familia y amigos, en especial a mi madre, Mary Higgins Clark, y a mi padrastro, John Conheeney, cuyo aliento nunca me ha faltado.

¡Sois todos inmejorables!

Para Elaine Kaufman,
de Elaine's, que lleva cuarenta años acogiendo
escritores en su legendario restaurante
de la ciudad de Nueva York.
¡Feliz aniversario!
Con todo el cariño.

ORACIÓN DE LOS AERÓSTATAS

Que los Vientos te reciban con indulgencia.
Que el Sol te bendiga con sus cálidas manos.
Que te deslices a tanta altura y con tanta suavidad
que Dios se una a ti en tus risas,
y que Él te deposite de nuevo con cuidado
en los amorosos brazos de la Madre Tierra.

6 de octubre, lunes

Capítulo 1

Regan Reilly estaba sentada al arañado escritorio de roble de su acogedor despacho de Hollywood Boulevard, en Los Ángeles. Las promotoras inmobiliarias se morían de ganas de incrustarle una bola de demolición a la añeja construcción, pero, hasta el momento, el edificio había conseguido mantenerse en pie, algo que hacía verdaderamente feliz a Regan. Como detective privado que trabajaba sola, a Regan le encantaba todo lo relacionado con su trabajo, a excepción del hecho de que la mantuviera a casi cinco mil kilómetros de distancia de su novio, Jack Reilly, con el que salía desde hacía diez meses. Jack era el jefe de la Brigada de Casos Especiales de Manhattan, e iba a ir a pasar el fin de semana siguiente con ella, aunque para eso quedaban todavía otros cuatro días.

Vaya con las mañanas de los lunes, pensó Regan mientras le daba un sorbo al café; aunque te guste tu trabajo, son un infierno. No sé qué tienen, pero algo tienen. Para empezar, te amargan la noche de los domingos. Aunque no debería de quejarme, reflexionó; esta mañana de lunes me acerca un día al momento de ver a Jack.

La tempranera tranquilidad de aquella mañana de octubre se vio rota por el timbre del teléfono.

—Regan Reilly al aparato.

—¡Uau! ¿De verdad estoy hablando con Regan Reilly al cabo de tantos años? —preguntó una voz masculina.

—Sí, habla con Regan Reilly —le aseguró ella a su interlocutor—. ¿Con quién hablo?

—¿No te acuerdas de mí?

Ya estamos, pensó Regan. No son ni siquiera las nueve de la mañana de un lunes y ya tenemos al tarado de turno al teléfono. ¿Es que esta gente no descansa nunca?

—No tengo ni idea de quién es usted —se limitó a responder Regan mientras encendía el ordenador.

—Bueno, te daré tres oportunidades. Pero sólo tres.

Y todo esto antes de mi primera taza de café, pensó Regan.

—¿Por qué no llama más tarde? —sugirió al extraño—. Estoy segura de que para entonces habrá logrado averiguar quién es. Adiós. —Empezó a bajar el auricular, cuando oyó un grito procedente del otro extremo de la línea.

—¡Espera! Soy Danny Madley, Regan. El niño árbol.

La mano de Regan se paralizó en el aire, mientras su mente retrocedía en el tiempo a toda velocidad. El niño árbol. No, no podía ser. Volvió a llevarse el teléfono a la oreja.

—¿El niño árbol?

—Sí —contestó triunfalmente el sujeto.

—Danny Madley. —Regan rió—. Tengo la impresión de que no has cambiado un ápice. —Y se imaginó al niño larguirucho de sus días en la escuela de primaria en Nueva Jersey. Danny era el payaso de la clase, el que siempre andaba tramando algo. En segundo, la profesora se había negado a darle un papel hablado en la representación escolar de *El mago de Oz* por lo pesado que se había puesto pidiéndolo, así que le había asignado el papel de uno de los árboles. Pero, por supuesto, en *El mago de Oz* los árboles hablan, y Danny consiguió soltar algunas frases que él mismo había escrito especialmente para la ocasión. Incluso se había llenado los bolsillos de manzanas para tirárselas a la pobre Dorothy en la escena en que se pierde; escena que la profesora había eliminado a propósito de la versión oficial de la obra. Después de aquello, Danny sería conocido para siempre entre sus condiscípulos como el niño árbol; es decir, después de que se pasó una semana de solitario confinamiento en un rincón del despacho del director.

—¿Se nota que no he crecido?

—Eso puede estar bien —contestó Regan—. Bueno, Danny, ¿a qué debo el honor de esta llamada?

—Para empezar tengo que decirte que sé que eres detective privada.

—Así que sabes eso, ¿eh?

—Sí. Siempre hablan de ti en los artículos sobre tu madre y sus libros. No hace mucho leí algo acerca del secuestro de tu padre. Y también sé que tu nuevo novio se apellida Reilly. Muy bueno eso.

Los pensamientos de Regan vagaron hasta las Navidades, cuando su padre había sido raptado en Nueva York. Fue entonces cuando conoció a Jack. Él había llevado la investigación, y había trabajado día y noche para conseguir que Luke volviera. Jack siempre bromeaba diciendo que aquello ayudaba a ganarse la simpatía de la familia de una chica desde el principio. Y Luke, por su parte, no paraba de insistir en que él haría lo que fuera con tal de contribuir a la felicidad de su niña... incluso si ello implicaba ser raptado. La madre de Regan, Nora, la escritora de novelas policiales, estaba simplemente entusiasmada con que Regan hubiera encontrado por fin a un novio decente, por más que se hubieran conocido por casualidad. Regan sonrió al recordarlo.

—Jack Reilly es un gran tipo —informó a Danny.

—Estoy seguro de que lo es. Regan, te busqué en la página de Nuestra Señora del Buen Consejo en Internet y vi que te habías registrado. Así fue como conseguí tu número de teléfono.

—Esas páginas escolares son bastante divertidas, así que pensé: ¿por qué no? —dijo Regan, retrepándose en la silla—. Es fantástico tener noticias de los viejos amigos, y además es una buena manera de interconectarse.

—Ésa es la razón por la que te llamó. Lo cierto, Regan, es que necesito tu ayuda.

Vaya por Dios, pensó Regan. Conociendo como conocía a Danny, ¿qué podría estar tramando en ese momento?

—¿Y cuál es el problema? —preguntó Regan.

—Verás, vivo en Las Vegas y trabajo en la televisión. Fui contratado para producir un *reality show*, pero la emisión de mi programa depende de un concurso.

Justo lo que necesita el mundo, pensó Regan: otro *reality show*.

—Un tipo llamado Roscoe Parker, que lleva años moviéndose por aquí, posee una emisora local de televisión por cable llamada Canal Globo, también conocida por Hot Air Cable. Esto se debe a que también es propietario de una compañía de globos aerostáticos. En resumidas cuentas, el tipo tiene un montón de pasta. Parker me dio el dinero para producir un *reality show*, pero al mismo tiempo está financiando a otra persona para que produzca una comedia de situación. Y los dos programas están relacionados con los globos aerostáticos. Esta semana vamos a realizar los programas pilotos para enseñárselos a Roscoe el viernes por la tarde, y el que más le guste será el que ponga en antena el viernes por la noche.

—Eso es todo un reto para ti —comentó Regan.

—No andas desencaminada. La emisora de Roscoe es pequeña, pero está creciendo. Esto es una gran oportunidad para mí. Si mi programa sale elegido, tendré un espacio habitual en la programación del Canal Globo. Pero las cosas han empezado a no ir bien en el estudio. Ayer nos robaron una de las cámaras; luego, cuando estaba grabando una presentación para el programa en el campo de vuelo de los globos aerostáticos, la plataforma sobre la que me encontraba se hundió conmigo encima. Creo que alguien intenta sabotear mi trabajo. Así que me preguntaba si podrías venir a Las Vegas unos cuantos días y echarme una mano.

Regan temía preguntarlo, pero logró superar sus temores.

—¿De qué trata tu programa?

—Se llama *Amor sobre el nivel del mar. Bálsamo de Fierabrás contra el desamor conyugal.*

—¿Perdón?

—Mira, mi intención era hacer un programa para matrimonios. Hay un montón de *reality shows* sobre solteros y solteras que andan en busca del amor. ¿Y qué pasa con la gente que lo ha encontrado y está necesitada de un poco de ayuda para mantenerlo? En el programa hacemos que tres parejas, que en el mejor de los casos ya no creen encontrarse en su luna miel, pasen una semana en Las Vegas recuperando el amor que conocieron una vez. Al final de la semana, los consultores sentimentales, Tía Agonías y Tío Acidez, decidirán cuál es la pareja que de verdad merece renovar sus votos. Acudiremos a la Feria del Globo Aerostático de Albuquerque en el avión privado de Roscoe, y, en cuanto salga el sol el viernes por la mañana, nos subiremos todos a un globo con forma de tarta nupcial. Con una cámara, por supuesto. Y una vez arriba, se proclamará la pareja ganadora; entonces, él y ella renovarán sus votos y volverán de nuevo a la tierra con un millón de dólares.

No tengo palabras, pensó Regan.

—Regan, ¿estás ahí? —preguntó Danny con preocupación.

—Por supuesto. —Regan se aclaró la garganta—. Sólo por curiosidad, ¿dónde encontraste a esas parejas?

—De eso se encargó la gente de Roscoe. Supongo que tenían dónde escoger. Queríamos parejas que necesitaran nuestra ayuda y pudieran sacarle provecho a un poco de excitación en su relación. A mi modo de ver, éste es el único *reality show* que proporciona una verdadera contribución positiva a la sociedad. Si podemos conseguir que una sola pareja reavive la llama pérdida, entonces habremos hecho nuestro trabajo.

Pensar en un millón de dólares haría que cualquier pareja hiciera lo que fuera por reavivarla, caviló Regan.

—¿Así que quieres que vaya a Las Vegas?

—Sé que puedo confiar en ti.

—¿En serio?

—Cualquiera que haya sobrevivido a la escuela primaria con uno debería poder confiar. Entre dos personas que se han sentado juntas en la misma clase durante ocho años hay un vínculo permanente.

—Eso es cierto. —Regan rió—. Pero tengo que decirte una cosa: conozco al menos a una persona de nuestra clase que ha estado a la sombra. Por robo de tarjetas de crédito. Por más años que nos hubiéramos sentado juntos, nunca le pediría que me guardara la tarjeta.

—Deja que lo adivine: Bobby Hastings.

—¡Bingo!

—Bueno, mucho me temo que, cuando menos, hay algún elemento como Bobby Hastings merodeando por mi programa. Y me temo que, quien quiera que sea, me va a causar más problemas.

Regan abrió el cajón del escritorio y sacó su fiel bloc reglamentario. Esto es lo que consigo por inscribirme en la página *web* del colegio, concluyó. ¿Cómo era aquel viejo refrán... Ir a por lana, y salir trasquilado? Cogió una pluma.

—Muy bien, Danny. Tengo que hacerte alguna pregunta más. Luego, llamaré a la compañía aérea; estoy segura de que podré coger un avión a Las Vegas esta tarde. Pero tengo que estar de vuelta el viernes por la noche.

—No te preocupes, Regan. El programa estará terminado el viernes... de una manera u otra.

Capítulo 2

Roscoe Parker dio un puñetazo en el enorme escritorio de caoba y se rió entre dientes. Estaba mirando una de las dieciséis pantallas de vídeo montadas en una de las paredes de su despacho privado. Detrás de él había colgado un gran logotipo de su Canal Globo: la foto de un globo aerostático multicolor que se alejaba, flotando oníricamente, por los cielos que cubrían la mayor parte de la pared de detrás del escritorio. No muy lejos, se podía ver una placa enmarcada en la que estaba inscrita la Oración de los Aeróstatas. Aquella habitación era el sanctasanctórum de Roscoe Parker, y sólo sus asesores de más confianza tenían permitido el acceso a la estancia. Bueno, no es que le asesoraran mucho; más bien se limitaban a hacer todo cuanto él les decía que hicieran. Era un trabajo muy bien remunerado.

Roscoe se veía a sí mismo como una mezcla de Howard Hughes y Merv Griffin, aunque al contrario que aquél, a Roscoe le gustaba levantarse de la cama y alternar. Nada de esconderse en la suite de un hotel durante años, intentando apoderarse de Las Vegas sin ver a nadie; ni nada de comer siempre la misma comida aburrida con las cortinas permanentemente corridas. A Roscoe le gustaba estar en el candelero y divertirse mientras conseguía su objetivo. Al igual que

Howard Hughes, quería influir en Las Vegas; y, al igual que Merv Griffin, deseaba levantar un imperio. Todavía no poseía un gran hotel, como Merv, aunque tenía una empresa de globos aerostáticos y una emisora de televisión por cable a la que él imaginaba como la futura HBO. Lo que sí le preocupaba es que, al contrario que Merv, a él no se le hubiera ocurrido una idea original para un programa concurso de éxito. Los siempre populares *Jeopardy* y *La Ruleta de la Fortuna* eran creaciones de Merv, y no mostraban ninguna señal de agotamiento. Lo que se le había ocurrido a Roscoe fue organizar un concurso que enfrentara a un *reality show* y a una comedia de situación para ver cuál de las dos tendría más atractivo.

En esos días todo era cuestión de programas en directo contra televisión preparada de antemano. ¿Qué era lo que más entretenía? ¿Cuál era el futuro de la televisión? La incertidumbre estaba volviendo loca a mucha gente del mundo del espectáculo. Pero a Roscoe le encantaba el frenesí: su lema era: «La competencia es lo que hace grande a Estados Unidos.»

Roscoe observó las pantallas que mostraban los tejemanejes de *Amor sobre el nivel del mar* y de la comedia de situación *Llévame a lo más alto*. Los dos equipos estaban nerviosos, algo que le procuró un placer inconmensurable.

—¡La ley del más fuerte! —gritó, golpeando la fusta de montar contra el escritorio. Roscoe no montaba a caballo; en realidad, los caballos le daban miedo, aunque le gustaba llamar la atención. Roscoe hacía la mayor parte de las cosas para llamar la atención. En los últimos tiempos le había dado por comprarse botas de vaquero tachonadas y joyas macizas. Las joyas eran para él, algo que había consternado no poco a su resignada y omnipresente novia, Kitty, a la sazón acurruca-da en el sofá de piel de color rojo leyendo una novela ro-mántica y mascando chicle. Ya cincuentona, Kitty sabía que era imposible encontrar al hombre perfecto. Llevaba casi un año con Roscoe y, aun cuando éste podía llegar a ser excén-trico y obsesivo, se había resignado a él. Ella estaba escu-chando con una oreja las divagaciones de Roscoe, porque la mayoría de las veces su novio resultaba divertido, y bien sa-bía Dios que era rico. No obstante, últimamente a Kitty le sacaba de quicio hasta qué punto aquel proyecto televisivo se había apoderado de la vida de Roscoe. Y consideraba que era un poco macabra la manera que tenía él de obtener semejan-te placer del sufrimiento ajeno. Y lo peor de todo, es que se acababa de comprar otra cadena de oro.

Roscoe era un tipo de sesenta y cuatro años de aspecto co-rriente, ligeramente barrigón y con un pelo cada vez más esca-so que teñía cada tres semanas, lo necesitara o no. Había amasa-do millones a lo largo de los años gracias a diversas operaciones, y acababa de heredar una bonita suma de un tío al que había perdido el rastro hacía mucho tiempo y que estaba encantado de echarle una mano desde el más allá; y por si fuera poco, in-cluso había conseguido ganar un millón en la lotería, cuando un millón significaba realmente algo. Hacía dos años, después de un problema grave de salud, Roscoe había tenido una revela-ción. A partir de entonces decidió que se divertiría más con su dinero mientras intentaba apoderarse de la ciudad, aun cuando ello significara poner en peligro su dinero.

En otras palabras: dejó de ser un agarrado.

En ese momento, sus dos asesores de confianza, los prin-cipales ejecutivos de Hot Air Cable, estaban sentados en los sillones de ante de primerísima calidad situados al otro lado del escritorio de Roscoe.

—¿Qué hemos hecho? —preguntó Roscoe al hombre y a la mujer que tenía sentados frente a sí. A punto de cumplir los treinta años, Erene, una chica sensata de facciones angulosas, había seguido multitud de cursos de gestión empresarial en la universidad y le gustaba citar encuestas y estudios de toda laya. El pelo castaño claro le llegaba a los hombros e iba siempre ataviada con trajes serios y anodinos. Era la clase de persona práctica y con fe en las cifras, cuya mirada despedía fuego. Leo era un pelirrojo bajo y fornido de unos treinta y tantos años. Había tenido varios empleos como publicista y se vestía con camisas hawaianas; se consideraba la fuerza creativa de Hot Air Cable.

—Bueno, señor... —empezó Erene.

—Bueno ¿qué? —exigió Roscoe, dando golpecitos en el escritorio con la fusta—. ¿Cuáles son nuestros planes para exacerbar la competencia y que Hot Air Cable acabe dando con un éxito?

En el rincón, Kitty puso los ojos en blanco mientras pasaba la hoja de su libro.

Erene se aclaró la garganta y volvió a empezar.

—Se nos han ocurrido una serie de ideas que confiamos encontrará satisfactorias...

Capítulo 3

Tras reservar una plaza en el vuelo de la tarde a Las Vegas, Regan cerró la oficina y se dirigió en coche a su apartamento de Hollywood Hills. Abrió la puerta, entró y le inundó la sensación de paz que experimentaba siempre que volvía a su morada. El apartamento de dos dormitorios, enclavado en las colinas, poseía una cualidad relajante.

Excepto cuando Regan abría el armario empotrado del vestíbulo delantero.

Allí era donde guardaba las maletas, así como un montón de objetos de lo más variado, entre los que se contaban los utensilios de deporte, la decoración navideña, algunos paraguas y dos viejas reproductoras de cintas que probablemente no volvería a utilizar nunca más, pero de las que era incapaz de deshacerse. Todo el mundo tiene un armario empotrado como éste, se dijo Regan mientras sacaba una maleta mediana con ruedas del estante superior y la arrastraba hasta el dormitorio. La dejó sobre la cama, se sentó y llamó a Jack.

—¿Que te vas a Las Vegas? Tal vez debería reunirme contigo allí el fin de semana —sugirió Jack.

—Veamos cómo marcha esto —respondió Regan—. Pudiera ser que para entonces quisiera escapar de tantas luces brillantes. —Regan miró la foto de ambos situada junto a la cama. Jack tenía el pelo rubio rojizo, unas facciones fuertes y regulares y medía casi un metro noventa de altura. Por su parte, Regan había heredado la morena belleza irlandesa de la parte Reilly de la familia: el pelo negro como el azabache, los ojos azules y la piel blanca. Jack tenía treinta y cuatro años: ella, treinta y uno. La gente solía comentar que se complementaban de maravilla.

—¿Así que conoces a ese tipo desde la primaria? —preguntó Jack—. Espero que no reavives viejos amoríos.

—Créeme —dijo Regan con una carcajada—. Lo recuerdo como a un niño muy mono, pero no es mi tipo.

—En fin, Regan, me alegra saber que velarás por que el mundo siga siendo un lugar seguro para los *reality shows*. Pero ten cuidado, ¿me harás ese favor?

—Haré todo lo que pueda.

—No veo la hora de que llegue el fin de semana. Llámame en cuanto llegues a Las Vegas.

—Lo haré. —Regan colgó y llamó a sus padres; le gustaba avisarlos siempre que se ausentaba de la ciudad.

—¿Cómo está Jack? —le preguntó su madre a los dos segundos de que Regan dijera hola. En esos días siempre era la primera pregunta.

—Estupendamente, mamá. —Regan sonrió y pasó a contarle lo de su viaje a Las Vegas.

—Papá y yo nos vamos a Santa Fe mañana.

—Me había olvidado de eso —admitió Regan.

—Voy a dar una charla en un congreso de escritores.

Nora era una escritora de novelas policíacas de gran éxito y solía hablar a grupos de escritores, tanto noveles como consagrados. Luke era propietario de tres funerarias. Llevaban felizmente casados treinta y cinco años.

—Nos quedaremos algunos días más en la casa que los Rosenberg tienen allí. A Harry le encantan esos globos aerostáticos y quiere llevarnos a la feria que se celebra en Albuquerque a final de semana. Uno de los días, hay un desfile de globos con «formas especiales» y supongo que debe de ser algo digno de verse. Imagínate, globos de todos los aspectos, desde latas de cerveza hasta personajes de dibujos animados. Harry nos ha dicho que es un acontecimiento fantástico. —Harry Rosenberg era el agente literario de toda la vida de Nora y un gran amigo. Su esposa, Linda Ashby, era pintora.

—Resulta gracioso —dijo Regan—. El tipo que patrocina el *reality show* de Danny es un personaje muy importante dentro del mundo de los globos aerostáticos. La pareja ganadora va a renovar sus votos en un globo durante esa feria —explicó—. Así que estaré allí el viernes, y tendremos que retransmitirlo.

—¿Te vas a subir a ese globo? —preguntó Nora con preocupación.

—Si te digo la verdad, no lo sé. Danny me pondrá al corriente de todo cuando lo vea. Ahora debo colgar, mamá. Tengo que hacer la maleta.

—Estaremos en contacto. Me llevo el móvil. Y he de decirte que la idea de que subas a uno de esos globos no me entusiasma.

—No te preocupes, mamá. Todo irá bien. En cualquier caso, he oído que es la forma más segura de volar.

—Para que lo sepas, te puedes enredar en el tendido telefónico. Y la única vez que me subí a un globo con tu padre, tuvimos un aterrizaje bastante complicado. Fíjate lo que te digo, la cesta golpeó el suelo tres veces antes de que se detuviera y pudiéramos saltar fuera.

—Confío en que las botellas de champán no se rompieran —dijo Regan.

—Estaban en la nevera del vehículo de apoyo. Una vez en tierra firme, brindamos de buena gana.

—Eso está bien. Mamá, de verdad, tengo que hacer el equipaje.

—De acuerdo, mantente en contacto.

—Hablaré contigo a lo largo de la semana. Dale un beso a papá.

Regan abrió rápidamente el cajón superior de la cómoda y sonrió para sí, preguntándose si no debería sacar del armario empotrado las espinilleras y las coderas. Unas y otras eran vestigios de sus días de patinadora con ruedas, días que, a la postre, no habían resultado ser muchos. Un antiguo novio, del que Regan pensaba que tenía una veta sádica, la había convencido para que se comprara toda la parafernalia que exigía la actividad. Después de la tercera caída sobre el pavimento en el lapso de diez minutos, ella se rindió. El armario del pasillo acogió varios artículos más que no habrían de tener más destino que el de acumular polvo.

Gracias, Dios mío, por Jack, pensó Regan. Por otro lado, él siempre estaba intentando protegerla. Pasaré como sea esta semana en Las Vegas y luego tendré un fantástico fin de semana con él.

Eso espero. ¿Quién sabe con quién anda mezclado Danny Madley? Regan estaba convencida de que en el grupo tendría que haber más de un personaje sospechoso.

Capítulo 4

En un lúgubre y reducido apartamento situado a pocos kilómetros de la Strip, la avenida principal de Las Vegas, sonó el
despertador de Honey. Eran las 11.30 de la mañana. Honey
se dio la vuelta y gruñó. Es sorprendente lo deprisa que pueden pasar ocho horas, pensó, medio dormida. Estuviera lo
cansada que estuviera, todos los días tenía que obligarse a salir de la cama antes de mediodía; eso hacía que se sintiera
bien consigo misma.

Su trabajo de corista rara vez le permitía llegar a casa
antes de la una de la madrugada; entonces, además, necesitaba tiempo para relajarse. A veces se ponía a ver alguna película antigua hasta que notaba que se le cerraban los párpa-
dos; en otras ocasiones, se entretenía con algún juego de
ordenador. De vez en cuando le entraban ganas de hablar por
teléfono, pero la zona horaria en la que vivía no se lo ponía
fácil. En la Costa Este todo el mundo estaba acostado, y ella
no conocía a nadie en Hawai. Pero intentara lo que intenta-
se para distraerse, Danny siempre estaba en el fondo de sus
pensamientos.

En un pequeño arranque de energía, Honey se impulsó
fuera de la cama. Envolvió su cuerpo de bailarina de veintio-
cho años en una bata de seda estampada, se dirigió a la dimi-

nuta cocina y puso a hervir agua en la tetera. Hecho lo cual, y con la sensación del deber cumplido, se dirigió al salón, donde se desplomó sobre el sofá. Cogió el mando a distancia como si estuviera en trance y encendió el televisor. Estaba sintonizado en el Canal Globo.

«No se pierda el viernes por la noche, momento en el que Roscoe Parker escogerá entre *Amor sobre el nivel del mar*, de Danny Madley, y *Llévame a lo más alto*, de Bubbles Ferndale. ¡Sólo en Las Vegas!

Honey empezó a llorar.

—¡Danny —aulló—. Cuánto siento haberte dejado. Fue un tremendo error.

Sacó un pañuelo de papel de la caja que mantenía cerca del sofá para cuando veía películas tristes. Aquello era demasiado para ella. Se había vuelto loca por un jugador empedernido que llegó a la ciudad forrado de dinero, lo que se dice forrado de verdad. El sujeto la había invitado a cenar, le envió una docena de rosas y le regaló un abono para unas sesiones de reflexología y pedicura que le aliviaran sus cansados pies, y Honey se tragó el anzuelo. Ella, entonces, se deshizo de Danny Madley sin pensárselo dos veces. Al día siguiente, su tahúr se fue de la ciudad y nunca más se supo de él.

Ni siquiera un correo electrónico.

Entonces empezaron a correr los rumores. Estaba casado. ¡Casado! Menudo caradura, aquel tipo. Pero menudo caradura. Si Honey tuviera su verdadera dirección, le haría una visita y le demostraría el buen aspecto que tenían sus pies.

En ese momento, Danny se había ido de su vida para siempre y se iba a convertir en una persona importante.

Como era de esperar, no le cogía el teléfono y le devolvía las cartas sin abrir. Habían pasado cinco meses desde que Danny la hizo reír; cinco meses desde que la montó en su alocado coche y la llevó a dar un paseo hasta la presa de Hoover a tomar un poco de aire fresco. Cinco meses desde que él le dijo que pensaba que por fin su suerte estaba a punto de cambiar, y que iban a suceder cosas.

—¡Y ahora te están sucediendo! —gritó Honey mientras se sorbía la nariz y se limpiaba los ojos. Abrió el cajón de la mesa que había junto sofá y sacó su diario. El cuaderno tenía unas tapas a lunares rosas, y en la portada llevaba pegada una margarita de fieltro amarilla. Honey lo abrió por una página en blanco y empezó a escribir.

Querido Diario:

Hoy estoy tan triste que no puedo soportarlo. Haría lo que fuera para que Danny volviera. Sufro, sufro y sufro por él. Tal vez debería empezar mi propio *reality show* sobre los mayores tontos del mundo. Con la actuación estelar de una servidora.

Una vez oí que, cierta chica que había mandado a paseo a George Washington, lo vio después en un desfile, cuando ya era presidente. La muchacha cayó desvanecida, fulminada por la pena. Doscientos años después, me puedo identificar con ella. Ojalá estuviera viva para que pudiera hablar con ella. ¿Y qué te parece cuando Escarlata O'Hara trató a Rhett

Butler como una basura? Ella juró que haría que volviera, pero que pensaría en ello al día siguiente.

¡Yo no puedo esperar a mañana! ¡Tengo que actuar ahora! Cuánto más famoso se haga Danny, más fuera de mi alcance estará. Tengo que hacer que vuelva.

Bueno, querido diario, la tetera está silbando. Tengo que irme. Te mantendré al corriente de mi plan de batalla para ATRAPAR A DANNY.

Honey se levantó del hundido sofá satisfecha consigo misma. Al dirigirse a la cocinita alcanzó a verse reflejada en el espejo del pasillo: pelo rizado color miel, una carita de muñeca, ojos grandes y azules, una naricilla preciosa, labios generosos. Y un mohín permanente, excepto cuando bailaba en el escenario o Danny andaba por ahí haciéndola sonreír a todas horas.

Se sirvió el té y pensó en lo que aquel canalla casado le había dicho: «Honey, soy un tipo con éxito porque siempre tengo un plan. Tengo metas. ¿Dónde quiero estar dentro de cinco años? ¿Has pensado en eso alguna vez? ¿Dónde quieres estar dentro de cinco años.»

Ella había querido responder: «Contigo», pero su instinto le dijo que no era una respuesta inteligente, así que soltó: «No lo sé». El señor Persona Importante no había quedado muy impresionado; ella se dio cuenta.

—Bueno, ¡pero ahora tengo un plan! —declaró a la vacía habitación—. No voy a parar hasta estar con Danny. Y nadie se va a interponer en mi camino. —Honey removió el azúcar en el té con gran entusiasmo y tiró la cuchara al fregadero. El cubierto desportilló la copa de vino que Honey había tenido intención de lavar la noche anterior. ¿Era aquello un presagio?, se preguntó.

Capítulo 5

Regan miró por la ventanilla mientras el avión descendía hacia Las Vegas. La Ciudad del Pecado, famosa por su vida nocturna, el juego y los resplandecientes neones, en realidad parecía bastante normal desde el aire. Regan sabía que el parque de atracciones para adultos era también un lugar fantástico para practicar el golf, ir de compras y hacer turismo. A lo largo de la famosa avenida de los hoteles había un montón de atracciones *faux*. En un simple paseo uno se podía encontrar con una imitación de la Estatua de la Libertad, una réplica de la Torre Eiffel, barcos piratas, una recreación de Venecia, Italia, surtidores que bailaban al son de la música a intervalos programados y, por supuesto, el archiconocido puente de Brooklyn.

Las Vegas era la mítica ciudad del dinero a tocateja, la ostentación, la fascinación y el mal gusto. En la década de 1990, los patriarcas de la ciudad habían intentado convertirla en un destino familiar, pero no tardaron en darse cuenta de que no se puede sacar mucho dinero de los enanos que se quedan dormidos antes de que la noche se ponga en marcha. La idea fracasó estrepitosamente, y en ese momento la ciudad se concentraba en atraer a los adultos que se apalancaban en las mesas de los dados y en las máquinas tragaperras. Y aquí estoy yo, reflexionó Regan, para trabajar en un *reality show* en la tierra de la irrealidad.

Tras bajar del avión y entrar en el aeropuerto, lo primero que llamó su atención fueron las máquinas tragaperras. Las bandidas de un solo brazo estaban listas y al acecho. La diversión desde el primer momento. Gane dinero antes de recoger sus maletas, parecían querer decir. No pierda ni un minuto. Allá voy, pensó Regan con una sonrisa.

Como cualquier visitante de Las Vegas no tardaría en descubrir, las máquinas tragaperras estaban por doquier. En cuanto uno se daba la vuelta, se tropezaba con alguna de ellas. No había duda de que la ciudad se lo ponía fácil a la gente para que jugase.

Danny le había dicho a Regan que la esperaría en la zona de recogida de equipajes; también le había informado de que su pelo rubio ya no iba cortado al rape. «Y mi ortodoncia ha desaparecido.»

Al avanzar por el pasillo y subir la escalera mecánica, Regan volvió a sorprenderse una vez más de la tenebrosa sensación de grandiosidad que desprendía la zona de recogida de equipajes. Unas enormes vallas publicitarias anunciaban los espectáculos que se estaban representando en ese momento, y, como no podía ser de otra manera, las ubicuas máquinas tragaperras no paraban de saludar. Regan estaba mirando fijamente un anuncio de Siegfried y Roy cuando oyó que alguien la estaba llamando por su nombre. Miró en derredor.

Su antiguo compañero de clase corría hacia ella. Llevaba unas greñas rubias e iba vestido con vaqueros y una camisa blanca de cuello abotonado, con las mangas arremangadas hasta los codos. Unas gafas de aviador tintadas completaban el atuendo. Seguía teniendo el mismo aire de pícaro, con su sonrisa de medio lado y sus pecas, pero a esas alturas medía más de un metro ochenta. Seguía pareciendo capaz de gastar las mismas bromas que en la primaria, aunque al mismo tiempo su persona desprendía cierto encanto.

—¡Danny! —le saludó Regan cuando la abrazó.

—Me encanta que estés aquí, de verdad te lo digo. —Condujo a Regan hasta la cinta transportadora de los equipajes para recoger su maleta—. Eras una de las chavalas más listas de la clase.

Regan rió.

—Vaya, caramba.

—Eso esta bien. Sé que no puedes devolverme el cumplido. Pasé el bachillerato a duras penas.

—Eso no es verdad —protestó Regan—. Tenías la cabeza en otras cosas, eso es todo. —No sabía por qué, pero de repente Regan sintió como si Danny fuera su hermano pequeño.

Danny negó con la cabeza.

—Regan, estoy hecho polvo. Este espectáculo me tiene que salir bien, pero las cosas están empeorando.

—¿Qué pasa ahora?

Danny sacó un sobre del bolsillo.

—Acabo de encontrarme esto en mi mesa del estudio. —Se lo entregó a Regan.

En el sobre estaba escrito el nombre de Danny. No había dirección ni matasellos. Regan sacó la hoja blanca del interior y la desplegó. Estaba escrita a mano y con tinta roja y el contenido iba derecho al grano.

Danny,

¡Deberías detener la producción de tu programa! Si no lo haces, ¡ocurrirá algo horrible! ¡Y tú serás el culpable! ¡¡¡Ya lo verás!!!

Regan se quedó mirando el texto de hito en hito durante un minuto. Parecía, sin duda, que lo hubiera escrito alguien que estuviera furioso; un alguien muy aficionado a los signos de exclamación.

—¿Qué te parece? —preguntó Danny.

—Puede que sólo sea una simple amenaza —razonó Regan—. ¿Tienes algún enemigo?

—Ninguno que conozca.

—¿Le has enseñado esto a alguien más?

—No. La he abierto justo antes de salir hacia el aeropuerto.

Regan suspiró.

—No es precisamente lo que uno llamaría una carta amistosa.

Danny se inclinó sobre el hombro de Regan.

—Yo diría que todos esos signos de exclamación son un síntoma de agitación.

Regan arrugó el entrecejo.

—¡Oye, eso me recuerda algo! ¿No solías llevar unos calcetines verde limón con unos signos de interrogación cuando estábamos en séptimo grado? —preguntó Regan al mismo tiempo que localizaba su maleta y alargaba el brazo para agarrarla.

—Es cierto. Pero siguieron el mismo camino que mi ortodoncia, a Dios gracias.

Diez minutos más tarde entraban en la ciudad a bordo del viejo Volkswagen de Danny, decorado con pegatinas hippies de paz y amor. Se dirigieron a un pequeño hotel situado a poca distancia de la Strip y sus famosos hoteles, donde el equipo y los actores de *Amor sobre el nivel del mar* se alojaban durante la semana.

—¿Sabes, Danny? Esto podría ser sólo una nota de alguien que quiere ponerte nervioso.

—Bueno, pues lo está logrando.

—Tal vez deberías llamar a la policía.

Danny negó con la cabeza.

—No quiero involucrar a la policía. Y, en cualquier caso, ¿qué van a hacer? Ya tienen bastante de lo que preocuparse. Además, no quiero una mala publicidad para nuestro programa. Tienes razón... probablemente sólo se trate de alguien que quiere que me vuelva loco. —Se volvió hacia ella—. Ésa es la razón por la que estás aquí, Regan.

—¿Para volverte loco? —bromeó Regan cuando pasaban por el hotel París, con su réplica de acero de un globo aerostático en la entrada y la falsa Torre Eiffel al fondo.

Danny rió.

—No, Regan. Para mantener a raya a los lobos; para disuadir a quienquiera que esté intentando sabotear mi programa. —Se metió por una calle lateral y se detuvo en el aparcamiento del hotel Los Dados de Felpa, un modesto edificio de tres plantas que cabía suponer que hubiera visto mejores días.

¿Qué será lo siguiente que se les ocurra?, se preguntó Regan mientras alzaba la vista hacia un par de enormes dados de aspecto peludo amarrados al techo del hotel como una veleta.

Danny aparcó el coche junto a la puerta.

—Sé que esto no es el Bellagio, pero es donde el viejo Roscoe decidió que debíamos quedarnos. Llevemos las maletas a tu habitación y vayamos luego al estudio. Ahí es donde debería estar ahora todo el grupo. Ah, Regan, no quiero que nadie sepa que eres detective privada. Te presentaré como una amiga de la familia que está interesada en producir un *reality show* y que me estás echando una mano.

—Me parece bien.

La sombría entrada delantera del hotel era poco estimulante. A todas luces se trataba de uno de los hoteles más baratos de Las Vegas. Y al propietario parecían gustarle los dados. Los motivos cúbicos estaban por todas partes en una diversidad de colores. El alfombrado, el papel de pared, las pantallas de las lámparas... El efecto tan sólo era roto por los cojines del sofá y el confidente colocado en la zona de espera. El tema de estos últimos eran las cartas.

Regan se sintió mareada. Alojarse aquí pondría a prueba cualquier matrimonio, pensó, *reality show* o no *reality show* por medio. Preferiría ser abandonada en una isla ardiente y bochornosa y ser obligada a comer insectos.

Contra la pared, había alineadas seis máquinas tragaperras.

—¡Bienvenida! —Una joven que estaba detrás del mostrador de la recepción saludó alegremente a Regan. Todas las joyas que llevaba eran dados: collar, pendientes, pulsera y anillos. En la etiqueta de identificación podía leerse Delaney Ann Fell.

—Hola, Laney —la saludó Danny—. Mi amiga Regan Reilly tiene una reserva.

—Está en la habitación seis y seis —le dijo Laney a Regan con una gran sonrisa—. Supongo que es su día de suerte.

—Veremos. —Regan se rió.

Danny le subió la maleta a Regan hasta la habitación en la segunda planta, que era el hogar temporal para todo el equipo de *Amor sobre el nivel del mar*. Como era de esperar, los dados de la colcha y de las cortinas tenían todos seis puntos.

—Regan, ¿qué tal si me reúno contigo en el vestíbulo dentro de unos diez minutos? —sugirió Danny cuando su móvil empezó a sonar. Atendió la llamada rápidamente—. Danny Madley. Sí, Victor. ¿Qué sucede?... Oh, eso es simplemente fantástico —dijo con sarcasmo—. Estaremos ahí enseguida.

—¿Qué pasa?

—Uno de los concursantes se acaba de caer y creen que tiene el brazo roto. Nos reuniremos con ellos en el hospital.

Capítulo 6

La madre de Danny, Madeline Madley, amaba Scottsdale como si el mundo se fuera a acabar ese mismo día. Se había criado en la costa de Jersey y siempre había amado el Garden State [estado de Nueva Jersey], pero cuando su familia se trasladó al oeste después de que Danny acabó el bachillerato elemental, su salud pasó de ser buena a ser decididamente de hierro. El necesitar menos tiempo para estornudar, le había dado más energía para entrometerse en los asuntos ajenos. Y *Mad* Madley, como fue apodada por sus amigas cuando se prometió a Shep Madley hacía todos aquellos años, decía siempre: «Soy una muchacha devota de dos estados de la Unión, Nueva Jersey y Arizona, aunque me encanta viajar. Siempre conozco a gente muy interesante.»

Madeline tenía un gran mapa del mundo en la pared de su gabinete. Unos puntos de colores indicaban las ciudades que ella y Shep habían visitado. El verde significaba que se lo habían pasado bien; el amarillo, que la cosa había ido regular; y el rojo, que era mejor olvidarse del sitio.

A sus sesenta y tres años, Mad Madley era una mujer esbelta y sana, aunque su cara dejaba entrever bien a las claras las horas y horas que se había pasado en la piscina, en Arizona, y tumbada en la arena de la playa, en Jersey. Era una mujer atractiva, con un bronceado permanente y un pelo rubio aparentemente permanente; una mujer a la que siempre le sentaba bien el atuendo blanco de tenista, por más que no hubiera golpeado una pelota de tenis en su vida. Le gustaba vestirse de blanco para ir a hacer la compra.

Mad tenía el espíritu de una jovencita. Siempre había soñado con ver su nombre escrito en letras de neón, aunque lo cierto era que nunca había hecho nada por conseguirlo. Satisfacía sus necesidades artísticas quedándose junto al piano en las fiestas y bares y cantando a voz en cuello. Incluso había aprendido a interpretar al piano tres canciones para cuando le daban la oportunidad. *Heart and soul* era su preferida.

Madeline no soportaba a la ex novia de Danny, Honey. Aunque ésta no había llegado a Broadway, estaba viviendo el sueño de Mad. Mad no era capaz de reconocerlo, ni siquiera ante sí misma, pero sentía celos de Honey por seguir la carrera que ella había deseado en realidad. Así que culpaba a Honey de todo lo malo que había en la vida de Danny, antes y después de que rompieran. «¿Cómo podría triunfar en este mundo, liado con un bicho raro como ella?», le solía preguntar a Shep durante las conversaciones íntimas sobre la cama de agua que ella había comprado en la década de 1960. «¿Cómo va a progresar con ella de por medio?» El padre de Danny se encogía de hombros y subía y bajaba varias veces las pobladas cejas, mientras la cama se ondulaba en torno a ellos.

Shep tenía setenta y pocos años y estaba felizmente jubilado. Había sido dueño de una tienda de animales en Nueva Jersey, lo cual había significado que Madeline no había podido ir a visitarlo jamás al trabajo. Algunas personas pensaban que Shep lo había hecho a propósito. Las alergias de Mad descartaron que entrara en el hogar cualquier clase de mascota, así que Danny se había acostumbrado a ir a la tienda después del colegio para jugar con los perros y gatos que estaban a la venta. De vez en cuando, Danny culpaba de su incapacidad para establecer una relación estable al hecho de que los animales que había amado un día estaban allí y, al siguiente, habían desaparecido. Los dos loqueros a los que había confiado esto le habían dicho, en esencia, que se dejara de monsergas y le buscara un sentido a su vida.

Pero, gracias a Dios, todos se querían.

—A lo largo del camino sólo hemos tenido unos pocos baches —le decía Mad a cualquiera que le prestara atención—. Pero los superamos.

La hija de los Madley, Regina, era muy diferente a sus padres y a su hermano. No sólo no estaba interesada en los *reality shows*, sino que ni siquiera tenía televisor. Enseñaba biología en un colegio de secundaria privado de Main y se pasaba todos sus días libres en el laboratorio, haciendo investigaciones, o cuidando su jardín. Las brillantes luces de Broadway no le interesaban en absoluto, un hecho que era causa de consternación permanente para su madre. ¡Pero su absoluto desinterés por las joyas era aun peor! Regina había sido siempre muy suya, y era Danny quien había heredado la pasión materna por la vida poco convencional.

Pero, gracias a Dios, todos se querían.

Cuando Danny llamó a su madre para contarle que habían surgido algunos problemas con su programa y que Regan Reilly iba a ir a trabajar para él durante el resto del rodaje, Mad se emocionó. Recordaba con cariño a la familia Reilly. Hacía años, los padres del colegio habían montado un espectáculo para recaudar fondos, y ella había participado en una breve pieza satírica escrita por Nora. Mad había leído todos los libros de Nora. Menuda decepción cuando se enteró por Danny que Regan tenía novio; había confiado en su fuero interno en que el que Regan estuviera con Danny en Las Vegas hiciera saltar algo entre ellos. ¿Y quién era ese tipo que estaba con Regan, a todo esto?, se preguntó Mad. No podía ser tan interesante como Danny.

Shep y Maddy confiaban en que el nuevo *reality show* de Danny condujera al éxito a su hijo y le diera la oportunidad de sentar la cabeza. Nunca se les ocurría que sus propias excentricidades pudieran haber tenido alguna influencia en las elecciones vitales de Danny.

En el dormitorio beige de su piso, Mad se puso el bañador y se dio unas palmaditas en la barriga mientras se miraba en el espejo.

—Sigue con los abdominales, muchacha —dijo en voz alta—. No es fácil luchar contra la naturaleza.

Sonó el teléfono; Mad se dirigió una última mirada de aprobación, atravesó la moqueta beige y se sentó en un puf también beige que estaba junto a la cama; si aquella iba a ser una conversación breve, la cama de agua planteaba demasiadas dificultades para sentarse y levantarse.

Se apresuró a coger el auricular, en todo momento con la intención de dar la impresión de estar ajetreada.

—Hola.

—¿Mad?

—Sí.

—Soy yo. Jacqueline De Tour.

Mad sonrió. Jacqueline era de su club de bridge y era aun más entrometida que ella. Mad no vio el momento de enterarse de qué desgracia estaba a punto de largarle Jacqueline.

—Ya sabes que mi hijo Alfie es un mago de la informática —empezó Jacqueline.

Vamos allá, pensó Madeline.

—Sí, y eso es fantástico.

—Bueno, el caso es que él estaba navegando por la Red, como dicen ellos, hace apenas un ratito. Y voy yo y le digo: «¿Por qué no buscas algo sobre el programa de Danny Madley? Mira a ver que dicen de él.»

—¿Ah, sí? —contestó Madeline con cierto nerviosismo.

—¡Vaya!, esos concursantes suyos parecen un puñado de aprovechados. Debes de estar tan decepcionada. Bueno, después de todo estabas tan contenta porque le estaba yendo bien a Danny y...

—Jacqueline, tengo una cita y he de irme corriendo ahora mismo—anunció con firmeza *Mad* Madeline—. Te llamo pronto.—Colgó el teléfono, con el corazón latiéndole aceleradamente. Se levantó como una centella del puf y corrió al estudio donde Shep estaba leyendo el periódico.

—Shep, Danny nos necesita.

—¿De qué estas hablando?

—Tiene problemas con el programa. Creo que deberíamos ir a Las Vegas ahora que más nos necesita.

Shep la miró entre perplejo y socarrón.

—No sé si agradecería nuestra compañía en este momento. Vaya, que estará ocupado y...

Pero Madeline ya había salido disparada de la habitación.

Shep se levantó y miró el mapa de la pared. Las Vegas estaba señalada con un punto verde. ¿Por qué sospecho que muy pronto habrá uno rojo encima?, se preguntó.

Capítulo 7

Bubbles Ferndale estaba desesperada. En ese momento estaba sentada a la cabecera de una larga mesa de reuniones, en el estudio de la comedia de situación de la sede central de la televisión de Roscoe Parker. Sus guionistas y actores estaban leyendo el guión piloto que grabarían el viernes por la mañana. El guión no era tan malo, pero uno de los actores escogidos no habría arrancando una carcajada ni a un hiena. Parky, como Bubbles llamaba al dueño de la emisora, había insistido en escoger él mismo a los actores. Bubbles era de aquellas personas aficionadas a añadir una «y» final a los apellidos de todo el mundo que no tuvieran ya una.

Bubbles había conocido a Parky cuando éste fue a ver el espectáculo de variedades en el que ella actuaba en un teatro de mala muerte situado no lejos de la Strip. A Parky le encantaba ver todos los espectáculos que Las Vegas podía ofrecer, fueran grandes o pequeños. «Haz un espectáculo de ti mismo», solía aconsejar a la gente, perteneciera o no al mundo del espectáculo. «Es la manera de avanzar en la vida. Sentarse en un rincón no la hace más corta.»

Bubbles sabía que el teatro en el que estaba trabajando era un lugar patético, pero le daba la oportunidad de afinar su número de micrófono. El telón se levantaba a las tres de la tarde, por lo general para un montón de asientos vacíos. El día, no muy lejano, en que Parky y su novia aparecieron entre la audiencia, Bubbles se sintió animada. El le rió casi todos sus chistes, aunque lo que realmente impresionó a Parky fue la biografía de Bubbles incluida en el programa. Se trataba, a todas luces, de un montón de mentiras... Bueno, si no exactamente mentiras, sin duda sí exageraciones de la verdad. ¿Quién había oído hablar alguna vez de algunos de los premios que supuestamente había ganado? Y si éstos valían algo, ¿qué estaba haciendo ella allí?

Parky sintió que Bubbles era una chica con la que se identificaba y se metió entre bastidores después del espectáculo para saludarla. Aquel día era el trigésimo cumpleaños de Bubbles y se encontraba de un humor de perros. Su contrato con el teatro estaba a punto de acabar, y había tenido que meterse de nuevo en el circuito humorístico, condenada a actuar en tugurios aun peores que aquél. Estaba cansada y se sentía vieja.

Parky la invitó a que los acompañara a él y a Kitty a beber champán y comer tarta. Cuando levantó la copa para brindar por el cumpleaños de Bubbles, él le ofreció el trabajo de producir, dirigir y actuar en una comedia de situación para una posible emisión en su cadena por cable.

—Mi cadena está creciendo a pasos agigantados. Estoy decidido a dejar mi impronta en el mundo de la televisión. Y tú me puedes ayudar a conseguirlo.

Bubbles saltó por encima de la mesa y lo besó. Aquello hizo que los treinta resultaran casi soportables.

En ese momento, Bubbles estaba sentada a la mesa de reuniones mordisqueándose el pulgar, consciente de que sólo tenía cuatro días para darle forma a toda prisa a aquella serie. Su nombre no se correspondía con su temperamento; tenía el corazón muy duro.

Además de contratar personalmente a los actores, la otra decisión adoptada por Parky fue que la comedia tenía que utilizar a los globos aerostáticos en el argumento. Estaba haciendo todo lo que podía para promocionar el Canal Globo.

Bubbles percibió la inminente aparición en escena de un dolor de cabeza. Se pasó las manos por su largo pelo rojo. Era una mujer alta y desgarbada, con un atractivo del tipo «no te enrolles conmigo».

—Volvamos a ensayar esa frase —instó Bubbles a James Volmer, el actor menos divertido del planeta, que interpretaba el papel de su cuñado.

James, un tipo de hablar pausado, con una perilla gris y castaña y expresión grave, la miró y parpadeó.

—¿Por qué? Me gustaba mucho esa interpretación de la frase.

—Sólo hay un problema con ella —gruñó Bubbles a través de los dientes apretados—. ¡No era divertida!

—Lamento discrepar. —James se levantó y se puso las manos sobre el vientre, como para protegerse de futuros golpes—. Ya he tenido bastante. Este ambiente no es bueno para mi salud. ¡Renuncio!

Bubbles saltó de su silla de la misma manera que lo había hecho cuando Parky le ofreció el trabajo.

—¡No! ¡Por favor! ¡Tienes que quedarte! —Bubbles lo abrazó con fiereza—. Eres un actor fantástico, y estoy muy orgullosa de ti.

Los actores y guionistas esperaron a que se calmara este último estallido. Por decirlo de una manera suave, Bubbles estaba hecha un manojo de nervios, pero esto se debía nada más a que se preocupaba demasiado.

Peter Daystone era el actor que interpretaba al marido de Bubbles, un graciosillo encantador que consideraba divertido engañar a los amigos que tenían vértigo y darles un paseo en su globo aerostático. Peter había conseguido montones de trabajo actuando en programas piloto que nunca salían al aire, lo que le había hecho ganarse el sobrenombre de Pete *el Piloto*. Con poco más de treinta años, Pete llevaba trabajando en el negocio de Hollywood desde los dieciocho, siempre cerca de la gran oportunidad, pero sin ser capaz en ningún momento de alcanzar el éxito en su carrera. Cuando su agente lo envió a la audición de *Llévame a lo más alto*, llegó al convencimiento de que aquel programa lo cambiaría todo. Lograría un gran éxito y por fin podría tener su piscina.

Pero mientras permanecía sentado a la mesa y aguantaba a aquel tipo que interpretaba el papel de su hermano, la frustración de Pete iba en aumento. James Volmer hacía que todo el programa apestara. Pete *el Piloto* era consciente de que Bubbles se esforzaba para no sufrir una crisis nerviosa y desde donde estaba sentado podía ver como a ella le latía la vena de la sien. Cuando hagamos un descanso, hablaré con ella, pensó. Pensaremos en la forma de arreglar esta situación.

Realmente quiero mi piscina.

Mientras tanto, arriba, en su despacho, con los pies encima de la mesa, Parky observaba lo que estaba sucediendo con júbilo.

—Nunca pensé que esto fuera a salir tan bien —exclamó, dirigiéndose a Kitty.

Su novia levantó la vista del libro.

—Lo vas a lamentar. Alguien acabará matando a alguien.

—Si es todo de broma —gritó mientras palmoteaba.

Kitty se encogió de hombros y golpeteó el punto de libro contra la página.

—Yo no estaría tan segura.

Capítulo 8

Danny y Regan entraron corriendo en la pequeña sala de urgencias del hospital local cercano al estudio, situado a poco más de tres kilómetros fuera de la ciudad. El equipo de grabación filmaba las evoluciones de los famosos Tía Agonías y Tío Acidez mientras entrevistaban al afligido concursante, Barney Schmidt, y a su esposa, Elsa. Barney era un tipo grande y fornido, que lucía un bigote negro de grandes guías. El hombre se agarraba el brazo lesionado, y las lágrimas le caían por la cara. Elsa era pequeña, aunque robusta, y su peinado la hacía parecer a Buster Brown, el personaje de Outcalt. Probablemente, ambos anduvieran por los treinta y tantos años.

—¿Cree que esta experiencia los está acercando como pareja? —preguntó Tía Agonías con dulzura. Agonías parecía sacada directamente del departamento de contratación de actores: el pelo blanco recogido en un moño, gafas de abuelita y menuda.

—¿Está fortaleciendo su relación? —abundó el Tío Acidez. Al verlo, Regan se acordó del tendero que anunciaba el papel higiénico Charmin: medias gafas que se le resbalaban por la nariz abajo, unas entradas considerables y un bigote pequeño.

Barney y Elsa se miraron el uno al otro.

—Antes no le gustaba nada verme llorar —dijo Barney en voz baja.

—Ahora sí —insistió Elsa.

Por supuesto, pensó Regan. Cualquier cosa con tal de conseguir un millón de dólares.

—Los hombres que lloran están en contacto con sus yoes interiores —dijo amablemente el Tío Acidez—. Y un hombre que es capaz de llorar en público, como está haciendo Barney, con las cámaras grabando, bueno, yo afirmo que es un hombre que no tiene miedo.

—Oh, él llora en todas partes —dijo Elsa con energía.

Eso debe haber sido lo que la ha vuelto loca, pensó Regan.

Las puertas batientes que daban acceso a la sala de curas se abrieron.

—Barney Schmidt —llamó un doctor.

—¡Yo mismo! —respondió Barney con voz trémula y los labios temblorosos.

La cámara hizo un zum de la cara de preocupación de Elsa mientras observaba a su marido salir hacia la sala de rayos X. El cámara acabó la toma al cabo de unos segundos. Un tipo joven y musculoso, con el pelo negro engominado, surgió del cuarto de baño que estaba detrás de donde había tenido lugar la escena. Resultaba evidente que no había querido salir en la toma.

—¡Jefe! —gritó, dirigiéndose a Danny.

Danny le presentó a su ayudante, Victor, a Regan.

—Encantado de conocerte. —Estrechó la mano de Regan. Era un chico de Las Vegas que había trabajado como gorila en uno de los bares de la ciudad. Lo cierto es que había tenido un montón de trabajos. Él y Danny se habían conocido en una mesa de black-jack cuando Danny estaba planificando el reality show, y Victor le había pedido por favor que le diera un trabajo. Danny, que tenía dificultad para decirle que no a cualquiera, lo había contratado como ayudante suyo. Hasta el momento parecía que la cosa funcionaba.

—¿Qué le ha ocurrido a Schmidt? —preguntó Danny.

Victor puso los ojos en blanco y agitó las manos.

—¿Y bien? —insistió Danny con cierta impaciencia.

—Jefe, no paramos de tener problemas —empezó Victor dándose importancia. Siempre le costaba un rato llegar al grano, razón por la cual había perdido su trabajo como gorila. Su antiguo jefe le dijo que invertía demasiado tiempo en hablar, en lugar de poner a la gente de patitas en la calle—. Tal vez deberíamos hablar fuera.

Danny y Regan lo siguieron hasta el aparcamiento.

—Muy bien —dijo Victor—. NO estoy muy seguro de lo que ha ocurrido. Sólo que se resbaló y se cayó al suelo.

—¿Eso es todo?

Victor miró a su jefe y parpadeó.

—Sí.

—¿Y nos haces salir para decirnos eso?

—Hay algo más.

—Muy bien, pues. ¿De qué se trata? —le azuzó Danny.

Victor señaló a Regan con timidez.

—Regan es una amiga de la infancia, y confío en ella como si fuera una hermana. Está interesada en producir su propio *reality show*, y le he prometido hacerla partícipe de todo.

—Eso es genial —dijo Victor con un deje de escepticismo—. Entonces le interesará lo que tengo que decir.

—Estoy seguro de que sí.

—Mi novia se metió en la Red y encontró una página dedicada a nuestro programa, llamada *Tirando de la manta*. Bueno, pues en ella dicen que una de las parejas es falsa, que nunca han estado casados y que ni siquiera son novio y novia. Según la página, los dos oyeron hablar del programa y decidieron hacer dinero, así que se hicieron con una licencia matrimonial falsa. La página está animando a todo Dios a que escriba contando cosas de las otras parejas. Buscan los trapos sucios. —Victor adoptó un aire meditabundo momentáneo—. Supongo que se trata de uno de esos sitios de Internet especializados en cotillear acerca de los concursantes de los *reality shows*.

—Pero si ni siquiera hemos salido al aire todavía.

—El poder de Internet. Y han publicado las fotografías de todos los concursantes.

—¿Y cómo pudieron conseguir las fotos? —preguntó Danny.

—No tengo ni pajolera idea. Otro de los rumores es que uno de los concursantes tiene tendencias violentas.

—¿Tendencias violentas? Pero Roscoe verificó los antecedentes, ¿no es así?

—Lo que he oído es que los concursantes rellenaron unos formularios.

—¿Unos formularios? —aulló Danny.

—Tienes que admitir que todo ha ido muy deprisa. Además, todo el mundo tiene un pasado.

—¡Pero no un pasado que incluya tendencias violentas! ¡Si estas tres parejas no se ajustan estrictamente a las normas, el programa no se emitirá! ¿Y no dijeron de quién se trataba?

—Por supuesto que no. La gente tiene miedo a ser demandada.

—Conozco a alguien que puede hacer una revisión más concienzuda de los antecedentes —ofreció Regan—. Pero si tenéis que eliminar a una pareja, ¿podréis sustituirla?

—Sólo si podemos conseguir los sustitutos de hoy para mañana —dijo Danny—. Esto les daría tiempo suficiente para participar en todo el programa. Regan, volvamos a mi oficina y empecemos. Victor, nos volveremos a reunir contigo allí. Pero primero quiero ver cómo le va a Barney.

Las puertas de la sala de curas se abrieron en el momento en que entraban, y Barney apareció con el médico.

—No está roto —informó jubilosamente Barney, mientras Elsa corría hacia él para abrazarlo—. Es sólo un pequeño esguince.

Las cámaras grabaron el lacrimoso reencuentro entre marido y mujer.

—¿Dónde está Tía Agonías? —le preguntó Regan a Danny en un susurro.

—Salió a fumar —respondió uno de los ayudantes.

Regan echó un vistazo al médico, que mostraba un semblante excesivamente serio. Cuando sus ojos se encontraron con los de Regan, él la miró inquisidoramente.

—¿Es usted una de los productoras? —dijo, articulando las palabras para que Regan le leyera los labios.

Regan negó con la cabeza, le dio una palmada en el hombro a Danny y lo condujo hacia el vestíbulo, donde estaba el médico.

—Danny Madley es el productor —le dijo Regan al médico en voz baja.

—Señor Madley, me parece que tal vez le interesaría saber que Schmidt intentó sobornarme para que le colocara una escayola falsa. Bueno, vaya, pensó Regan. Debería empezar a revisar esos antecedentes sin pérdida de tiempo.

Capítulo 9

La sede central de Hot Air Cable era una colección de edificios bajos levantados en mitad del desierto y rodeados de hectáreas y hectáreas de terreno sin urbanizar que Roscoe había comprado por cuatro cuartos. Las montañas coronadas de nieve se mostraban tentadoras en la distancia. El complejo daba la sensación de estar en mitad de ninguna parte, pero Roscoe podía estar en un santiamén en el centro de Las Vegas, en un espectáculo o sentado a la mesa de los dados. Para Roscoe, aquello ofrecía lo mejor de ambos mundos.

El negocio de los globos aerostáticos estaba alojado en la propiedad, y su avión privado estaba aparcado en una pista privada. A Roscoe le encantaba la idea de que siempre que quisiera podía elevarse a aquel azul fabuloso.

Roscoe había levantado un estudio televisivo muy complejo, que disponía de una docena de antenas parabólicas para satélites, un equipamiento de vanguardia y un enorme despacho para él. También había construido tres estudios de alta tecnología extras para que fueran utilizados por las futuras producciones. *Amor sobre el nivel del mar* y *Llévame a los más alto* se rodaban en dos de los estudios.

Roscoe proyectaba crear un imperio. Se le había quedado grabada en la memoria una visita turística que había realizado hacía mucho tiempo a los platós de la Paramount Pictures, en Hollywood. Le había encantado la actividad frenética, la gente yendo de aquí para allá entre los estudios y los despachos y los diferentes departamentos. Y Roscoe, siendo como era un monstruo del control, quería estar al timón de su propia operación. Sabía que Hot Air Cable tenía un largo camino por delante, pero sabía también que el viernes por la noche dispondría de un espectáculo decente para presentar por la pequeña pantalla. De una forma u otra.

—Vamos, Kitty —le dijo a su amada mientras se levantaba del escritorio—. Son las tres. Es hora de ir a nadar y de hacer un poco de gimnasia.

Roscoe odiaba la media tarde. Era el único momento del día en que sentía un bajón de energía; ésa era la razón de que fuera a algunos de los terroríficos espectáculos vespertinos. Daba igual lo malos que fueran los actores, ya que en la oscuridad del teatro recuperaba la energía. Pero si no había ningún espectáculo o película que quisiera ver, utilizaba ese momento para hacer ejercicio. Y a eso de las cuatro y media o de las cinco de la tarde se encontraba más fresco que una lechuga, listo para afrontar la noche.

Kitty suspiró. Odiaba hacer ejercicio, pero sabía que Roscoe quería que estuviera con él. A ella le hacía feliz esa devoción, aunque a veces se preguntaba si no estaría sobrevalorado el placer de estar permanentemente acompañado. Sobre todo en los últimos tiempos, en que Roscoe estaba tan trastornado por esos nuevos programas. Sí, estaban juntos, pero la realidad es que Roscoe no le hacía ni caso.

Kitty y Roscoe salieron del estudio por la puerta trasera, que era la entrada privada del dueño del estudio. El sol brillaba, y todo estaba en silencio. Caminaron hasta el reluciente Jaguar plateado de Roscoe cogidos del brazo. Él tenía un gimnasio con los últimos adelantos en la mansión que tenía alquilada cerca de los estudios, cuyo anterior propietario había sido un consumado farsante que se dedicaba a estafar millones a modestos inversores. En ese momento, la casa pertenecía al banco. La mayoría de la gente sana no habría dormido allí sola aunque su vida hubiera dependido de ello. ¿Quién podía saber si no iba a volver alguien en mitad de la noche en busca de venganza, ignorante de que la propiedad había cambiado de manos?

Roscoe apuntó con el llavero hacia el Jaguar y abrió las puertas; en ese momento, oyó detrás de él que un coche entraba en el complejo. Al volverse, vio a Danny Madley dirigiéndose en su Volkswagen a una plaza de aparcamiento cercana. Danny salió del coche acompañado de una atractiva joven.

—¡Danny! —gritó Roscoe—. Acércate y saluda.

—Claro, jefe.

Roscoe alargó la mano para estrechar la de Danny y desvió la atención hacia la joven.

—¿Y a quién tenemos aquí? —preguntó Roscoe.

—Es mi amiga Regan Reilly. Regan, este es Roscoe Parker.

—Encantado de conocerte. —Roscoe señaló con el pulgar hacia atrás—. Y esta es mi novia, Kitty.

Kitty hizo un leve gesto de saludo con la mano.

—Hola —la saludó Regan por encima de Roscoe.

—¿Vives aquí, en la ciudad? —preguntó Roscoe.

—No. En Los Ángeles —contestó Regan.

—¿Y qué te trae por aquí? —preguntó Roscoe rápidamente.

—Estoy interesada en los *reality shows* —respondió Regan con honestidad.

—Está pensando en producir uno —terció Danny un poco demasiado rápidamente—. Y como somos viejos amigos, le dije que podía venir y echarme una mano con *Amor sobre el nivel del mar*. Ya sabe, para hacerse una opinión.

—Ajá. —Roscoe no pareció muy convencido—. ¿Y cómo van las cosas?

—¡Genial! —casi graznó Danny—. El viernes vamos a tener un gran programa.

—Eso espero —gruñó Roscoe mientras se daba la vuelta, abría la puerta del coche y se sentaba en el asiento del conductor—. Eso espero, desde luego. —E hizo recular su Jaguar para salir de su plaza VIP.

Kitty se limó la uña de uno de sus meñiques.

—Ésa tiene tanto interés en producir un *reality show* como yo.

—Ya lo sé —convino Roscoe—. Tendremos que averiguar quién es exactamente.

Capítulo 10

—Me parece que no nos ha creído —dijo Regan entre dientes mientras se despedían con la mano de Kitty y Roscoe.

—Lo único que quiero es tenerlo contento —respondió Danny—. Me proporcionó el dinero para producir un buen programa, y ahora me toca entregarle uno.

Regan respiró y echó una mirada alrededor del complejo.

—Parece un bonito tinglado.

Danny se encogió de hombros.

—Vamos. Nuestro estudio está en la parte de atrás.

Dieron la vuelta al edificio principal, y Regan siguió a Danny hasta el estudio trasero. En la puerta delantera había un cartel donde se podía leer: AMOR SOBRE EL NIVEL DEL MAR. En el interior, había una diminuta zona de recepción a la izquierda y un pasillo que partía en línea recta y que tenía una pared de cristal en uno de los extremos. Regan pudo ver un cuarto de control al fondo.

—El estudio propiamente dicho está doblando la esquina —explicó Danny—. Los concursantes están ahí mismo. —La condujo hasta una sala de espera pequeña a la que se accedía desde el pasillo. Dentro, había una mesa llena de diferentes aperitivos y bebidas que habrían hecho las delicias de un goloso empedernido. Un gran televisor estaba sintonizado al Canal Globo, donde, en directo, un equipo demostraba cómo inflar un globo aerostático.

Hubo un coral e inmediato: «¿Cómo está Barney?»

—Está bien —respondió rápidamente Danny—. Sólo ha sido un esguince. Quiero presentarles a mi amiga Regan Reilly.

Regan saludó a las cuatro personas que se hallaban en el cuarto.

—Éstas son las otras dos parejas —dijo Danny—. Chip y Vicky, y Bill y Suzette.

Se produjo un saludo general con la cabeza hacia Regan.

—Regan es una vieja amiga que está interesada en producir un *reality show*, así que pasará con nosotros esta semana para aprender todo cuanto pueda. También le he pedido que actúe como nuestra mediadora, así que diríjanse a ella con entera libertad si necesitan cualquier cosa. Regan es una persona que sabe escuchar. Pero antes, tenemos que hablar con ustedes acerca de algo que ha llegado a nuestros oídos.

Todos permanecieron a la espera.

—Se nos ha dicho que hay un sitio en Internet que está animando a la gente para que les cubra de mierda.

En la sala se alzó un grito ahogado colectivo.

—¿De mierda? —gimió Suzette. Era una mujer de mediana edad, ancha de cara, con el pelo rubio echado hacia atrás y apartado de la cara por una cinta de cuadros escoceses, y de la que se desprendía cierto aire tenaz. Parpadeó varias veces. Su marido, Bill, era un pelirrojo alto y flacucho con aspecto de estar permanentemente ofuscado. Regan se dio cuenta enseguida de que Suzette era la que mandaba en la relación—. Yo valoro mucho mi intimidad —gritó, indignada, Suzette.

¿Y estás en un *reality show?*, pensó Regan. Me pregunto si ella y Bill serán los que no están casados.

La otra pareja, Chip y Vicky, eran ambos extremadamente altos, tenían el pelo y los ojos negros y eran cetrinos de piel. Él medía unos dos metros, y ella uno noventa. Daban la sensación de que podían ser hermanos, a no ser por que los ojos de Chip eran redondos y brillantes, y los de Vicky eran unos enormes platos con forma de almendra. Los dos se quedaron mirando de hito en hito a Regan en silencio, y ésta dio por sentado que eran tímidos. Por supuesto, estaba a punto de comprobar que estaba equivocada.

—¡Hemos vuelto!

Todos se volvieron para ver a Barney y a Elsa en la entrada. Barney llevaba el brazo envuelto en una venda elástica y sonreía animosamente. Tía Agonías, Tío Acidez y Victor estaban justo detrás de ellos.

—Adelante, por favor —los instó Danny—. Siéntense.

Regan permaneció a su lado.

—Para aquellos que se acaban de unir a nosotros, diré que les estaba diciendo a los otros que nos hemos enterado de que hay un sitio en Internet que está investigando los antecedentes de todos ustedes.

—¡Sacando los trapos sucios a la luz! —dijo Suzette con energía.

Barney la miró y se le empezaron a llenar los ojos de lágrimas. Elsa le tiró del brazo.

—Contrólate —susurró la mujer.

—Todos queremos salir al aire el viernes por la noche —prosiguió Danny—. Y no querríamos que la gente dijera algo sobre ustedes que arruinara el programa. Todos nos jugamos algo en esto. Aunque sólo una pareja será la que renueve sus votos, la atención que consiga este programa podría abrir infinidad de oportunidades para el resto de ustedes.

Tía Agonías se levantó de un salto.

—¡Y lo mejor de todo es que habrán redescubierto el amor que se tienen!

Oh, por supuesto, pensó Regan. Algo le dijo que los integrantes de las dos parejas que perdieran saldrían corriendo en direcciones opuestas el uno de la otra en cuanto se anunciara la pareja ganadora.

—¿Han averiguado por fin quién robó la cámara? —preguntó Chip de repente, mirando atentamente a Danny.

—No —contestó Danny.

Chip no da la sensación de ser un hombre de muchas palabras, pero va directamente al grano, pensó Regan. El hombre le parecía un poco siniestro; sus ojos redondos y brillantes no eran muy expresivos.

—Deberíamos considerarnos un grupo —les rogó Danny—. Ahora, Regan quiere dirigirles unas palabras.

Regan lo miró, sorprendida. En el coche habían hablado acerca de cómo manejar aquello, pero lo cierto es que no habían llegado a ninguna conclusión. Ella se aclaró la garganta.

—Tal y como ha dicho Danny, todos queremos que el programa siga adelante sin retrasos. Así que tenemos que abordar los rumores de Internet. Bueno... esto... sé que todos consideran que están casados, ¿pero sería posible que una de las parejas aquí presentes no se hubiera casado formalmente?

Chip se rió, dos breves sonidos entrecortados que emanaron de su garganta. Vicky pareció enfadarse, pero el resto del grupo también pareció encontrar divertida la idea de estar solteros.

Bill negó con la cabeza y señaló a Suzette.

—Nos conocimos en el instituto cuando yo jugaba al baloncesto y ella era animadora. Suzette sigue practicando sus vítores, sobre todo cuando hace las tareas domésticas. «Hala, equipo, hala.» Eso me pone como loco, pero... —Se volvió hacia Tía Agonías y Tío Acidez— estoy intentando resolverlo. Señorita Reilly, puedo asegurarle sin ningún género de dudas que llevamos casados veinte años. Estoy casado con una animadora de cuarenta y dos años.

—Perdóneme —le interrumpió Suzette—, ¿pero se ha dado cuenta de que ha dicho: «cuando hace las tareas domésticas»? Tal vez, si me ayudara de vez en cuando y recogiera sus calcetines del suelo, yo no tendría que hacer tanto de animadora. Para mí es una liberación. Algunos van al gimnasio, y yo practico mis vítores por la casa. Hace que el trabajo resulte un poco más divertido.

—¿Es que necesitabas hacer una voltereta lateral y tirar la lámpara que nos regaló mi madre por la boda? —preguntó Bill—. A mamá le ofendió mucho que la rompieras. —Se volvió hacia Regan—. Todos los días rompe algo nuevo. Llego a casa y me encuentro un millón de trozos de vidrio y de cerámica por el suelo. Hace años que no me atrevo a ir descalzo por la casa.

Tía Agonías y Tío Acidez garrapateaban furiosamente en sus libretas.

—Puedo prometerle que estamos casados —terció Elsa—. Llevamos juntos tanto tiempo, que Barney ya ha llorado un río delante de mí. El Missisipi. Eso me encantaba en nuestras primeras citas. Lloraba en las películas tristes; y lloró la primera vez que me dijo que me quería. Lloró cuando nos comprometimos. Así que pensé que por fin había encontrado a un hombre sensible. Como dice el refrán, esto es como ir a por lana y salir trasquilado.

Eso mismo pensé yo esta mañana, pensó Regan.

Las lágrimas resbalaron por las mejillas de Barney.

—Pero Barney está haciendo todo lo que puede para lograr cierto control sobre sus desenfrenadas emociones, y yo me estoy esforzando en ser más comprensiva. La última vez que lloré fue hace seis meses, cuando me di en el dedo gordo del pie. Vaya si me dolió. Esa sí que fue una buena razón para llorar —declaró Elsa, señalándose su pequeño y grueso dedo gordo de forma deliberada.

Esto es increíble, pensó Regan. Esto tiene que derrotar a la comedia de situación. Ahora, ¿qué prueba tiene la pareja número tres, la formada por Chip y Vicky, de que han estado torturándose recíprocamente durante años?, se preguntó. Los miró expectante, como azuzándolos a confesar algo, aun cuando ese fuera probablemente el trabajo de Tía Agonías.

—¡Nunca quiere sentarse a la mesa para comer! —espetó Vicky, como si hubiera estado esperando el momento preciso.

—Jamás lo hicimos antes de casarnos —le recordó Chip.

—Oh, claro. Lo único que le gustaba hacer era llevarme a comidas campestres. Parecía algo tan romántico. Comidas en la playa, en el bosque, en el coche, en el salón... ¿Sabía yo acaso que nunca nos sentaríamos a la mesa como los seres humanos normales? Apenas he usado cualquiera de las estupendas vajillas que nos regalaron por la boda. Él insiste en comer en platos de papel, tirado en el suelo delante del televisor. Dice que es un aventurero. Nuestra alfombra está desgastada de las veces que he tenido que aspirarla a lo largo de los años.

—Quería comprarme un perro —continuó Chip—, pero noooooooooooo.

—¿Y que hacen cuando salen a comer fuera? —preguntó Regan.

—Vamos a los restaurantes que sirven en el coche. Sólo le gustan los restaurantes que sirven en el coche.

—Eso no es verdad —discrepó Chip—. Te he llevado a un montón de buenos restaurantes.

—Con el suelo lleno de cáscaras de cacahuetes. O de serrín. Son los únicos lugares a los que podemos ir sin que le entren ganas de sentarse en el suelo.

—Pero estamos intentando resolverlo —dijeron al unísono.

—Es difícil cuando eres tan alto —dijo Chip en tono suplicante—. Me gusta poder estirar las piernas. Soy un hombre de naturaleza, un cazador, un recolector. Los cavernícolas no tenían muebles. ¿Por qué hemos de tenerlos nosotros? Es antinatural.

—Para su cumpleaños le compré un sillón abatible de La Z boy —dijo Vicky con tristeza—, pero sigue prefiriendo el suelo.

—Intento acostumbrarme a él —dijo Chip—. Pero me cuelgan las piernas por el extremo.

Tía Agonías y Tío Acidez lanzaron una mirada de aprobación.

—Parece como si todos llevaran casados mucho tiempo —reconoció Regan—. Ahora bien, si hubiera algún asunto vergonzoso que pudiera aparecer en la página web y del que ustedes no quieran hablar delante del grupo, les ruego que vengan a hablar conmigo en privado. De esa manera podremos atajar cualquier pequeño problema antes de que se convierta en un gran problema.

Todos asintieron con la cabeza.

¡Pues sí que hay muchas posibilidades de que alguno vaya a admitir algo!, pensó Regan. Ninguno quiere ser descalificado y todos quieren llevarse el dinero.

—Bien, ahora, creo que Danny quiere decirles unas palabras.

—Si alguno de ustedes tiene fotos de la boda que nos puedan enviar sus familias, nos vendrían de maravilla para utilizarlas al principio del programa.

Todos negaron con la cabeza.

—Nuestra casa está cerrada a cal y canto —explicó Elsa—. Yo no le daría una llave de repuesto a nadie... ni siquiera a mi madre. Nunca sabes lo que puede suceder.

—Nosotros no vivimos cerca de ninguna de las dos familias —dijo Chip.

—Nuestras fotos de boda fueron destruidas por un incendio —se lamentó Bill.

—De acuerdo, pues. —Danny intentó reír—. No hay ningún problema. ¿Por qué no se toman algún refresco y se relajan? Dentro de cinco minutos nos dirigiremos al estudio para la sesión de grabación de Tía Agonías y Tío Acidez.

¿Qué te parece lo que hay?, se preguntó Regan.

—Discúlpame —le dijo Regan a Danny—. Vuelvo en seguida.

Lo único que deseaba era llamar a Jack; realmente necesitaba oír su voz sensata y reconfortante.

Capítulo 11

—¿Qué si me gusta comer en el suelo? —repitió Jack—. Regan, ¿de qué me estás hablando?

Regan se rió. Estaba en el exterior del estudio, hablando por el móvil y empezó a dirigirse hacia campo abierto. Se estaba muy bien allí afuera, y era fantástico oír la voz de Jack.

—Jack, ni ti imaginas lo que es esta gente.

—Sí, sí que me lo imagino. ¿Acaso no es un *reality show*?

—Lo sé, pero ¡Dios bendito!

—¿Te puedo ayudar en algo?

—Bueno, nos preocupa un poco que los concursantes pudieran no cumplir los requisitos en uno u otro sentido. Como que ni siquiera estuvieran casados, y resulta que el programa consiste en evitar que se divorcie una pareja. El objetivo consiste en decidir quién lo tiene mejor para seguir aguantando mecha, aun cuando todos estén a punto de dejarlo de una vez.

—Veamos que información puedo conseguir sobre ellos y haré algunas averiguaciones. Consigue sus números de la seguridad social.

—Lo intentaré. ¿Sabes?, conocí de pasada al tipo que dirige toda esta operación. Se llama Roscoe Parker y es el que financia los dos programas. Ahora estoy en su emisora de televisión por cable, el Canal Globo. También tiene un negocio de globos aerostáticos, y tengo la sensación de que sería interesante averiguar algo de su pasado.

—A ese tipo debería resultar mucho más fácil investigarle. Si vive en Las Vegas y tiene tanto dinero, tiene que ser conocido. Vuelve a llamarme cuando tengas los nombres y los números de los demás, y haré todo lo que pueda por ti.

—Gracias, Jack. Ahora debo volver a entrar. Estamos a punto de tener una sesión de grabación con Tía Agonías y Tío Acidez.

—¿Tía Agonías y Tío Acidez?

—Son los consejeros sentimentales de esta parte del mundo. Resulta que llevan regentando un pequeño restaurante de carretera en el desierto desde hace cuarenta años. La humanidad en todas sus variedades acudía allí a desayunar, a comer y a cenar. Agonías tiene un rostro tan dulce, que la gente —camioneros, viajeros, comerciantes— acababa contándole todos sus problemas. Y mientras ella repartía sus consejos, su marido cocinaba su famoso chili incandescente. A veces, ella le preguntaba a su marido qué pensaba acerca de cierto problema. Un día, hace unos cinco años, el editor de un periódico local les ofreció una columna en su diario. Ahora, están intentando dar el salto y empezar a actuar a nivel nacional.

—Supongo que lo de Acidez debe venir por lo de su chili.

—Has acertado. Con todas las emisoras por cable que emiten actualmente, quieren dar consejos por televisión. Sin embargo, siguen trabajando en el restaurante, y allí, en una mesa, revisan las cartas. Parece ser que no está muy lejos de Las Vegas.

—Un día podríamos tener juntos una columna para responder a las preguntas de la gente sobre cómo investigar un delito —sugirió Jack.

Regan sonrió.

—Podríamos llamarla *Cómo llegar a ser una verdadera portera*.

—Eso es. Bueno, llámame luego.

Después de colgar, Regan se dirigió apresuradamente hacia la puerta de *Amor sobre el nivel del mal* y echó un vistazo al aparcamiento. Aquí hay bastantes coches, pensó, aunque todo está muy silencioso. Extraña e inquietantemente silencioso. ¿Dónde están todos?, se preguntó. Danny la había puesto al corriente sobre la distribución de las instalaciones cuando llegaron a la entrada del complejo. La comedia de situación se estaba produciendo en el estudio situado al otro lado del edificio principal. Todas las unidades parecían ser autosuficientes.

Regan volvió a entrar y avanzó por el pasillo. La sala de los concursantes estaba vacía. Siguió por el pasillo hasta doblar la esquina y abrió la puerta del estudio. Los focos apuntaban hacia una plataforma donde había ocho sillas. Las parejas esperaban de pie mientras les ponían los micrófonos. Regan dio dos pasos y resbaló en el suelo. Estuvo a punto de caerse, pero consiguió agarrarse. El corazón le latía aceleradamente.

—¿Está bien? —gritó el cámara hacia ella—. ¡Es el sitio exacto donde se resbaló Barney!

Regan alargó la mano hacia el suelo y lo tocó con el dedo. Fantástico, pensó. Había una fina película de grasa. Estaba segura de que alguien la había puesto en el suelo.

Capítulo 12

—Ve más deprisa, Shep —instó Mad Madley a su marido.

—Ya he superado el límite de velocidad.

Estaban en plena carretera, camino de Las Vegas desde Scottsdale, un trayecto que solían disfrutar sin prisas. Casi quinientos kilómetros de diversión, lo llamaba Madeline. Escuchaban la radio, libros grabados y se paraban en la carretera a tomar algún que otro tentempié. Si Shep no estaba de humor para hablar mucho, Madeline llamaba por el móvil a sus amigas para ver si se había perdido algo. Luego, nada más colgar, volvía loco a Shep repitiéndole todas las conversaciones, palabra por palabra. Él ya había oído la mitad de la conversación y podía haber adivinado el resto sin ningún esfuerzo.

—No me imagino quién podría querer perjudicar a Danny —declaró Maleline—. Es una auténtica mezquindad. ¿Por qué la gente tiene esa necesidad de extender la desgracia sobre los demás?

Shep apartó la vista de la carretera y lanzó una rápida mirada a Madeline.

—No me lo imagino.

—Vaya, pues claro que me gusta saber qué pasa en la vida de la gente, pero es sólo un interés saludable. —Se volvió y se echó hacia atrás hasta coger la nevera que ocupaba un sitio fijo en el asiento trasero del coche.

—¿Un poco de agua, Shep, querido?

—Prefiero zumo.

Ella vertió el zumo en un vaso de papel que tenía una foto de Madeline y Shep a bordo de su viejo Mustang descapotable con la capota bajada. Había una leyenda que decía: «Para que viaje con Shep y Mad». Unos amigos los habían mandado hacer especialmente para el último aniversario de la pareja.

—Gracias —dijo Shep cuando Mad le entregó cariñosamente el vaso.

—Encantada, querido. Ahora que lo pienso, no me extrañaría nada que esa ex novia suya causara problemas. Danny me dijo que Honey ha estado intentado ponerse en contacto, pero que él no tiene ningún interés en reavivar la llama. Y doy gracias a Dios de que así sea. No necesito tener a una fulana por nuera.

Shep mantuvo la mirada fija en la carretera aparentemente infinita, bañada por la brillante luz solar. Ya había oído aquello muchas veces.

—Lo que realmente me gustaría es ver juntos a Danny y a Regan Reilly. Me parece que harían una pareja encantadora, ¿verdad?

Shep se encogió de hombros.

—¿Y cómo iba saberlo? Hace veinte años que veo a Regan

—Bueno, procede de una familia estupenda.

—¿No dijiste que tenía novio?

—¿Y eso que tiene que ver? —Mad lo miró con coquetería—. Antes de conocerte a ti, yo también tuve otros novios.

—Y yo, novias. La que te precedió era una verdadera monada, aunque...

—¡Shep! —le interrumpió Madeline. No podía soportar oír hablar de cualquier otra mujer que hubiera pasado por la vida de su marido. No le gustaba pensar que fuera posible. Él era su Shep, y ella su Maddy. Viajando juntos por la carretera de la vida.

Shep rió, estiró el brazo y apretó la mano de Maddy. Le encantaba que siguiera poniéndose celosa después de treinta y cinco años de unión.

—A propósito, ¿dónde nos vamos a alojar? —preguntó. Siempre que salían de viaje, Maddy se encargaba de escoger los hoteles; era una consumada cazadora de ofertas.

—Bueno, todos los grandes hoteles están llenos. Esta semana hay muchísimas convenciones allí. He encontrado un pequeño hotel llamado El Cielo del 7, que nos envió un vale. No parece un palacio lujoso, pero estoy segura de que servirá. De todas maneras, en realidad, allí sólo vamos a dormir.

—¿Cuánto tiempo nos quedaremos?

—Toda la semana. Llevaremos esto a buen término con nuestro hijo.

Shep asintió con la cabeza.

Siguieron viajando durante horas, oyendo la radio. Parecía que todo el mundo tuviera problemas.

Fue Shep quien habló finalmente.

—Estoy hambriento. No puedo esperar a llegar a Las Vegas.

—No estamos lejos del restaurante de Acidez. ¿Por qué no paramos allí a comer algo?

—¿No están Agonía y Acidez en La Vegas con Danny?

—Sí. Pero eso no significa que el restaurante esté cerrado. No me vendría mal un poco de su famoso chili.

Maddy y Shep se habían detenido en el restaurante muchas veces en sus viajes a Las Vegas. Había sido una sugerencia de Maddy el que Danny los utilizara en el programa.

Media hora más tarde entraban en el polvoriento aparcamiento del restaurante. Parecía como si el pequeño establecimiento hubiera caído del cielo en mitad de ninguna parte. A lo lejos no se veía otra cosa que cactus y maleza. Un perrazo ladró sin ganas cuando Maddy y Shep salieron del coche; tras un último ladrido, el perro se alejó sin ninguna prisa y se hizo un silencio absoluto.

—Buen chico —susurró Madeline hacia el cánido que se alejaba. Se volvió hacia Shep.

—Hora de manducar, cariño.

Atravesaron el chirriante porche y entraron en el restaurante. Era un alivio escapar del sol abrasador. La pequeña sala tenía un mostrador, varios taburetes y una caja registradora pegada a la pared, así como un puñado de mesas de madera desvencijadas colocadas al desgaire por el local. Alguien podría haber dicho que el lugar resultaba acogedor. Los platos del día estaban escritos en una pizarra, y un gran trozo de corcho colgado de otra pared aparecía cubierto con las tarjetas de visita que los clientes habían ido clavando a lo largo de los años. Muchas estaban combadas y amarillentas. Un gran ventilador giraba lentamente en el techo y parecía ejercer un efecto insignificante sobre la temperatura interior. No había ningún otro cliente.

—¡Hola! —los saludó la solitaria camarera—. Siéntense donde prefieran.

—Somos los padres de Danny Madley —proclamó Maddy.

—Pues aun así siguen pudiéndose sentar donde prefieran.

—Danny es el productor del *reality show* en el que aparecen Tía Agonías y Tío Acidez —explicó Maddy con un deje de impaciencia. Era evidente que esperaba un recibimiento mejor. Pero aquella camarera llevaba allí más años de los que estaba dispuesta a recordar, y ya nada la impresionaba demasiado. Un día seguía a otro, eso era todo.

—Sentémonos aquí —dijo Shep con naturalidad. Ambos se sentaron a una mesa para cuatro colocada en medio de la sala.

La camarera cogió un par de menús y se acercó a la mesa.

—Danny es un buen chico.

El comentario consiguió suavizar la expresión de Maddy.

—Fui yo quien le dio la idea a Danny de utilizar en el programa a Tía Agonías y a Tío Acidez. Ahora vamos camino de Las Vegas.

—¿En serio? ¿Le importaría llevarles a Agonías y a Acidez el correo? Tengo toda una saca aquí, y sé que a Agonías le gusta llevarlo al día. No duerme mucho, así que lee las cartas en la cama.

Maddy estaba emocionada. Ahora sí que tenía una buena excusa para entrometerse en los asuntos de Danny.

—Estaríamos encantados.

Encargaron rápidamente dos coca-colas y el infame chili. Acidez había preparado una enorme cantidad antes de marcharse en pos de las brillantes luces de Las Vegas, guardándolo en envases individuales en el congelador. Gracias a Dios que existe el microondas, había observado.

La camarera se batió en retirada hacia la cocina, donde estaba el congelador del tamaño de una bodega.

—Vuelvo enseguida —prometió.

Maddy se levantó para dirigirse al lavabo de señoras y se detuvo para leer el muro de tarjetas de visita. Siempre le habían intrigado. Una, en particular, atrajo su atención. El logotipo era un boceto de Elvis Presley y de las famosas máscaras teatrales, una de la felicidad, y otra de la tristeza.

—Ah, el mundo de la farándula —dijo con añoranza.

—Aquí estoy —anunció la camarera cuando salió de la cocina con el chili—. Recuérdenme que les dé el correo cuando se marchen. Agonías va a alucinar —dijo, riéndose entre dientes.

—No se preocupe. —Maddy se precipitó al interior de una pequeña habitación lateral en la que había todo tipo imaginable de baratijas para su venta. La mayoría era pura basura y estaba llena de polvo. Estornudó, pero ni siquiera se enfadó—. No se preocupe —repitió para sí mientras empujaba la combada puerta de madera rotulada con la palabra «Tías»—. Antes me olvidaría de mi propio nombre, que marcharme de aquí sin el correo de Agonías.

Capítulo 13

A las cinco de la tarde, un agudo y ensordecedor pitido estalló en las instalaciones de Hot Air Cable.

—¿Qué es eso? —gritó Pete *el Piloto*. Los actores de la comedia de situación se hallaban en mitad del primer ensayo en el mismo plató. Él, al igual que Bubbles, estaba a punto de estallar. Su piscina se estaba convirtiendo poco a poco en una quimera.

El pitido, tres largas, agudas y estridentes ráfagas, volvió a sonar.

—Parece el principio de un musical —murmuró James—. Como si los bailarines fueran a surgir de entre bastidores.

—O una locomotora de vapor con un maquinista impaciente —masculló Bubbles.

Había siete personas en el plató de *Llévame a lo más alto*. Acababan de empezar a poner en marcha la serie, por decirlo de alguna manera. La interpretación de James no había mejorado en lo más mínimo desde la mañana, y la mujer llamada Loretta, que interpretaba el papel de la abuela, era igual de horrible.

Los dos jóvenes guionistas de comedias de situación que Bubbles había reclutado de Hollywood estaban sentados en sendas sillas de director de cara al plató, tomando notas después de cada frase de diálogo. Los guionistas eran hermanos. Se parecían mucho y eran «gemelos irlandeses», esto es, que habían nacido en un lapso de doce meses. Tanto Neil como Noel tenían pecas y el pelo de color castaño claro, y ambos estaban frustrados porque los *reality shows* se estaban atravesando en su medio de vida. Llevaban en Hollywood menos de un año, cuando la fiebre de los *reality* había llegado a la pequeña pantalla. Estaban trabajando para Bubbles por una tarifa rebajada, exactamente igual que los actores.

Bubbles, Pete *el Piloto*, James, Loretta y Hal, el actor que hacia del nuevo novio de la abuela, estaban ensayando una escena que se desarrollaba en la cocina del hogar de Bubbles y Pete. La abuela estaba haciendo pública la noticia de que se iba a ir a un viaje de tres días en globo con su nuevo galán. Los dos solos. A James no le volvía loco Hal, y estaba advirtiendo a la abuela de que podía resfriarse por estar allá arriba, en el aire, durante setenta y dos horas, y les sugería que, en su lugar, cogieran un autobús hasta el Gran Gañón. Pero a la abuela no le parecía que aquello fuera ni siquiera emocionante y aseguraba a James que su nuevo novio era un experto en globos aerostáticos. Quería una vida más excitante e iba a empezar en ese mismo momento.

La escena no funcionaba. Había sido un día muy duro.

Y el pitido volvió a sonar.

—¿De dónde viene eso? —gruñó Bubbles.

James se encogió de hombros, estiró los brazos por encima de la cabeza y bostezó como si no tuviera ninguna preocupación en este mundo, acciones todas que enfurecieron a Bubbles hasta decir basta.

—Me parece que viene de fuera —observó James.

Cuando el exasperante pitido volvió a sonar de nuevo, Bubbles salió corriendo de la sala, echó a andar por el pasillo y salió fuera del estudio. Su equipo la siguió pisándole los talones. El grupo del *reality show* también salía a toda prisa del estudio en ese momento. En el aparcamiento, Roscoe tenía instalado junto a su Jaguar un descomunal juego de altavoces, y había puesto el volumen a toda pastilla. La escena era digna de verse.

—Son las cinco —declaró Roscoe mientras apagaba el equipo estereofónico—. Es hora de que volváis a vuestros hoteles. Las furgonetas partirán dentro de cinco minutos. Los estudios están cerrados.

—¿Qué? —resonó un grito colectivo.

—Esto forma parte del desafío. Todos tenemos que afrontar obstáculos en nuestro trabajo... como el de disponer de un tiempo limitado para hacer lo que debemos hacer. Tenéis que iros. No podéis permanecer en la propiedad. Tenéis cinco minutos para recoger vuestras pertenencias. Así que, ¡fuera! ¡Y que os divirtáis esta noche! Podéis volver mañana a las nueve de la mañana—. Roscoe subió el volumen del altavoz, y el pitido sonó de nuevo.

Bubbles se llevó las manos a las orejas y volvió a entrar a toda prisa en el estudio.

—Parky está chiflado —gritó mientras metía su guión en el bolso.

—Reanudemos el ensayo en el hotel —sugirió James—. Tal vez podríamos descansar y reunirnos después de la cena.

—El grupo de la comedia, al igual que el del *reality show*, se alojaba al completo en un pequeño hotel de mala muerte no lejos de la Strip, El Cielo del 7—. Si queréis, podéis venir todos a mi habitación.

Los gemelos se miraron entre sí. Noel, el nacido el día de Navidad, se volvió hacia Bubbles.

—Nosotros tenemos que hacer algunas correcciones en el guión esta noche.

Bubbles desempeñaba muchas funciones en esta producción: directora, productora, protagonista y coguionista. Su palabra era la ley.

—Trabajaremos en eso los tres juntos, si es necesario hasta las tres de la madrugada. El resto tenéis la noche libre. Noel, Neil, os veo de nuevo en el hotel dentro de una hora. —Cogió el bolso y salió como un vendaval. Pete *el Piloto* salió corriendo detrás de ella.

—Bubbles —llamó Pete, echando a correr para alcanzarla. Ella no se detuvo. Pete mantuvo el paso de Bubbles cuando ésta salió a grandes zancadas por la puerta del estudio y volvió a entrar en el aparcamiento, donde tenía estacionado el coche. Sólo Bubbles y Danny tenían permiso para ir en coche; los demás eran llevados de aquí para allá en las furgonetas del Canal Globo; Roscoe quería que su logotipo se viera por todas partes—. Bubbles —repitió Pete *el Piloto*—. Tengo una idea para nuestro programa. ¿Puedo volver contigo en el coche al hotel?

Bubbles se volvió hacia él.

—Depende de lo que sea esa idea.

Él la miró fijamente a los ojos.

—Créeme, te va a gustar.

Bubbles estaba desesperada y agradecía cualquier sugerencia. Le devolvió la mirada con la misma intensidad.

—Sube al coche.

Capítulo 14

Regan siguió a Danny al interior de su despacho; iban a toda prisa para salir de allí lo más rápidamente posible. Danny sacó los expedientes de los concursantes del cajón superior. Regan quería ver si había alguna información que pudiera ser de ayuda en la revisión de los antecedentes.

Había sido una tarde interesante. Después de que Regan casi se resbaló en el suelo, los micrófonos del plató dejaron de funcionar. Finalmente, habían empezado con la sesión de Agonías y Acidez cuando comenzó a sonar el pitido, y todos tuvieron que marcharse. Danny no estaba contento.

—Roscoe es un tipo excéntrico —comentó Danny mientras le entregaba las carpetas a Regan y echaba un último vistazo por la habitación.

—Parece que le gusta mandar —observó Regan—. ¿Pero por qué habría de echar a todo el mundo a patadas, si lo que quiere es dos buenos programas entre los que escoger?

—Ni pajolera idea.

Regan se detuvo.

—Danny, no creo que el aceite que había en el suelo se derramara por accidente. Era una película tan fina, que es como si alguien lo hubiera aplicado de manera deliberada con un pincel pequeño.

Un golpe en la puerta los sobresaltó. Victor estaba allí parado con Sam, un tipo guapo, de unos treinta y cinco años, con un pelo rubio largo y disparejo y aspecto de surfista despreocupado. Iba vestido con unos pantalones cortos estampados y una camiseta. Sus ojos azul claro tenían una mirada traviesa y se achinaban cuando el tipo sonreía. Era el cámara que había acudido en ayuda de Regan cuando ésta casi se cae al suelo. En realidad, era el único cámara. Danny contaba con un equipo muy reducido.

—Todos listos para marcharse —anunció Victor—. Ya están en las furgonetas.

—Muy bien. Diles que tendremos un cóctel a las siete en la sala de juegos —le ordenó Danny—. Retomaremos la sesión de Agonías y Acidez por la mañana. Ningún problema, ¿verdad, Sam?

—Claro que no, tío. Quieres que reanude la grabación en el cóctel, ¿no es eso?

—Exacto.

—Por cierto, Danny, ¿qué ocurrió cuando desapareció la cámara? —preguntó rápidamente Regan—. Nadie me ha contado los detalles acerca de eso.

Sam pareció avergonzarse un poco y cambió el peso del cuerpo de un pie enfundado en playeras al otro.

—Ayer estábamos haciendo unas tomas de fondo en Las Vegas: los hoteles, las fuentes del Bellagio y esa clase de cosas. En un momento dado, se me cayó el café en la camiseta, así que cogí una de las furgonetas para volver a Los Dados de Felpa y subir a la habitación a cambiarme. Cuando volví a bajar, la cámara había desaparecido.

—¿Del pequeño aparcamiento que hay delante del hotel?

—Sí.

Regan odiaba preguntarlo, pero de todas maneras lo hizo.

—¿Estaban cerradas las puertas?

—Pensé que sí, pero no había conducido una de esas furgonetas antes. Pulsé un botón del llavero y chirrió, así que creí que eso significaba que quedaba todo cerrado. Tenía tanta prisa...

Regan lo observaba con atención mientras hablaba. Parecía estar un poco en babia, aunque probablemente se debiera a que era un tipo creativo.

Por el contrario, Victor no dejaba de pasarse las manos por el pelo engominado con impaciencia.

—Esas cámaras son caras. Tenemos suerte de tener otra.

—¿Otra? —repitió Regan—. Pero si en el estudio hay por lo menos dos cámaras montadas...

—Esas son para utilizar sólo en el estudio. No salen del edificio —explicó Victor.

—¿Y de quién es la cámara que utilizas cuando sales?

—De Roscoe.

—¿Y la robada era suya?

—Sí —respondió rápidamente Danny.

—¿Y lo sabe ya?

—Sí. Se lo dije ayer.

—¿Y qué dijo?

—Que tendríamos que arreglarnos con una.

Regan levantó las cejas.

—¿No se molestó?

—No. Se lo tomó francamente bien.

El pitido volvió a sonar, una larga y estridente agresión a los oídos.

—Me da que deberíamos salir de aquí —aconsejó Regan.

—Creo que sí —convino Danny mientras salían a toda prisa.

Roscoe estaba junto al altavoz, con una sonrisa burlona de oreja a oreja. La primera furgoneta del Canal Globo salía en ese momento del aparcamiento. Roscoe les dijo adiós con la mano al pasar.

—Que paséis una buena noche —gritó.

—Buenas noches —murmuraron todos al unísono.

Regan y los otros abandonaron el lugar diez minutos más tarde, y Roscoe permaneció en el exterior del estudio. Una limusina a rebosar de sus empleados furtivos entró en el aparcamiento; aplaudió y recibió cariñosamente a sus «rapaces nocturnas».

Capítulo 15

Pete *el Piloto* y Bubbles se detuvieron en Jason's, un bar local muy popular situado a las afueras de la ciudad. El tema de Jason's era el Oeste: sombreros vaqueros colgados de las paredes y lastimeras melodías *country* que salían de la máquina de discos. El bar estaba en penumbra, tal y como le gusta a mucha gente que estén sus bares, pero allí apenas había alguien. Según parecía, el local atraía más al público noctámbulo de la variedad escandalosa, al menos según decía la publicidad de la radio local.

—Póngame una caña —le dijo Bubbles al camarero, dejándose caer sobre un taburete.

—¡Marchando! —respondió el camarero con entusiasmo—. ¿Y usted, señor? —preguntó a Pete *el Piloto*.

—Lo mismo.

—¡Marchando! —Alargó la mano para coger dos jarras, las llenó hasta el borde y colocó los brebajes delante de sus nuevos clientes—. ¿Quieren que se lo apunte?

—Sí —dijo Bubbles con irritación. Cogió su cerveza y le dio un largo y refrescante trago y, tras limpiarse la boca, se volvió hacia Pete—. Bueno, ¿de qué querías hablar conmigo?

—Antes de que él pudiera responder, Bubbles volvió a coger a la jarra y bebió ruidosamente más cerveza.

—Creo que deberíamos matar a James.

Bubbles empezó a toser compulsivamente, y se le salió la cerveza por la nariz.

—¿Qué? —dijo con un grito ahogado, mientras cogía una pequeña servilleta cuadrada de papel, que se suponía tenía que servir como posavasos, y se secaba los ojos y la nariz con suavidad—. ¿Estás loco?

Pete *el Piloto* se empezó a reír.

—Sólo estaba bromeando, Bubbles. Por amor de Dios, ¿es que no sabes cuando alguien está de broma? Puede que yo sea un actor demasiado bueno. Te los has tragado, ¿eh?

Bubbles lo miró con cautela.

—Sí, sí que me lo he tragado.

—Lo que quiero decir es: ¿podemos cargarnos al personaje de James?

—Se supone que la serie es una comedia.

—Muy bien. Entonces, ¿qué tal si enviamos a James a una carrera de globos aerostático al principio de la serie? Cuando vuelva, el episodio habrá terminado. Dale dos frases y quítalo de en medio.

—Eso no encaja con el argumento de la historia. Tal como está, la abuela y el lascivo de su novio van a hacer un viaje en globo. Tendríamos que darle más frases a la abuela, y ella no es Lucille Ball.

Pete *el Piloto* se quedó mirando fijamente su cerveza. Del fondo del local llegaba suavemente la canción *I'm So Miserable Without You, It's Like You Never Left*. Las manos de Pete rodearon con fuerza la jarra de cerveza; tenía los nudillos blancos. Se volvió hacia Bubbles. Ella parecía sentirse desconfiada, así que Pete rió e intentó tranquilizarla.

—Confiemos, entonces, que el *reality show* sea «realmente» malo.

—Eso es, que sea una verdadera mierda. —Bubbles hizo un movimiento de asentimiento con la cabeza y le dio otro trago a la cerveza—. ¿Llevas mucho tiempo en este negocio?

—Quince años. Esta serie tiene que salirme bien.

—¿Y cómo crees que me siento yo? —preguntó Bubbles.

Pete la miró de forma penetrante y la agarró con fuerza del brazo.

—¿Cómo podemos hacer que funcione? ¿Qué podemos hacer para que esto funcione?

Bubbles levantó el brazo para que la soltara y se encogió de hombros.

—No lo sé. —De repente, se sintió inquieta. De pronto, se dio cuenta de que tal vez Pete no estuviera bromeando acerca de James. Su cara tenía una expresión enloquecida. Y pensar que su agente alardeó de que él era perfecto para el papel del autentico padre norteamericano. Sintió un escalofrío por todo el cuerpo—. Deberíamos pagar —sugirió.

—Permíteme.

Volvieron a la ciudad en silencio. Pete *el Piloto* no apartó la mirada del frente; a Bubbles le pareció que no parpadeó ni una vez. Cuando llegaron al hotel, Bubbles se dirigió a toda prisa a su habitación y llamó a su novio.

—Por favor, que esté —rezó en voz alta. Pero él no respondió—. No te vas a creer esto —gritó como una histérica cuando saltó el contestador automático—. Pete *el Piloto* me ha estado hablando de matar a James. ¡Y lo creo muy capaz de hacerlo! ¡Llámame! ¡Lo antes que puedas!

Capítulo 16

Victor fue en el coche hasta el hotel con Regan y Danny; quería tener ocasión de hablar con Danny sin interrupciones.

Regan se sentó en el asiento trasero.

—Jefe, tengo malas noticias.

—¿Y ahora qué pasa?

—Por propia iniciativa me puse en contacto con las tres parejas de reserva del programa... para ver si tal vez podían intervenir, ya sabes, como la segunda del concurso de miss Norteamérica. «Si conoce algún motivo por el que ella no pueda culminar su reinado, bla, bla, bla...»

—¿Cuáles son las malas noticias, Victor? —preguntó Danny.

—Resulta que ninguna de ellas quiere participar.

—¿Qué? Pensaba que todos se morían por estar en nuestro programa.

—Ya no, gracias a la web de Internet. Saben que los investigarán.

—¿Y es que todos tienen algo que esconder? —preguntó Danny, y su voz fue casi un alarido.

—Ya te lo dije, todo el mundo tiene algo que esconder—. Victor se dio la vuelta y sonrió a Regan—. Incluso tú. Apuesto a que tienes un secreto.

—Nunca me han detenido —dijo Regan con naturalidad.

Victor rió.

—Ésa es buena. Estar en un *reality show* es como presentarte a las elecciones. Alguien terminará averiguando todos tus vicios. Es sorprendente cómo estos programas se han apoderado de la imaginación de Norteamérica.

—O sea que lo que estamos diciendo aquí —se percató Danny— es que estamos atascados con esas tres parejas con independencia de lo que hayan hecho, de que estén o no casadas, de si son delincuentes o no, de...

—Jefe, no es culpa nuestra si mintieron. Nosotros sólo tenemos que poner en escena un programa que entretenga. Es un acuerdo de una única oportunidad. Si le gustamos a Roscoe, nuestro próximo programa versará sobre alguna otra cosa. Considéralo así: si después averiguamos que la pareja ganadora no está realmente casada, entonces Roscoe no tendrá que pagar el millón de dólares del premio. ¿Quién sabe? Hasta puede que le proporcione más publicidad para su emisora.

Si Roscoe paga el millón de dólares de su propio bolsillo, pensó Regan, debe de tener dinero a espuertas.

—Bueno, sin esas parejas, no tendremos programa —concluyó Danny—. Así que tenemos que trabajar con ellas.

Victor asintió con la cabeza.

—Al contrario que la página de Internet, tenemos que mantener ocultos algunos problemas. Como suele decirse: «El espectáculo debe continuar.»

Regan se inclinó hacia delante.

—Danny, ¿qué pasa entonces con la comprobación de los antecedentes que iba a investigar para ti? ¿Cuándo podrás darme más información?

Victor se volvió hacia ella.

—Yo no iría haciéndoles demasiadas preguntas, no vaya a ser que a alguno de los concursantes le entre miedo y ahueque el ala. Entonces sí que nos atascamos. Después de todo, ellos no se preocupaban nada más que de sus asuntos hasta que la gente de Roscoe irrumpió en sus vidas. ¿Sabes lo que quiero decir, Regan?

—Roscoe eligió el reparto de la comedia y nos proporcionó seis parejas para que eligiéramos. El resto era cosa nuestra. Los entrevistamos para ver qué parejas serían las más interesantes —añadió Danny.

—Parejas interesantes que conseguiste —observó Regan—. Pero, ¿por qué te dejaría escoger a los concursantes? Si eligió el reparto de la comedia, uno pensaría que querría controlar también este programa.

Victor se encogió de hombros.

—Con él, cualquiera sabe.

Regan se recostó en el asiento. Algo me dice que Roscoe podría ser el que está tramando algo feo, pensó. Pero estaba proporcionando trabajo a un montón de gente, y eso era bueno. Miró a través de la ventanilla. Eran casi las cinco y media, y las luces de Las Vegas empezaban a encenderse. La noche no había hecho más que empezar.

Cuando Danny entró en el aparcamiento del hotel Los Dados de Felpa, uno de los jóvenes ayudantes de producción se acercó corriendo hasta el coche.

—¡Elsa acaba de ganar cuatrocientos doce mil dólares en una tragaperras! ¡Y dice que se va de aquí!

¡Oh, Dios mío! ¿Y qué va a ser lo siguiente?, se preguntó Regan.

Danny aparcó como una centella y se precipitó al interior del hotel.

Regan y Victor echaron a correr detrás de él. Regan no podía dar crédito a lo que veía. La pequeña Elsa rodaba por el suelo con otra mujer en una pelea de gatas. Tía Agonías y Tío Acidez intentaban separarlas.

Y, mientras, Sam lo estaba grabando todo.

Capítulo 17

El chili del Tío Acidez hacía honor a su nombre.

—¡Uau! —exclamó Shep mientras rebañaba el fondo del tazón con la cuchara—. Esta cosa te hace revivir.

Pero Maddy no necesitaba ningún chili para animarse. Desde que la camarera les pidió que entregaran el correo de Tía Agonías, estaba electrizada; sólo había tomado dos bocados y el chili casi le había puesto los nervios de punta. Apenas podía contenerse. Y tan pronto Shep dejó la cuchara, ella se levantó.

—Shep, cariño, deberíamos movernos.

—¿Dónde está el fuego? —preguntó retóricamente su marido mientras apuraba su vaso de Coca-cola.

La camarera salió de la sala posterior, arrastrando una gran saca de tela. Llevaba inscrita las palabras: U.S. MAIL-TÍA AGONÍAS.

—Aquí está —proclamó—. Un gran montón de preocupaciones y congojas. Todo empaquetado y listo para llevar.

Shep levantó las cejas.

—Vaya montón de desesperación.

—No sé como consigue hacerlo —contestó la camarera—, pero Agonías lee todas y cada una de ellas. Yo me deprimiría.

Maddy intentó levantar la saca, pero Shep la detuvo.

—Es demasiado pesada, cariño. La llevaré yo.

Pagaron la cuenta, se despidieron y salieron al sol del final de la tarde. El perro dormía en su cesta, cerca del porche, y ni siquiera se estremeció cuando la puerta mosquitera se cerró con un portazo detrás de ellos.

—¿Por qué no pones la saca en el asiento trasero? —sugirió Maddy.

—¿No crees que sería más fácil ponerla sin más en el maletero?

—No.

—Muy bien.

Shep abrió la puerta trasera del coche, colocó la saca en el suelo y a continuación se metió en el asiento del conductor. Maddy se instaló en el del acompañante y se volvió para decir adiós con la mano a la camarera, que había salido al porche. Shep arrancó el coche, salió lentamente a la solitaria carretera de dos carriles y se marcharon. En cuanto perdieron de vista el restaurante, Maddy saltó al asiento trasero.

—¿Qué estás haciendo? —le preguntó Shep, consternado, cuando el pie de Maddy le rozó el hombro.

—Tú limítate a conducir, cariño. —En cuanto colocó su cuerpo en posición sedente, se estiró hacia los termos de agua caliente que guardaba en un recipiente junto a la nevera, en el suelo del coche. A Maddy le gustaba beber té en sus viajes por carretera. Cuando desenroscó la tapa de los termos, del recipiente se elevaron unos pequeños círculos de vapor—. Esto será perfecto —susurró—. Perfecto. —Cerró los termos y, entonces, se zambulló prácticamente en la saca de Tía Agonías.

—Violar el correo ajeno es un delito federal —le advirtió Shep desde el asiento delantero.

—Esto no es una violación. Como te dije antes, sólo tengo un saludable interés en las vidas de los demás.

Shep meneó la cabeza y alargó la mano para encender la radio.

—Ten por seguro que iré a visitarte a la cárcel.

Capítulo 18

—¡Ésa era mi tragaperras! —aulló la fornida y despeinada mujer que rodaba por el suelo con Elsa. Si alguien le hubiera dicho a Regan que la mujer era una profesional de la lucha libre, no se habría sorprendido. La contrincante de Elsa era una mujer de edad indefinida, ancha de hombros, pelo rubio largo y desteñido, una abundante capa de delineador de ojos y suficiente maquillaje carnavalesco para hundir un barco.

Tía Agonías y Tío Acidez daban consejos acerca de la necesidad de que la gente hablara de sus problemas, mientras las dos mujeres rodaban por el suelo.

—¡Cuidado! —aulló Regan con autoridad. Tía Agonías y Tío Acidez se echaron rápidamente a un lado cuando Regan se agachó y sujetó a Elsa. Danny se encargó de agarrar a la luchadora, a la que apartó de Elsa e inmovilizó con una llave.

—¿Qué ha ocurrido? —preguntó Danny.

—Que he ganado con todas las de la ley —gritó Elsa—. Cuando volvimos del estudio, decidí echar un par de monedas de veinticinco centavos en una de las tragaperras. Y al ganar, esa tipa sale del lavabo de señoras ¡y se pone como loca!

—Llevaba jugando en esa máquina tres horas. Es mi favorita. Y sólo la dejé para ir al baño. ¡Ya sabía yo que tenía que haber hecho pis antes de salir de casa! —Se le quebró la voz y empezó a llorar—. Necesito ese dinero de manera desesperada —gimió—. De verdad que lo necesito. —Su ancho pecho empezó a subir y a bajar convulsamente mientras sollozaba de manera incontrolable.

Elsa induce al llanto que es una barbaridad, pensó Regan.

El director del hotel se acercó y rodeó a la gran mujer con el brazo.

—Lo lamento. La diosa Fortuna no estaba hoy con usted. Pero, ya sabe, esto es Las Vegas.

La mujer aumentó el volumen de sus sollozos.

Regan se percató de que no era Sam el único que estaba grabando los acontecimientos, sino que detrás del mostrador, la joven recepcionista que llevaba todas las joyas con motivos cúbicos también tenía su cámara de vídeo en marcha. ¿Planeaban utilizar aquello en alguna especie de promoción del hotel?, se preguntó Regan.

—Elsa, ¿podemos subir y hablar? —le preguntó Danny en voz baja.

—Quiero decirle a Barney que he ganado.

—¿Y dónde está?

—Se fue a la habitación a descansar. Le duele el brazo.

—¿Está usted bien? —le preguntó Agonías con preocupación—. Es una lástima que una ocasión tan jubilosa como la de ganar mucho dinero tenga que verse empañada por la envidia.

Empañada por la envidia, pensó Regan. Esa mujer podría haber matado a Elsa. Y, ahora, el director, la acompaña afuera.

—Estoy bien —les aseguró a todos—. Sienta tan bien ganar. Y sienta tan bien saber que Barney y yo podemos irnos y pasárnoslo en grande gastando este dinero como pareja.

El Tío Acidez hizo un gesto de aprobación con la cabeza.

Volvemos al juego, pensó Regan. Eufórica por su victoria, Elsa se está concentrando en el siguiente premio. Mucho más dinero todavía. Miel sobre hojuelas.

Un millón de dólares.

Resultaba evidente que Danny no tenía de qué preocuparse; Elsa no se iba a marchar. Una vez que recuperó la cordura, se dio cuenta de que si invertía unos pocos días más, bien podrían valer la pena.

—Danny —le dijo Regan en voz baja—. Voy a subir a arreglarme. ¿Qué tal si me paso por tu habitación a eso de las siete menos cuarto? Quiero hablar contigo en privado de un par de cosas.

—No hay problema, Regan. Mi suite está en el extremo opuesto a la tuya, en el mismo pasillo.

—Estupendo. Te veo dentro de un rato. —Regan se dirigió a las escaleras con las carpetas de los concursantes debajo del brazo. Quería echarles un vistazo rápido antes de llamar a Jack. Todo había ocurrido tan deprisa, que se hacía difícil creer que hubiera empezado el día en su oficina de Los Ángeles.

Se rió para sus adentros. Si los siguientes cuatro días son como hoy, el viernes por la noche estaré chiflada. Jack tendrá que devolverme la cordura.

Regan empezó a subir los escalones de dos en dos; faltaba menos de una hora para la siguiente reunión, y apenas era
capaz de imaginar lo que podía deparar la noche.

Capítulo 19

Roscoe había convocado a Erene y a Leo a una reunión en el jardín trasero de su mansión. Al final de la propiedad había un cenador, que muy probablemente habría sido utilizado para toda clase de actividades ilegales de sus dueños anteriores. A Roscoe le gustaba salir a tomar una copa al fresco a la puesta del sol. Estaba tan hermoso el cielo cuando cambiaba de un color a otro; y esa noche, estaba surcado de oro. También era la hora en que Roscoe solía dar un paseo en globo.

—El pitido los ha fastidiado de verdad, ¿no es así? —preguntó Roscoe mientras le daba un trago a su excelente whisky escocés pura malta.

Erene se inclinó hacia delante.

—Fue maravilloso. Hay estudios que demuestran que, cuando se obliga a la gente a trabajar bajo presión, se suele volver más creativa. Ahora, los dos «equipos» son conscientes de que no pueden desperdiciar ni un minuto cuando estén en las instalaciones de Hot Air Cable.

—Bubbles parecía que fuera a rajar a alguien —comentó Leo—. Ya está teniendo problemas con un par de actores.

Roscoe rió e hizo restallar su fusta de montar contra el lateral del cenador.

—Es todo tan fantástico...

—Roscoe —le interrumpió Erene—, no obstante, debemos de tratar algunos asuntos.

—Sí, señora. —Le gustaba llamarla señora; se le antojaba tan tonto llamarla así, que le hacía reír.

—En el *reality show* está sucediendo algo siniestro en lo que no tenemos nada que ver.

—El asunto del suelo resbaladizo.

—Sí.

—Si alguien resulta herido, nos podrían demandar.

—¿Quién engrasó el suelo?

—No lo sabemos. La cámara oculta que cubre esa zona del estudio estaba rota.

—¿Se ha arreglado?

—Están en ello.

—Así que hay alguien que está ocasionando algunos problemas a *Amor sobre el nivel del mar* y no tenemos idea de quién es.

—Exacto —respondió Erene.

Roscoe dio un puñetazo en la mesa.

—Eso no es aceptable. Leo, ¿te estás durmiendo?

—No, señor. Estoy pensando en algo.

—Eso deberías haberlo hecho camino de aquí.

—Sí, señor. Pero creo que le gustará lo último que se me ha ocurrido.

—Escúpelo.

—Si lo desea, y para provocar más tensión dramática, estaba pensando que podríamos ofrecer una comida o una cena a ambos grupos aquí, en su encantadora mansión, mañana por la noche.

Los ojos de Roscoe se abrieron como platos.

—¡Ambos equipos fastidiándose el uno al otro!

—¿No contribuiría eso a que fuera una velada interesante? La verdad es que podemos estudiarlos a todos y luego comparar notas. ¡Ah, Roscoe! Además podría pronunciar unos de esos discursos suyos tan inspirados y maravillosos. Después de todo, ahora no podemos permitir que alguien arruine *Amor sobre el nivel del mar*, ¿no es así?

Roscoe empezó a reírse.

—Haremos una barbacoa —dijo, entusiasmado.

Kitty salió de la casa y corrió hacia el cenador.

—¡Ya sabía yo que su nombre me era familiar!

—¿De qué estás hablando, mi dulce pastelito? —preguntó Roscoe.

—De Regan Reilly.

Roscoe se lo explicó a los otros.

—Danny está con una amiga que se supone quiere producir un *reality show*.

Kitty sujetaba en el aire uno de los libros de Nora Regan Reilly.

—Acabo de recibir este libro por correo de mi club de lectores. Me he decidido a intentar leer novelas de suspense, aunque soy algo miedica. —Abrió el libro por la página de agradecimientos—. ¡Mirad! «Quiero darle las gracia a mi hija, la detective privada Regan Reilly, por su inestimable ayuda...»

—¡Una detective privada! —gritó Roscoe—. No la necesitamos husmeando por aquí.

—Sin duda que no —convino Erene—. Los estudios demuestran que si...

—¡Olvídate de los estudios! —le ordenó Roscoe—. ¡Ésa nos lo puede echar a perder todo!

Leo sacudió la cabeza y frunció los labios.

—Hagamos esa cena mañana por la noche, jefe. Así podremos vigilarla... y a todos los demás, si quiere.

Impertérrita, Erene apuntó al aire con el índice.

—Había un estudio que decía que las personas que cenan juntas, tienen muchas más probabilidades de...

—¡Llamad a la empresa de comidas! —la interrumpió Roscoe. Le estaban entrando ganas de vomitar con los estudios e investigaciones de Erene; antes de que se diera cuenta, tiraría de gráficos y tablas. Roscoe quería divertirse y conseguir un buen programa que diera notoriedad a Hot Air Cable. Le traían sin cuidado las estadísticas—. Pondremos perritos calientes y hamburguesas, y malvaviscos. Y aquí, en el jardín trasero, haremos una hoguera. Como en *Supervivientes*.

Leo sonrió con petulancia; sabía que la fiesta sería interesante.

Capítulo 20

Honey se pasó el día poniéndose guapa. Estaba depilada, teñida y con mechas; le habían pintado las uñas, hecho un exfoliado y dado un masaje. Lo necesitaba, racionalizó. Cuando me encuentre con él —y me voy a encontrar con él—, no quiero tener una uña rota, un pelo fuera de su sitio y o un trozo de piel muerta sobre mi cuerpo. Volvió a casa exhausta, puso las noticias de las seis y oyó anunciar al presentador que tenían una historia de última hora: «La concursante de un *reality show* termina pegándose con otra jugadora en el hotel Los Dados de Felpa», informó con excitación.

Honey observó con dolor como Danny se metía en medio para interrumpir la pelea. Estuvo a punto de estallarle el corazón. Danny era tan fuerte, tan justo y bueno con la gente. Honey contempló cómo la mujer grande con el ojo amoratado gritaba que necesitaba el dinero; sintió lástima por ella. Lo que realmente necesitaba era la dirección de un buen peluquero. Ninguna mujer debería salir a la calle con esa pinta.

¡Eso es!, cayó en la cuenta de repente. Demostraré a Danny lo buena y bondadosa que soy. Me dedicaré a ayudar a personas que estén en apuros; encontraré gente en la calle que necesite desesperadamente un cambio de imagen. Bien sabe Dios que hay bastantes deambulando por Las Vegas. Las ayudaré con su autoestima. Honey estaba eufórica acerca de las ilimitadas posibilidades de convertirse en la Florence Nightingale del siglo XXI. Pero sus ánimos no tardaron en hundirse.

¿Qué hay que hacer para ponerlo en marcha?, pensó ¿Y cómo se enterará Danny de todas mis buenas obras?

Ponte en acción ahora mismo, pensó. Sacó un listín telefónico de Las Vegas de debajo del sofá y buscó el número del hotel Los Dados de Felpa. Dijo el número en voz alta, alargó la mano hacia el teléfono y lo marcó.

—Tienda de empeños de Pauly —respondió una voz masculina con brusquedad.

—¿No es el hotel Los Dados de Felpa? —preguntó Honey con ansiedad.

—No.

Clic.

Honey volvió a coger el listín telefónico.

Sabía que tenía que haberlo escrito, dijo para sí mientras buscaba el teléfono de nuevo. Lo repitió dos veces y volvió a marchar.

—Hotel Los Dados de Felpa.

—Sí, hola. Estaba viendo la televisión y he visto el pequeño rifirrafe que ha habido en su vestíbulo.

—¡A una de nuestras clientes le ha tocado un premio gordo! —dijo una joven con orgullo.

—Felicítela de mi parte. Me ha parecido entender que es una de las concursantes de un *reality show*.

—Sí. El equipo está alojado aquí esta semana. Es muy emocionante. Nos quedan un par de habitaciones. ¿Quiere hacer una reserva?

—La realidad es que me estaba preguntando si podrían darme el nombre de la mujer que no ganó el dinero. Tengo que ponerme en contacto con ella.

—Señora, la pusimos de patitas en la calle; no necesitamos clientas así. Y no damos el nombre de nuestros huéspedes. Además, ¿por qué quiere ponerse en contacto con ella? Está loca.

—Soy especialista en belleza y hago cambios de imagen. Y como me dio lástima, quería ofrecerle mi ayuda.

—Bueno, admito que es una buena candidata para un cambio de imagen, pero puedo garantizarle que nuestro director en persona la acompañó fuera y se aseguró de que nunca más volviera a ensombrecer nuestra puerta. ¿Sabe? Lo que usted debería de hacer es cambiarles la imagen a los concursantes. Entre nosotras, le diré que a la mujer que ganó el dinero le vendría bien cierta ayuda. Su peinado me recuerda al de Buster Brown; no tiene ningún estilo, la pobre.

—Tiene razón. ¡Qué gran idea! —dejó escapar Honey.

—Era nada más una idea. Después de todo, la pareja que gane renovará sus votos en un globo aerostático. Deberían de tener el mejor aspecto posible, ¿no le parece?

—¡Sin ningún género de dudas! ¡Y yo soy la persona que puede hacer que eso ocurra! ¿Podría ponerme con la habitación de Danny Madley?

—¿Conoce a Danny? —La mujer no esperó a que le respondiera; conectó a Honey con la habitación de Danny.

El corazón de Honey dejó prácticamente de latir cuando el teléfono empezó a dar la señal de llamada. La adrenalina que fluyó por todo su cuerpo podría haber hecho funcionar los surtidores danzantes del Bellagio.

—Hola —Danny parecía tener prisa.

—Danny, soy Honey —empezó diciendo en su tono más alegre y seguro.

—Honey, ahora mismo estoy realmente ocupado. No puedo hablar. Tal vez en otra ocasión.

El labio de Honey empezó a temblar cuando el tono de marcar zumbó en su oído. Permaneció sentada en la más absoluta inmovilidad durante varios segundos, mientras escuchaba una irritante grabación. «Si desea hacer una llamada, por favor, cuelgue y vuelva a marcar. Si necesita ayuda, cuelgue y marque el número de su operadora. Si desea hacer una llamada...»

Honey apretó el botón de desconexión y, presa del desaliento, dejó el teléfono sobre la mesa violentamente. No me puedo quedar sentada aquí, pensó; me volveré loca si me quedo aquí esta noche, mirando estas cuatro paredes. Me voy de la ciudad. Cogió el teléfono y llamó a su mejor amiga, Lucille, que trabajaba de crupier en uno de los casinos y que, por suerte, libraba las mismas noches que Honey.

—¡Lucille, salgamos de aquí!

—¿Y a dónde vamos a ir? —Lucille siempre iba al grano. Era la chica sensata por excelencia; en el casino recogía las fichas de los perdedores con más rapidez que cualquier crupier de Las Vegas.

—Fuera de la ciudad. Tengo que hacer algunas cosas.

Lucille rió.

—¿Cómo pescar a Danny?

—¡Lucille! —protestó Honey.

—Eso significa que sí. Te recogeré en mi coche. Danny no lo reconocerá, y te podrás esconder debajo del asiento si surge la necesidad.

—Estaré lista dentro de cinco minutos —anunció Honey. Después del día que había tenido, su cuerpo ya no admitía mucho más acicalamiento.

—Muy bien —contestó Lucille—. Estaré ahí dentro de una hora.

Honey colgó el teléfono sintiéndose un poquitín mejor. Voy a hacer que vuelva conmigo, pensó; él sabe que estamos hecho el uno para el otro. Da igual lo que haya dicho de mí esa horrible madre que tiene.

Capítulo 21

—¡Caramba, caramba, caramba! —Madeline extrajo un puñado de cartas de la saca—. No sé por dónde empezar.

En el asiento delantero, Shep movió la cabeza y apretó inconscientemente el pedal del acelerador.

—Ésa no es una buena idea —advirtió—. Si lo que quieres es cotillear, ¿por qué no te limitas a llamar a una de tus amigas?

Mad lo ignoró.

—Mira todos estos remites. Son todos de Arizona y Nevada. Ha de haber algún conocido nuestro que escriba a Agonías. —Depositó las cartas junto a ella en el asiento y, a punto de volver a meter la mano en la saca, tuvo una idea. Cogió la bolsa y le dio la vuelta; las cartas quedaron esparcidas por el suelo del coche.

Maddy revolvió todas las cartas, intentando decidir cual sería la primera que abriría. Finalmente, localizó un sobre tamaño comercial con un remite intrigante: Brenda Nickles, abogado. Cogió el sobre, de un blanco inmaculado, y, tras abrir el termo, lo empezó a mover de un lado a otro sobre la diminuta columna de vapor. El cierre del sobre empezó a ceder, y Maddy, con sumo cuidado, lo ayudó introduciendo ligeramente el dedo índice.

—Allá voy —dijo, enroscando la lengua mientras se concentraba en la labor. Siempre con la misma suavidad, fue dándole pequeños tirones al sobre hasta que se abrió por completo.

—Ni un desgarrón ni un roto —declaró, triunfal. Sacó la carta y empezó a desplegarla.

—¡Oh, Dios mío! —gritó Shep—. ¿De dónde ha salido éste?

Justo detrás de ellos circulaba un agente de la policía estatal haciendo centellear las luces.

Maddy miró a todas partes, presa del pánico.

—Shep, ¿qué has hecho?

—Yo no me preocuparía por lo que haya hecho yo. Eres tú la que está leyendo correspondencia ajena —gruñó mientras echaba el coche hacia el arcén de la carretera.

Maddy metió frenéticamente la carta de la abogada en una de las bolsas del asiento trasero; luego, cogió un puñado de las demás cartas y lo metió en la saca; y luego, otro; y otro. Se dio la vuelta y vio que el agente se acercaba caminando a su coche.

—Me siento como una delincuente —le dijo a Shep lloriqueando.

—Es que eres una delincuente. Ahora, siéntate y no te muevas.

El agente divisó a Maddy en el asiento trasero y se dirigió hacia el lado del acompañante del coche con cautela. Shep había bajado la ventanilla.

—Tienen un poco de prisa, ¿no? —observó el policía.

—Lo lamento, agente. NO me he dado cuenta de que había sobrepasado el límite de velocidad.

—¿Adónde se dirigen?

—A Las Vegas.

—Permiso de conducir, documentación del coche y seguro, por favor.

Shep alargó la mano hacia la guantera y extrajo los documentos necesarios. El policía lanzó una mirada entre socarrona y extrañada hacia Maddy.

—Me mareo si viajo delante —explicó ella rápidamente y sin que nadie le hubiera preguntado—. Siempre viajo detrás. Siempre, siempre, siempre. Es muchísimo más cómodo. Así, si quiero, me puedo estirar.

El policía movió la mirada desde Maddy hasta el par de zapatos de señora que reposaban en el suelo del asiento delantero.

—¿Son suyos esos zapatos de ahí delante?

Maddy parpadeó.

—Sí, agente. Esos de ahí delante son mis zapatos. Es que verá, lo que ocurrió fue que pensé que aguantaría haciendo compañía a mi marido. Pero, entonces, ¿sabe?, me empezó a doler la tripa, así que...

—Vuelvo en seguida —dijo el policía de manera cortante, y regresó a su coche con la documentación de Shep.

Maddy terminó de meter los sobres que aun quedaban sobre el asiento en la saca de correos.

—Hazme un favor, Maddy. Mantén la boca cerrada —dijo Shep de forma cansina—. Estás consiguiendo parecer sospechosa.

Maddy se hundió en el asiento e intentó evitar las miradas de la gente que viajaba en los coches que pasaban. Sabía en qué estarían pensando; en lo mismo que pensaba ella siempre que veía a alguien parado en el arcén por la policía. ¡Delincuentes! Aquellas luces centelleantes eran de lo más embarazoso.

El policía regresó y le entregó a Shep la denuncia de una multa considerable por exceso de velocidad: veinte kilómetros por encima del límite.

—¿Van mucho a Las Vegas? —preguntó el agente.

—Sí. Nos encanta Las Vegas —respondió Maddy—. Nuestro hijo está produciendo allí un *reality show*.

—¿Puedo echar un vistazo a su maletero?

Shep asintió con la cabeza, apretó el botón de apertura del maletero y salió del coche.

—¡Ten cuidado, cariño! —gritó Maddy.

El oficial echó un rápido vistazo al equipaje del maletero y volvió hasta la ventanilla de la mujer mientras Shep entraba de nuevo en el coche.

—¿Le importa que eche un vistazo a esa saca que tiene ahí? —le preguntó a Maddy.

—¿A la saca? —repitió ella.

—Así es, señora. Mucha gente transporta drogas por todas estas carreteras. No llevara nada ilegal ahí detrás, ¿verdad?

Maddy estuvo a punto de desmayarse.

—No, señor, en absoluto. Sólo un puñado de cartas que vamos a entregar a Tía Agonías.

—¿Tía Agonías?

—La consultora sentimental.

—Ah, sí. A mi esposa le encanta. —El policía abrió la puerta del coche. Maddy se apartó y empujó la saca hacia el agente, que empezó a hurgar en su interior, tal y como había hecho Maddy minutos antes—. Espero que aquí dentro no haya ninguna carta de mi mujer —bromeó.

Maddy rió un tanto histéricamente.

—Si quiere, se lo puedo comprobar.

El policía la miró de hito en hito.

—Usted no debería hurgar en este correo. ¿Y qué son esos sobres que hay sobre el asiento?

Maddy se dejó de reír en seco y, cuando miró hacia abajo, descubrió que había acabado por sentarse encima de dos cartas; al deslizarse por el asiento, habían quedado a la vista.

—Deben de haberse salido de la saca de alguna manera, agente.

—Entréguemelas, por favor.

Gracias a Dios que ésas no las he puesto al vapor, pensó Maddy. Le entregó al policía los dos sobres floreados, llenos, probablemente, de sufrimiento. El hombre los examinó por ambos lados y, al ver que su integridad no había sido violada de ninguna manera más allá del hecho de que se hubiera estado sentado sobre ellos, los dejó caer en la saca.

—¿Cómo se llama el *reality show* de su hijo? —inquirió el policía.

—*Amor sobre el nivel del mar*. Confiamos en que lo emitan por el Canal Globo el viernes por la noche. ¿Pone el Canal Globo? —preguntó Maddy, sonriendo con coquetería al policía.

—Nunca he oído hablar de él. —El policía cerró la cuerda de la saca con decisión y le hizo un doble nudo. Hizo un leve gesto de despedida con la mano y regresó a su coche.

Shep salió a la carretera.

—Espero que hayas aprendido la lección.

Maddy asintió con la cabeza; el corazón le latía a un millón de kilómetros por minuto.

—Sí, sí que la he aprendido, cariño. Lo que pasa es que tengo una carta en el bolsillo del asiento. Y parece muy interesante.

Capítulo 22

Regan cerró la puerta de su habitación con una profunda sensación de alivio. El cuarto vacío y silencioso era un cambio muy de agradecer. Ni siquiera le molestó la visión de todos aquellos dibujos cúbicos de su colcha. Se quitó los zapatos con sendos puntapiés, se sentó en la cama y, tras ahuecar las almohadas, se tumbó de espaldas. Me encantaría cerrar los ojos, pensó, tomar una buena y relajante ducha y salir a cenar tranquilamente.

—¡Ni lo sueñes! —dijo en voz alta mientras miraba de hito en hito la decoración de su habitación—. Abrió la carpeta de Barney y Elsa Schmidt. ¡Vaya, menudo día han tenido! Primero se cae Barney y se hace daño en el brazo, y luego Elsa hace su agosto. ¡Eh!, pensó Regan, yo me caí en el mismo sitio; tal vez debiera de jugar a las tragaperras esta noche.

Después de examinar las carpetas de las tres parejas, Regan se dio cuenta de que no disponía de mucha información de valor. En las direcciones de todos sólo se indicaba las ciudades y los distritos postales. Ninguna calle. No se habían dado los números de la Seguridad Social. Ni los empleos. Había mucha información acerca de lo que les gustaba y les disgustaba, de las razones por las que querían participar en el programa y de cómo se habían conocido. Regan enarcó las cejas. A aquel tipo de programas lo que les preocupaba por encima de todo era cómo resultarían los concursantes en televisión, de si encajarían en la idea de programa. ¿A quién le importaba que tuvieran tendencias violentas?

Cogió el móvil y llamó a Jack, que contestó a la primera.

—¿Cómo va todo, Regan?

—Como sólo puede ir en Las Vegas —dijo, riéndose—. Desde que hablé contigo hace un par de horas, una de las esposas ganó cuatrocientos mil dólares en una tragaperras y amenazó con abandonar el programa.

—¿Quién se lo puede reprochar?

—Bueno, al final decidió quedarse. ¿Por qué no? Dentro de unos días podría embolsarse otro millón.

—¿Quieres que compruebe esos antecedentes? —preguntó Jack.

—Sólo dispongo de los nombres y de los distritos postales. Ésa es toda la información que he podido conseguir hasta ahora. Veré que más puedo averiguar en el cóctel de esta noche. Pero el problema es que Danny necesita que se queden todos. Sin ellos, no tiene programa.

—Y pensar que hay un montón de gente que se muere por salir en uno de esos *reality shows*... —observó Jack.

—Lo sé. Pero es demasiado tarde para sustituir a cualquiera de ellos. Del que sí quiero averiguar algo es de Roscoe Parker. Es un tipo muy excéntrico. Hoy, a las cinco, nos ha aturdido a todos con un pitido insoportable, y luego nos ha echado de las instalaciones de Hot Air Cable. Y lo hace cuando las dos producciones necesitan cada minuto para prepararse para el viernes.

—¿Bromeas?

—¡Ojalá! Era un pitido estridente. Y nos ha dicho que nadie podía volver hasta mañana a las nueve. Ah, y ya que estamos en el capítulo de cosas que podrían considerarse pesadas, hoy he resbalado en el estudio y he estado a punto de caerme. Justo en el mismo lugar que el concursante que acudió a urgencias. Alguien puso aceite en el suelo. Estoy segura.

—Regan —dijo Jack, y el tono de su voz se tornó grave—. No me gusta como suena eso. Ten mucho cuidado, ¿de acuerdo? Voy a llamar a algunos de los contactos que tengo ahí y veré qué averiguaciones puedo hacer sobre ese Roscoe Parker. E intentaré investigar a los concursantes. ¿Cómo se llaman?

Regan le comunicó la información.

—¿Algo más?

—Danny cree que alguien que trabaja para él tal vez esté dispuesto a sabotear el programa. He conocido a un par de sus empleados, pero ni siquiera conozco sus apellidos todavía.

—Llámame en cuanto sepas algo más. Te quiero sana y salva el viernes por la noche.

Regan sonrió.

—Lo estaré.

—Regan, estoy preocupado por ti, ¿lo sabes?

—Jack, estaré bien —le aseguró Regan, todavía con la sonrisa—. Danny me quiere aquí como un par de ojos y oídos extras. Tendré cuidado. Sólo confío en que este programa triunfe el viernes. Entonces, seré feliz.

—¿Qué sabes de la comedia de situación que se está produciendo?

—No mucho. Veré que puedo averiguar al respecto también. Si alguien tiene un motivo para intentar estropearle las cosas a Danny, son los de ese bando.

—Repito, llámame si tienes más nombres que investigar.

—Eres tan bueno conmigo —se burló Regan.

—Lo sé —rio Jack—. Hay algo en usted, señorita Reilly... No sé qué es, pero me muero de ganas de verla.

Cuando colgó, Regan se levantó de la cama. Hablar con Jack siempre hacía que se sintiera viva. Estaba llena de energía y lista a enfrentarse a lo que la noche tuviera que ofrecer.

Capítulo 23

—¿Qué tal si añadimos algo más de aerostación al argumento? —sugirió Noel a Bubbles—. Roscoe está loco por esos globos.

Bubbles y los gemelos irlandeses tenían una noche difícil por delante, y, para complicar las cosas, Bubbles era incapaz de quitarse a Pete *el Piloto* de la cabeza. Ella había trabajado con actores raros antes, pero él se llevaba la palma. Incluso aquel actor con el que había ensayado durante una clase en Los Ángeles y que había querido sostener una navaja automática junto al cuello de Bubbles, en lugar de un cuchillo de atrezzo, para que la actuación de ambos resultara más «creíble», no se le antojaba tan chiflado. Después de la escena con aquel tipo, Bubbles había jurado limitarse a la comedia.

Noel, Neil y Bubbles estaban sentados en una pequeña mesa rinconera en el bar del hotel El Cielo del 7. Bubbles sabía que El 7 era parecido a Los Dados de Felpa, lo cual era un leve consuelo. El grupo del *reality show* tampoco estaba viviendo en un lujo oriental.

—La familia de nuestra comedia ya dirige una empresa de globos aerostáticos. ¿Qué más quieres meter sobre globos? —preguntó Bubbles con impaciencia. Estaba claro que aquellos dos no eran Laurel y Hardy.

—Hay algunas circunstancias divertidas que podemos incorporar. Neil y yo nos metimos en Internet y nos informamos sobre la historia de los globos aerostáticos.

Me voy a suicidar, pensó Bubbles.

—Los seres humanos han soñado con los globos desde el principio de los tiempos. Pero apuesto a que no sabes dónde se inventaron realmente los globos aerostáticos.

—En eso tienes razón.

—En una cocina, en Francia, en la década de 1780. Dos hermanos científicos descubrieron que podían hacer volar bolsas de papel llenas de aire caliente sobre el fuego de la cocina. Joseph y Jacques Montgolfier decidieron entonces construir una bolsa más grande a base de tela y papel. Y debajo del globo colgaron una pequeña cesta; había nacido el globo aerostático —explicó Neil, sonriendo.

—¿Y cómo pretendes incorporar eso en el programa? —le desafió Bubbles.

Era el turno de hablar de Noel, que apuntó a Bubbles con el dedo.

—Me apuesto a que no sabes quiénes fueron los tres primeros pasajeros que viajaron en un globo de los Montgolfier.

—No puedo decir que lo sepa.

Noel se aclaró la garganta.

—Francia, 1783. Un pato, un gallo y una oveja fueron enviados a los cielos en globo, porque los hermanos no sabían si un humano podría sobrevivir al vuelo.

—Menos mal que la Protectora de Animales no andaba entonces por allí —observó Bubbles.

—El vuelo duró sólo unos ocho minutos, y aterrizó sin percances. Los animales acabaron en perfecto estado; lo cierto es que encontraron a la oveja pastando en un prado. Los jubilaron y se los llevaron al zoológico privado de María Antonieta.

—Vaya, ¡quiquiriquí!

—Exacto —gritó Neil—. Dado que la mayor parte de los vuelos en globo despegan al amanecer, cuando los vientos están en calma, estuvimos pensando que podríamos tener a un gallo en la serie. El gallo estará en el campo de despegue al amanecer para saludar no sólo al nuevo día, sino a los pasajeros del globo. Y diremos que es un descendiente de aquel mismísimo primer gallo que voló en globo.

Bubbles se los quedó mirando de hito en hito, sin salir de su asombro.

—Todavía seguimos pensando qué hacer con el pato y la oveja —admitió Noel—. Pero tenemos un comienzo excepcional para el programa, que podemos utilizar todas las semanas. Si la serie es elegida, claro.

—¿Y de qué se trata? —la voz de Bubbles se fue debilitando con cada palabra.

—En la mayoría de los aterrizajes de los globos, hay muchas probabilidades de que los aeróstatas acaben entrando en una propiedad privada —empezó Neil.

—Así es.

—Bueno, en la Francia del siglo XVIII, los granjeros se quedaban de piedra al ver a los globos descender del cielo sobre sus tierras. No habían visto nunca algo igual. Así que, ¿sabes lo que hacían?

—No.

—Los atacaban con horcas.

—¿Eso hacían?

—¡Sí! —gritaron Noel y Neil al unísono.

Noel continuó con la historia.

—Así que los aeróstatas pensaron que si llevaban champán a bordo, podrían obsequiar con él a los granjeros cuando aterrizaran.

—Es de esperar que antes de que los pincharan con la horca.

—Así es. Se trataba de conseguir emborrachar al granjero y dejarlo contento. Hablando en serio, así es como empezó la tradicional ceremonia del champán al finalizar el vuelo.

—Pensaba que era para celebrar el volver a tierra de una pieza.

—Puede ser que haya algo de eso también —admitió Noel—. Pero pensamos que podríamos recrear un auténtico aterrizaje dieciochesco al principio, con todos vosotros vestidos de época. La abuela y su galán serán los granjeros, y tú, James y Pete *el Piloto* descenderéis en el globo. Ellos llegarán corriendo hasta vosotros armados con horcas, y vosotros abrís el champán. Roscoe dice que utilicemos su globo en la serie con total libertad.

—Estamos escribiendo una divertida canción alusiva para que suene durante la escena —añadió Neil.

Bubbles cerró los ojos y pensó durante un pequeño instante.

—Podría funcionar. Lo probaremos. Mañana le preguntaré a Roscoe si podemos utilizar su globo el miércoles o el jueves por la mañana. —Hizo una pausa y añadió entre dientes—: A Pete *el Piloto* le gustará la idea.

—¡Si le encanta! —le aseguró Noel.

—¿Cuándo se la habéis contado? —preguntó Bubbles con una ligera sensación de fastidio.

—Antes de que bajaras, pasó por el vestíbulo con James.

—¿Con James?

—Sí, salieron a tomar una copa.

A Bubbles le dio un vuelco el estómago.

Capítulo 24

A las siete menos cuarto Regan llamaba a la puerta de Danny.

Victor abrió y la saludó.

—En este momento estábamos echando un vistazo a ese sitio de Internet, *Tirando de la manta*.

Regan lo siguió al salón de la pequeña suite. Danny estaba en el sofá inclinado sobre su ordenador. Levantó la mirada.

—Hola. Siéntate.

Regan se sentó al lado de Danny y dejó caer el bolso en el suelo.

—¿Alguna novedad? —preguntó Regan mientras Victor se sentaba en la silla que había junto al sofá. Regan había confiado en poder hablar a solas con Danny.

Danny le pasó el ordenador portátil.

—Echa un vistazo.

Amor sobre el nivel del mar es la última aportación a la moda de los *reality show*. Tres parejas compiten en este momento para ver cuál se hace merecedora de renovar sus votos en un globo aerostático con forma de tarta nupcial y ganar un millón de dólares. Ninguna de las tres parejas ha estado felizmente casada, y ahora han de convencer a Tía Agonías y a Tío Acidez, los consultores sentimentales de la región de Las Vegas, que vuelven a estar enamorados y que vivirán felices para siempre jamás. Con su premio de un millón de dólares, claro está. Oye, por un millón de dólares todos fingiríamos eso. ¿Acaso no lo harías tú, eh?

La semana pasada colgamos las fotos y los nombres de las parejas y os pedimos vuestros comentarios. No vamos a decir nombres porque no queremos tener problemas, pero se nos ha dicho una y otra vez que uno de los concursantes es un auténtico psicópata, la clase de individuo que podría «explotar» en cualquier momento, debido a sus tendencias violentas.

¿A que esto hace que el concurso sea interesante? Bueno, amigos, haced el favor de escribirnos y aportarnos vuestras ideas. Tía Agonías y Tío Acidez son los jueces. Danny Madley es el productor ejecutivo. Es probable que la mayoría de vosotros no hayáis oído hablar de él jamás...

Danny estaba leyendo por encima del hombro de Regan.

—Me encanta esa última frase.

—Deberías alegrarte. No tienes ninguna necesidad de que haya gente criticándote en Internet.

—Como decía siempre mi tío —proclamó Victor—, no hay gloria sin cruz.

—Gracias, Victor. Escucha, ¿te importaría bajar al cóctel? Asegúrate de que todo esté preparado. Regan y yo bajaremos en un par de minutos.

—De acuerdo, jefe. —Pareció decepcionado.

Regan tenía la impresión de que Victor siempre quería estar donde estuviera Danny. Lo observó mientras salía lentamente de la habitación.

—El chico es leal, ¿no? —preguntó a Danny cuando la puerta se cerró.

Danny puso los ojos en blanco.

—Creo que intenta hacerlo lo mejor que puede.

—Así que esta página sigue recalcando que uno de los concursantes en un psicópata —observó Regan.

—Ya sabes que sobre estas cosas la gente escribe siempre mensajes odiosos.

—Lo sé —convino Regan—. Pero puede que uno de los concursantes quiera ocasionar problemas. Tal vez fuera uno de ellos quien te dejó hoy aquella carta en tu mesa. Y el que pusiera el aceite en el suelo.

—Es posible, sin duda.

—Eso, si no se trata de alguien que trabaja para ti.

Danny levantó las manos.

—No sé, Regan; no sé qué pensar.

—¿Qué hay de Victor? —preguntó Regan sin ambages.

—Ha sido mi mano derecha. Se me hace difícil imaginar...

—La pregunta es: ¿por qué querría alguien echar a perder tu programa? A mi modo de ver, o quieren que se emita la comedia en el Canal Globo, o tienen algo contra ti. ¿Sabes algo de lo que ocurre con la comedia?

—La produce una actriz cómica llamada Bubbles Fernadale, y tiene a cuatro actores trabajando con ellas. Los dos guionistas son hermanos.

—¿Dónde se alojan?

—En un hotel no lejos de aquí, El Cielo del 7. Es parecido a éste. Pequeño y de mala muerte.

—Me acercaré por allí después del cóctel. Me sentaré en el bar y me tomaré una copa. A ver si me puedo enterar de algo.

—Alguien puede haberte visto salir hoy conmigo del estudio cuando sonó el pitido. Te podrían reconocer.

Regan sonrió.

—Siempre voy preparada. Tengo una peluca roja, unas gafas y un conjunto que Regan Reilly no se pondría ni loca que utilizo para disfrazarme.

—Me sentiría mejor si pudiera acompañarte —dijo Danny.

—Estaré bien, de verdad.

—Si te ocurriera algo, no podría volver a mirar a la cara a tus padres.

Regan rió.

—No te preocupes, Danny. Esto es lo que hago para ganarme la vida, ¿recuerdas? Y hablando de mis padres; mi madre va a dar una charla esta semana en un congreso de escritores que se celebra en Santa Fe. Ella y mi padre están pasando unos días con el agente de mi madre, al que le encantan los globos aerostáticos. Los va a llevar a la Feria del Globo de Albuquerque, y prometí que les diría cuándo llegaremos allí.

—Saldremos en el avión privado de Roscoe el viernes a primera hora e iremos directamente al campo de vuelo de los globos. Al alba, cuando todos los globos con formas especiales empiecen a elevarse, nuestro grupo lo hará en la tarta nupcial. Es entonces cuando proclamaremos a la pareja vencedora. Renovarán sus votos, volveremos a tierra, beberemos champán y regresaremos en avión a Las Vegas para preparar las ediciones definitivas del programa. El viernes a las cinco de la tarde presentaremos *Amor sobre el nivel del mar* a Roscoe.

—Suena fenomenal, Danny. Tu programa va a ser estupendo —le aseguró—. Tienes que convencerte de que vas a ganar. ¿Cómo es eso que dicen por ahí? Visualízate como el ganador.

—Lo intentaré. Por el momento, intento imaginar cuál puede ser el siguiente desastre. Y me da que tal vez tenga algo que ver con que Elsa haya ganado todo ese dinero. A los demás concursantes no les va a hacer muy feliz la idea, estoy seguro.

—No podrán sentirse tan infelices como esa pobre mujer que abandonó la tragaperras para ir al baño. Apuesto a que no vuelve a beber un vaso de agua mientras viva —bromeó Regan—. Vamos, Danny. Bajemos y veamos cómo está el ambiente.

Capítulo 25

Luke y Nora estaban haciendo las maletas en Nueva Jersey cuando sonó el teléfono. Nora dejó los pantalones de seda beige que había estado decidiendo si llevaba o no y cogió el teléfono inalámbrico cerca de la cama.

—Hola.

—Nora, soy Harry.

—Hola, ¿cómo estás? Luke y yo estamos haciendo las maletas mientras hablamos.

—Dile a Harry que estoy terminando —observó Luke mientras metía un último par de calcetines en su maleta—. ¿Te apetece un vaso de vino? —dijo a Nora en un susurro.

—Huuum —murmuró ella con los ojos resplandecientes—. Harry, Luke me ha pedido que te diga que está terminando de hacer la maleta.

Harry se rió.

—Me alegro de oírlo. Sólo quería ultimar detalles. Linda y yo os recogeremos mañana en el aeropuerto a las dos. Nos encontraremos en la zona de equipajes.

—Me parece fantástico. Estamos impacientes por relajarnos en vuestra maravillosa residencia.

—Ojalá pudiéramos venir aquí más a menudo. Es bueno alejarse del bullicio de la vida moderna.

—Por supuesto. Ah, Harry, hoy he hablado con Regan. Está en Las Vegas haciendo un trabajo para un *reality show* que produce un tipo llamado Roscoe Parker. Según parece, es un tipo importante en el mundo de los globos aerostáticos. No lo conocerás, ¿verdad?

—¿A Roscoe Parker? ¿Me tomas el pelo?

—¿Por qué? —preguntó Nora, temiendo ya la respuesta.

—Es un tío un poco pesado.

Nora se rió, un tanto aliviada.

—¿A qué te refieres?

—La verdad es que no debería decir nada.

—Por favor, Harry. Ha habido algunos problemas con el programa, y me gustaría poner sobre aviso a Regan, si es que hay algo que ella debiera saber acerca de Parker.

—No es nada importante. Es solamente un viejo charlatán que podría hacer volar un globo con sus propios humos; no necesita llevar quemadores en la barquilla. Es un tipo que está permanentemente llamando la atención haciendo extravagancias. Un poco de Roscoe Parker da para mucho.

—Tengo entendido que ahora tiene su propia emisora de televisión por cable en Las Vegas.

—Sí, es uno de sus muchos juguetes caros. Es increíblemente rico. Suele aparecer en esas ferias de globos aerostáticos en su avión privado y no para de hablar de sí mismo a cualquiera que esté dispuesto a escucharle.

—¡Ah! —dijo Nora en voz baja—. Parece inocuo. Tal vez no recibió suficiente atención cuando era niño.

Luke volvió a entrar en el dormitorio y entregó a Nora una copa de pinot noir.

—Nora es incapaz de hablar mal de nadie —declaró Luke lo suficientemente alto para que Harry lo oyera.

—Dile a Luke que soy muy consciente de eso —dijo Harry con una carcajada.

—Bueno, al menos ese hombre le está dando trabajo a mucha gente. Un compañero de colegio de Regan es quien produce el *reality show*. No puede ser tan malo, ¿no?

—Supongo que no —dijo Harry—. Aunque confío en que llegarás a conocerlo. Ya verás a qué me refiero. No deja de amenazar con dar la vuelta al mundo en globo. Conozco a mucha gente que estaría encantada de asistir a la fiesta de despedida de Roscoe Parker.

Capítulo 26

He estado en muchos cócteles, pensó Regan mientras ella y Danny bajaban por las escaleras a la planta baja del hotel. Algunos te aburren hasta decir basta con su insustancial conversación sin fin, y otros tienen una energía y un colocón inefables. Pero el único propósito de este cóctel es conseguir más secuencias interesantes para el programa de Danny, obtener algunos retazos de conversaciones, proporcionar más dramatismo.

Regan se detuvo en la puerta de acceso al salón.

—Danny, no quiero salir en la imagen.

—Y no saldrás —le aseguró Danny—. Sam tiene buen cuidado de grabar sólo a las parejas, a Tía Agonías, a Tío Acidez y, tal vez, a mí. Él les hará preguntas mientras se mueve en torno a ellos con la cámara. Y, si acabaras saliendo, desecharíamos la imagen y punto. Tendremos mucha cinta entre la que escoger. —Danny abrió la puerta a la sala que, como era natural, tenía una decoración con motivos cúbicos, y los encontraron a todos congregados alrededor de Elsa y Barney. La cámara grababa.

Elsa estaba radiante, e incluso Barney tenía una sonrisa en los labios.

—Estamos pensando en dar el cincuenta por ciento del dinero a obras benéficas —anunció Elsa, mirando directamente a Agonías y a Acidez.

—¡El cincuenta por ciento! —gritó Suzette la animadora—. ¡Uau! —Levantó el puño y lo movió de arriba abajo tres veces—. ¡Venga, venga venga!

Pensando, he aquí la palabra clave, pensó Regan. Ya veremos si ocurre.

Vicky no parecía nada feliz.

—Tengo algo que decir —declaró.

—¿De qué se trata, querida? —le preguntó con amabilidad Tía Agonías.

—Ustedes quieren que expresemos nuestros sentimientos, ¿no es así?

—Por supuesto.

—¡Pues este concurso ya no es justo!

—¿Por qué no, querida?

—Porque a Barney y a Elsa hoy les han sucedido dos cosas importantes que han fortalecido su relación: Barney se cayó de culo y Elsa ganó el dinero. ¿Cómo se supone que vamos a competir los demás? Ellos acaparan toda la atención.

—Querida —contestó Tía Agonías con sabiduría—, sólo estamos a lunes. ¿Quién sabe qué otras cosas ocurrirán esta semana? La vida da vueltas y giros inesperados. Quien hoy está arriba —proclamó, levantando los brazos por encima de la cabeza—, mañana puede estar abajo. —Tía Agonías se dobló hacia delante por la cintura.

Regan quiso correr y agarrarla, pero Tía Agonías se incorporó rápidamente, se arregló el pelo y prosiguió.

—Cuando era joven y las cosas buenas siempre les ocurrían a los demás, no paraba de decirme a mí misma: «Virginia (ése es mi verdadero nombre), Virginia, ya llegará tu turno. Estoy segura.» Y mírame hora. Tengo a Acidez, una columna sentimental y estoy en este maravilloso programa...

Puestos a pensar en ello, Acidez no parece demasiado feliz, observó Regan. Parece un poco distraído.

—Me preguntaba cuáles serían vuestras obras benéficas favoritas —desafió Bill a Elsa y Barney—. Suzette y yo tenemos las nuestras personales, a las que contribuimos todos los años, aunque nada más sea con una pequeña cantidad.

Elsa adquirió una expresión de ciervo deslumbrado por los faros de un coche.

—Pa... pa... para serte franca —tartamudeó—, no hemos hecho demasiadas donaciones en los últimos tiempos, porque lo hemos pasado un poco mal. Barney perdió su trabajo y tuvimos que pedir préstamos, pero ahora, gracias a nuestra buena suerte, vamos a compensarlo.

Buena recuperación, advirtió Regan, contemplando a las parejas mezclarse y hablar entre ellas. Todos se esforzaban en parecer corteses entre sí, pero en la sala flotaba una innegable tensión. Sam no paraba ni un momento de moverse de aquí para allá, rodando con la cámara. Su larga melena rubia estaba recogida en una cola de caballo, y sobre la cabeza, echada hacia atrás, descansaba una gorra de béisbol. Se acercó a Vicky y a Chip y les pidió que contaran algo especial acerca de su cónyuge que no hubieran valorado con anterioridad.

—Nunca me había dado cuenta de lo bonita que está Vicky cuando duerme; es como un angelito. En esos momentos sólo deseo protegerla.

Seguro que el siguiente regalo que le harás será un saco de dormir, pensó Regan.

—Chip es tan aventurero —respondió Vicky—. No es nada mediocre.

Un saco de dormir, sin duda, concluyó Regan.

Sam se volvió con la cámara hacia Bill y Suzette.

—Suzette se cuida tanto. Jamás me había dado cuenta de que todos esos ejercicios que hace por casa han hecho que se mantuviera en una forma espléndida. Y eso es tan importante.

—Cuando volvamos a casa, Bill y yo nos vamos a ir a apuntar a unas clases de gimnasia para parejas. —Suzzete sonrió—. Él se adapta tan bien a cualquier situación.

—¿Y qué nos cuentan ahora Elsa y Barney? —les preguntó Sam en su estilo natural y apacible.

—Barney es un hombre maravillosamente sensible, con quien me siento muy afortunada de compartir la vida.

—Aquí Elsa... —empezó Barney en voz baja.

No te pongas a llorar, suplicó Regan en silencio. Por favor, no te pongas a llorar.

—La fuerza de Elsa ha sido una guía para mi tanto en los buenos como en los malos momentos. Nunca comprendí lo importantes que era eso. Ella es la razón de que camine, es la razón de que hable. Es la razón de que viva.

Victor se acercó a Danny y le entregó un trozo de papel. Danny lo leyó rápidamente y se metió en el campo de la cámara.

—Tengo algo que anunciar. Roscoe Parker nos ha invitado a cenar en su mansión mañana por la noche junto al grupo de la comedia de situación.

—Codeándose con el enemigo —bromeó Tía Agonías.

Creo que eso es lo que estamos haciendo ahora mismo, decidió Regan mientras miraba por la habitación. ¿Quién podría ser?, se preguntó. ¿Quién?

Capítulo 27

Shep y Maddy detuvieron el coche delante del hotel El Cielo del 7. Maddy estaba en el asiento trasero sin moverse, pero todavía no había leído la carta de la abogada. Shep se había impuesto.

—¡Maddy, me va a dar un infarto! ¡No leas esa carta mientras conduzco! Podrás hacer lo que quieras cuando salgas del coche, pero no voy a ser cómplice de tu infracción a sabiendas. ¿Qué pasa si nos vuelven a detener?

—Bueno, de acuerdo —suspiró Maddy.

Shep fue quien aparcó el coche, puesto que el 7 no tenía aparcacoches; no era de esa clase de hoteles. Ambos cogieron sus maletas, porque tampoco había botones. Shep sacó la saca de correos, y ambos se dirigieron a la recepción.

—Tenemos una reserva —proclamó Maddy en voz alta—. A nombre de Madley. Shep y Madeline Madley. —Echó un vistazo por el vestíbulo con su habitual altivez, no precisamente emocionada por lo que veía. Había las consabidas tragaperras, pero el lugar era deprimente. Bueno, Maddy decía siempre que prefería viajar más y gastar menos.

El recepcionista tecleó los nombres en el ordenador. Luego, los tecleó una vez más. El hombre hizo una mueca y gruñó.

—Madley —repitió Madeline—. M-a-d-l-e-y.

—Ya te ha oído, cariño —le dijo Shep en voz baja.

—Aquí están —dijo finalmente el recepcionista—. Tienen nuestra última habitación. ¿Me permite su tarjeta de crédito, por favor?

Shep sacó una tarjeta del billetero.

—Tienen bastante movimiento, ¿eh? —dijo Shep tratando de entablar conversación.

—Ajá. Esta semana tenemos a unos cuantos grupos alojados aquí. Algunos son gente de la televisión.

—Nuestro hijo está produciendo un *reality show* —observó con orgullo Maddy mientras deambulaba por la zona del bar y miraba por todos lados. Al volver al mostrador, sugirió a Shep:

—¿Por qué no dejamos las maletas y nos tomamos una copa en el bar?

—¿Y qué pasa con Danny?

—Lo llamaremos más tarde. Cuando he hablado con él esta mañana, me ha dicho que estaría ocupado hasta bien entrada la noche. —A Maddy le repateaba la idea de entregar la saca de correo enseguida.

La habitación del hotel no invitaba a repantigarse; era de un utilitarismo estricto. La luz del baño era débil, y sobre la colcha aparecía estampado un gran «7». Shep dejó caer la saca de correo en el suelo.

—De buena gana me tomaría una cerveza. Ese chili no deja de repetirme.

—Gracias por decirlo. Vamos. —Maddy se metió la carta en el bolso y siguió a Shep hasta el ascensor.

La zona del bar era pequeña. En torno a seis mesas se congregaban sendos grupos de personas y había una larga barra de formica. Shep pidió una cerveza y un vino tinto para Maddy. Ella decidió esperar a que les hubieran servido y que Shep hubiera dado un trago o dos antes de sacar la carta. Shep se concentró en el televisor colocado encima de la barra. Retransmitían un partido de béisbol.

La carta ardía en el bolso de Maddy, donde estaba a punto de hacer un agujero. Cuando llegaron las bebidas, ella levantó su copa.

—Por el programa de Danny —brindó.

Shep entrechocó su vaso con el de ella, le dio un trago y volvió a concentrarse en el televisor.

Maddy alargó la mano hacia el bolso y sacó la carta. Abrió el sobre y desplegó la hoja sobre la mesa, de manera que la luz de la vela iluminara las palabras. El bar estaba en penumbra. Maddy empezó a leer.

Queridos Virginia y Sebastian.

Por favor, poneos en contacto conmigo de inmediato. Sebastian, tu ex esposa, Evelyn, asegura que llevas meses sin pagarle la pensión alimenticia, y amenaza con decírselo a la prensa. De paso, está planeando revelar que la receta de tu chili para estómagos a prueba de bomba es realmente de ella, y que todo ese bombo y platillo acerca de tu experimentación restauradora para encontrar la receta perfecta no es más que un chanchullo publicitario.

Creedme, Evelyn está fuera de sí y busca venganza. Un periódico sensacionalista le ha ofrecido un montón de dinero para que cuente su historia, y, si decide hablar, os puedo asegurar que van a salir a la luz un montón de trapos sucios. Y teniendo en cuenta que se supone que sois unos consejeros con gran futuro, esto no es bueno. Os aconsejo que paguéis a Evelyn antes de que lo haga la prensa sensacionalista.

¡Llamadme de inmediato! Me parece que debéis de tener estropeado el teléfono, porque no deja de comunicar. Vuestras costumbres de campesinos me sacan de quicio. Haced el favor de compraros un contestador automático, un móvil, un ordenador y un fax. ¡¡¡Por favor!!! Necesito ponerme en contacto con vosotros.

Evelyn ha dicho que, si no tiene noticias vuestras esta semana antes del martes, le concederá la entrevista al periódico sensacionalista. Y piensa decirle al mundo lo hipócritas que sois. Tal y como dijo, con H mayúscula.

Lamento ser el mensajero; siempre son los que acaban pagando el pato.

Atentamente,

Brenda Nickles, abogada

P.S.: Éste es mi primer caso, y he jurado actuar siempre a satisfacción del cliente.

—¡Oh, Dios mío, Shep! —gritó Maddy, derramando la copa de vino tinto. El vino empapó toda la carta—. ¡Oh, Dios mío! —volvió a gritar mientras secaba la carta con la servilleta de cóctel. Se levantó de un saltó y empezó a recolectar servilletas por todas las mesas vacías. Fui inútil. El blanco papel era ya de color magenta oscuro.

—Sabía que ocurriría algo así —sentenció Shep con irritación—. ¿Por qué no aprenderás a meterte en tus asuntos?

—¡Tenemos que llevar esa carta a Agonías y a Acidez inmediatamente! ¡Están metidos en un lío que puede echar a perder el programa de Danny!

Tras beberse la cerveza de un trago, Shep se levantó y dirigió a la barra para firmar la nota. Salieron corriendo por la puerta, subieron al tercer piso en el ascensor y se dirigieron a la habitación a toda prisa.

—¿Qué decía la carta? —preguntó Shep mientras cerraba la puerta con el pestillo.

Antes de que pudiera responder, Maddy soltó un alarido. La saca de correos había desaparecido.

Capítulo 28

Honey Y Lucille circulaban arriba y abajo por la Strip. Había muchísimo tráfico. Estaban en Las Vegas y allí las cosas tenían vida. Las luces de neón centelleaban y la noche era joven.

—¿A dónde quieres ir ahora? —preguntó Lucille mientras dejaban atrás los casinos relucientes de neones: Mandalay Bay, New York-New York, el Bellagio. No iba a ser una noche fácil, se percató Lucille, pero Honey era su amiga, y aquello era lo que las amigas hacían unas por otras: ayudarse a superar los momentos peligrosos.

Honey miraba fijamente por la ventanilla. Las lágrimas refulgían en sus ojos. Sabía que estaba monísima, y que era una de esas noches en las que Danny le habría dicho: «Muñeca, eres la chica más guapa de la ciudad. Me encanta que estés a mi lado.»

—No lo sé —chilló, pestañeando para reprimir las lágrimas.

Lucille giró rápidamente a la derecha.

—¿Adónde vamos? —preguntó Honey.

—A Los Dados de Felpa.

—¿Pero qué voy a hacer? —imploró Honey.

—Escucha, lo único que le importa a Danny en este momento es su programa. Creo que la recepcionista del hotel con la que hablaste tuvo una gran idea. Entra y dile a Danny que tienes un plan para hacer que *Amor sobre el nivel del mar* sea un éxito; explícale que, si todas esas parejas andan prometiéndose amor eterno, entonces deberían tener buen aspecto. Y que tienen que estar realmente guapos, si es que él espera que alguien vea su programa. Dile que conseguirás una peluquera y un maquillador para que arreglen a las señoras esta semana y que eso contribuirá al atractivo del programa. Eso le gustará.

—¿De verdad lo crees?

—Firmemente —dijo Lucille—. De todas maneras, lo más probable es que no sepan qué van a hacer de un día para otro; así es como funcionan esos *reality show*. Lo hacen todo sobre la marcha, con la esperanza de que ocurra algo excitante.

Cuando se detuvieron frente al hotel, Honey era un manojo de nervios. Se había sentido tan llena de energía y vigor en su apartamento. Pero cuando Danny le colgó el teléfono, se sintió por los suelos. En ese momento, su valor se encontraba bastante menguado.

—Creerá que lo estoy acosando —se resistió Honey.

—Probablemente lo piense ya —sentenció Lucille—. Mira, entramos, nos sentamos en el bar del vestíbulo y nos tomamos una copa. Y localizamos a Danny; en algún momento tendrá que pasar por el vestíbulo.

Lucille aparcó el coche, y, cuando abrieron las puertas para salir, un coche entró a toda velocidad en el aparcamiento y se metió como una flecha en un espacio libre dos plazas más allá de la de Lucille.

—Vamos, Shep, movámonos —gritó la mujer que salió del coche—. Le tenemos que explicar todo a Danny.

—¿Y cómo vamos a explicarle el hecho de que hayas leído el correo de Agonías y Acidez y luego le hayas tirado el vino por encima? —gruñó Shep en voz alta.— Te dije que eso es ilegal.

—Bueno, lo que importa es que Acidez le pague la pensión alimenticia a su ex mujer. Más le vale no echar por tierra el programa de Danny. Eso es todo lo que puedo decir.

—Si alguien se entera de esto... —advirtió Shep—. Mucha gente las va a pasar canutas.

Era el momento que Honey había estado esperando desde que había conocido a la madre de Danny. Aquella mujer era una víbora, y por fin tenía pruebas contra ella. Honey salió de las sombras cuando Shep y Maddy estaban a punto de sobrepasar el coche de Lucille.

—Hola, señora Madley. Hola, señor Madley. ¿Cómo diablos les va?

Capítulo 29

—La última copa —gritó Danny en broma mientras se preparaba para dirigirse a su equipo.

—La mía que sea doble —gritó Tía Agonías.

—¡Tú ya vas bien servida!

Todos rieron con ganas. A Regan le pareció que los concursantes intentaban esforzarse por levantar una fachada de jovialidad a pesar de su competitividad.

—Bueno, como todos saben, esta semana iba a ser impredecible —empezó Danny—. Les dijimos que no sabrían con anticipación lo que harían cada día. Esta noche, dos parejas tendrán la noche libre; la otra acompañará a Acidez y a Agonías a una cita especial.

—¿Y cómo decidirán quién va a ir? —interrumpió Suzette en tono beligerante.

La buena suerte que Elsa y Barney han tenido hoy la está molestando de veras, decidió Regan.

—Quieta parada —bromeó Danny—. Dejen que me explique. Mañana por la noche vamos a cenar a casa de Roscoe. El miércoles y el jueves por la noche las dos parejas restantes tendrán sus veladas especiales con Agonías y Acidez. Ahora mismo vamos a sacar de un sombrero el nombre de la pareja.

—Redoble de tambores, por favor —dijo en plan de broma Victor, mientras se adelantaba con una gorra de béisbol.

—Tío Acidez, por favor, extraiga el nombre de la pareja —solicitó Danny.

—Sin problemas —declaró Agonías—. Lo que es suyo es también mío, y lo que es mío es suyo. Éste es el secreto de una buena relación. Somos almas gemelas, ¿saben? Nunca nos vamos a la cama enfadados. Primero hacemos las paces y luego entramos en el dormitorio y alcanzamos las estrellas.

Mogollón de información, pensó Regan. Me parece que Agonías lleva un buen colocón; no bromeaba cuando pidió aquel doble.

Acidez sonrió al grupo.

—Cerraré los ojos para que nadie pueda decir que hago trampas. —Cerró los ojos con fuerza y metió la mano en la gorra de béisbol. Dentro había tres pedazos de papel. Cogió los tres y los volvió a dejar caer dentro en un gesto melodramático. Repitió la operación de nuevo. Finalmente, sacó uno de los papeles.

—¿Quieres que revele el nombre de la primera pareja?

—Adelante —le ordenó Danny.

Tío Acidez desdobló el papel e hizo una pausa.

—Vicky y Chip, ¿están listos para venir a una cita de ensueño con nosotros?

—Lo estamos —exclamaron los dos al unísono.

Gracias a Dios que no fueron Barney y Elsa, pensó Regan, echando una ojeada por la habitación. Estaba impaciente por llegar al hotel El Cielo del 7. Más tarde, se reuniría con Danny y el equipo de la cita de ensueño. Algo le dijo que iba a ser una noche larga.

Capítulo 30

En el aparcamiento del hotel Los Dados de Felpa, Maddy y Shep retrocedieron, sobresaltados, por decirlo de una forma suave, ante la súbita aparición de la antigua novia de Danny.

—¡Nena! —exclamó Maddy.

—Me llamo Honey.

—Por supuesto. Honey.

—Dejen que les presente a una muy querida amiga mía. Lucille, saluda a los padres de Danny, Shep y Maddy Madley.

Lucille dio la vuelta al coche desde el lado del conductor.

—Honey me ha hablado mucho de ustedes.

Maddy la miró con suspicacia. Sabía que no podía haberle hablado bien.

—Ha sido una sorpresa oírla decir que han leído la correspondencia de Agonías y Acidez, señora Madley —continuó Lucille—. Eso va en contra de la ley, ¿no?

—No sé de qué estas hablando.

—Y que Acidez le debe dinero a su ex esposa. Que mal karma para un consejero sentimental. Estoy segura de que a la prensa local le encantaría enterarse de eso y de la historia de la madre de Danny Madley revolviendo...

—¿Qué queréis de nosotros? —le escupió prácticamente Maddy.

—Bueno, ya que lo pregunta —Lucille la sonrió—. Aquí, a mi amiga Honey realmente le gustaría ayudar a Danny con su *reality show*. Pero a causa de una pequeña equivocación que cometió, la cual lamenta ahora profundamente, él no querrá hablar con ella. Me parece que usted podría interceder. Lo que quiero es que entre ahí y le diga a su hijo que Honey se encargará del cambio de imagen de los concursantes. A su peluquero y a su maquillador les encantaría la publicidad.

—¿Es que estás loca? —Maddy la miró, furiosa.

—Lucille —dijo Honey, empezando a inquietarse—, no sé si...

—Honey —dijo Lucille con más decisión de la que sentía—, o esta mujer te ayuda o aviso a la prensa. Está decidido. —Lucille sabía que estaba llevando las cosas un poco lejos, pero aquélla era la única oportunidad de Honey. ¿Y qué carajo le importaba si ella le gustaba o no a aquella mujer? Maddy Madley no iba a ser su suegra jamás, a Dios gracias.

—Y pensar —masculló Shep para sí— que esta mañana yo estaba sentado apaciblemente en mi estudio, leyendo el periódico de lo más tranquilo.

—¡Shep! —dijo Maddy entre dientes—. No estás mejorando las cosas.

—Como dicen en esta ciudad —dijo, desafiante, Lucille—, ¿juega o no juega?

—¡Juego! —aulló Maddy—. ¡Juego, juego, juego!

—Bien. Vayamos a hablar con Danny. Y, se lo advierto, tengo el móvil aquí mismo. A los columnistas de cotilleo les encantaría enterarse de todo esto.

El cuarteto se dirigió hacia la puerta principal del hotel Los Dados de Felpa. Lucille se giró y le guiñó el ojo a Honey.

Es un sueño hecho realidad, pensó Honey. Sostener una guillotina sobre el cuello de la madre de su novio. ¡Casi no lo puedo aguantar! Sólo espero que el plan de Lucille funcione.

En la recepción preguntaron dónde se encontraba el grupo de Danny, y les indicaron el pasillo que conducía a la sala de juego.

—Señora Madley... —dijo Lucille— ¿o puedo llamarla Mad?

—Maddy o Madeline —contestó la aludida de manera cortante.

—Me parece que sería mejor que Honey y yo esperásemos aquí, en la zona de recepción. No queremos abrumar a Danny. Ahora, asegúrese de recalcar a su amado hijo todas las buenas cualidades de Honey.

Shep parecía como si deseara que se lo tragara la tierra. No obstante, condujo a su esposa por el pasillo. Se detuvieron ante la puerta de la sala y atisbaron por la ventana en el momento preciso en que el cámara apagaba su luz. Maddy llamó al cristal e hizo un gesto con la mano. La expresión de la cara de Danny cuando la vio fue de absoluta incredulidad; luego, se dirigió a toda prisa a la puerta y la abrió.

—Mamá, papá, ¿qué hacéis aquí?

Maddy lo agarró y lo besó en las mejillas.

—Querido, he estado tan preocupada por ti.

—¿Por qué?

—Lo he estado, sin más.

Shep le estrechó la mano.

—Papá, ¿qué sucede? ¿Está bien Regina?

—Está bien, muy bien.

—Bueno. En este momento estoy muy ocupado. ¿Os puedo llamar más tarde? ¿Dónde os alojáis?

—Tenemos que hablar contigo ahora.

—¿Ahora?

—Sí. Ahora mismo.

—De acuerdo. —Danny se dio la vuelta—. Eh, atención todo el mundo. Los que vayan a ir a cenar... que estén en el vestíbulo dentro de quince minutos. A los demás los veré por la mañana. Regan, acércate y saluda.

Maddy casi se muere. Pensar que aquella fulana estaba esperando en el vestíbulo, y Danny estaba con Regan Reilly. Sería tan maravilloso que ella y Danny se enamorasen.

—Hola señor y señora Madley —dijo Regan mientras Maddy la agarraba y la besaba.

—Estás maravillosa, Regan —barboteó Maddy—. Mírate. ¿Sigues soltera?

—Sí, sigo, pero...

—Mamá —terció Danny.

—Lo siento, querido. Es que me acuerdo de cuando ibais juntos al colegio.

—Hola, Regan. Cuánto tiempo sin verte —observó Shep.

—Sí, así es. —Regan rió—. Cuesta creer que haya sido tanto.

—Mamá, estás sudando. ¿Te encuentras bien? —preguntó Danny con preocupación.

—A decir verdad, no. Tengo que hablar contigo, Danny. Si nos disculpas, Regan. Espero que nos veamos más tarde.

—¿Cuánto tiempo estarán por aquí? —preguntó Regan.

—Varios días.

—Entonces, seguro que nos volveremos a ver. Danny, me voy ya. Te llamaré al móvil y dentro de una o dos horas me reuniré con vosotros.

—Fantástico, Regan.

Los tres la observaron alejarse por el pasillo.

—Qué chica más encantadora —observó Maddy con tristeza. Se volvió hacia Danny—. ¿Dónde podemos hablar en privado?

—Subamos a mi suite.

Cogieron un ascensor de la parte posterior y no tardaron en encontrarse sentados en el salón de Danny.

—Me tenéis un poco inquieto —admitió Danny—. ¿Qué sucede?

Shep y Maddy se miraron el uno al otro.

—Es cosa tuya —le susurró Shep a su esposa.

Maddy carraspeó.

—Esta mañana, Jackie De Tour me llamó para decirme que su hijo Alfie había buscado una página en Internet que publicaba unas cosas terribles sobre tus concursantes.

—Estoy al corriente de todo, mamá —la interrumpió Danny con impaciencia.

—Bueno, estaba preocupada, así que le dije a tu padre que debíamos venir y estar contigo.

Danny arrugó el entrecejo.

—Mamá, me alegra mucho, pero estoy bien. Regan está aquí para ayudarme. Pero tenemos que seguir adelante con el programa y...

—No he terminado.

—¡Huy!

—«¡Huy!» es la expresión —masculló Shep.

—Así que montamos en el coche y de camino hacia aquí nos detuvimos en el restaurante de Tía Agonías y Tío Acidez.

—Pilla de camino —afirmó Danny.

—La camarera nos dio una saca con el correo de ellos para que se la entregáramos. Según parece, Agonías tiene insomnio y le gusta terminar el trabajo por la noche.

—¿Y qué ha ocurrido? —preguntó rápidamente Danny.

—Bueno, nos registramos en el hotel El Cielo del 7 y bajamos a tomar una copa al bar y, cuando volvimos a la habitación, la saca del correo había desaparecido.

—¿Bromeas? ¿Informasteis a la seguridad del hotel?

—Todavía no.

—¡Todavía no! ¿Y por qué no?

—Tu madre ha omitido una parte importante de la historia —recalcó Shep con sequedad—. Algo que la puso frenética cuando descubrimos la desaparición de la saca.

—Mamá, ¿y qué es lo que has omitido?

Maddy cerró los ojos y echó la cabeza hacia atrás como si le doliera.

—Basta de teatro, mamá. ¿Qué sucedió?

—Había cogido una carta de un abogado. La leí en el bar y derramé el vino encima por accidente.

—¿Qué? —gritó Danny.

—Ahora, ha desaparecido el resto del correo, y tenemos una carta empapada en la que se exige a Tío Acidez que le pague la pensión alimenticia a su ex esposa o, de lo contrario, ella lo desenmascarará como farsante. Los periódicos sensacionalistas están muy interesados —concluyó Shep.

Danny se levantó de la silla de un salto.

—Mamá, ¿cómo pudiste?

—No volverá a ocurrir nunca más —prometió Maddy.

—¡Por supuesto que no volverá a ocurrir! ¿Cómo podría? —Danny descolgó el teléfono y pidió que lo pusieran con la habitación de Agonías y Acidez.

—¿Qué estás haciendo?

—Tenemos que decírselo.

—Aaaaaaaaay —gimió Maddy—. No volveré a fisgonear nunca más.

Shep puso los ojos en blanco.

—Promesas, promesas.

—Agonías, ¿podéis tú y Acidez venir a mi habitación, por favor? Es importante. Gracias. —Colgó—. Bueno, antes de que lleguen. ¿Hay algo más que tenga que saber?

Maddy movió su dedo índice en el aire.

—Sólo una cosita.

Capítulo 31

—Tengo mi coche —le dijo Pete *el Piloto* a James—. ¿Por qué no damos una vuelta?

—¿Una vuelta? ¿Por dónde?

—Tiene que haber buenos bares por la carretera adelante. Me gustaría ir a un lugar tranquilo, lejos de todo este barullo.

—¡Aaaah!, te entiendo —reconoció James—. Hoy ha sido un día agotador. —Se acarició su pequeña perilla.

Subieron al Saab de Pete y arrancaron.

—¿Desde cuándo eres actor? —le preguntó James a Pete.

—Desde hace unos quince años. ¿Y tú?

—Asistí a mi primera clase de interpretación el año pasado.

Pete estuvo a punto de perder el control del coche.

—¿El año pasado?

James sonrió.

—Cuando conseguí este trabajo me pareció increíble.

—Sí, es increíble —convino Pete.

—Es mi primer trabajo remunerado como actor.

Merece que lo maten, decidió Pete.

—¿El primero?

James sonrió.

—Ajá.

—¿Eres miembro del Sindicato de Actores de Cine?

—¡Ahora, sí! Roscoe me dijo que era el único actor que había podido encontrar que fuera capaz de interpretar el papel como lo interpreto. Así que me afilié al sindicato.

—Y antes, ¿cómo pudiste conseguir que te hicieran la prueba?

—La persona que me da clases de interpretación me contó que andaban buscando actores.

—¿Con quién estudias?

—Con Darby Woodsloe.

—Nunca he oído hablar de él.

—De ella.

—De ella, entonces. ¿Y dónde da las clases?

—En su casa, en Venice Beach. A veces, sólo corremos por la playa arriba y abajo, al ritmo de las olas.

Pete cerró las manos con fuerza sobre el volante.

—Fantástico. ¿Tienes un empleo habitual?

—Sí, claro. Me tomé la semana libre para poder venir y hacer la serie. Si nos escogen, lo dejaré.

—¿Y a qué te dedicas?

—Paseo perros por la mañana. Luego, voy al bulevar y reparto publicidad de grandes almacenes. Te sorprendería saber la cantidad de productos que se venden estos días. Llego a conocer a un montón de gente interesante, y estoy aprendiendo a observar de verdad todas sus características físicas, para poder ser preciso cuando interprete a toda clase de personajes diferentes. Dicen que es importante ser preciso cuando eres actor. ¿Lo sabías?

La desesperación se apoderó de Pete *el Piloto*. ¿Cómo puedo deshacerme de este tipo?, se preguntó. No ha pagado sus deudas con esta profesión y ha conseguido un papel como ése. Y sin duda alguna, arruinará la serie. Pete tenía que hablar con Bubbles de nuevo.

Con un rápido movimiento de volante, Pete *el Piloto* cambió de sentido.

—¿Sabes, James? —anunció—. Me gustaría volver al hotel.

James se encogió de hombros.

—Creía que querías ir un lugar apartado —dijo en voz baja.

—No me encuentro bien. Quiero volver.

—No hay problema. —James bostezo—. De todas maneras, estoy un poco cansado. Y es importante estar bien descansando esta semana, ¿no te parece?

—Pues claro.

—Creo que llamaré al servicio de habitaciones.

Volvieron al hotel. Una vez dentro, James se despidió de Pete con la mano.

—Hasta mañana —dijo con alegría mientras se dirigía a la escalera.

Pete se lo quedó mirando fijamente durante un instante y luego se dirigió al bar. Bubbles y los gemelos irlandeses estaban terminando de comer sus hamburguesas.

—¿Os importa si me uno a vosotros? —preguntó Pete.

Bubbles levantó la vista, sorprendida y aliviada de verlo.

—¡Has vuelto! Creía que habías salido a tomar una copa con James.

—Y lo hice, pero he vuelto temprano a casa.

—Y que lo digas.

—Tenemos nuevas ideas para la serie —explicó Noel—. Neil y yo vamos a subir a la habitación y a trabajar en el guión.

—Yo ya estoy listo —declaró Neil, levantándose de la silla. Le dio una palmadita en el hombro a Pete—. Escribiremos algunas frases buenas para ti.

—Gracias, colega. Escribid algunas menos para James, ¿os importaría?

—Os llamaré más tarde para que me informéis de los avances —dijo Bubbles a los guionistas.

Cuando los hermanos estuvieron lo bastante lejos para que no pudieran oír, Pete se volvió hacia ella.

—Tengo que hablarte de James.

Los ojos de Bubbles se abrieron como platos.

—Petey, ya hemos pasado por esto antes.

—No, no realmente. No estoy hablando de matarlo. Pero hay algo extraño en toda esta situación. ¿Sabías que apenas ha interpretado algún papel?

—Sí.

Pete volvió a agarrarla por el brazo.

—¿Y por qué lo seleccionaste?

—Roscoe tuvo la última palabra sobre quién obtenía el trabajo.

—¿Pero tu estuviste en todas las audiciones?

—Sí.

—¿Y no había ningún actor en Los Ángeles que hubiera podido hacer un trabajo mejor con ese papel?

—Había gran cantidad de actores que hubieran podido hacerlo considerablemente mejor. Pero Roscoe le cogió bastante cariño a James. Y a Loretta, en realidad; tampoco creo que vayan a darle ningún premio de la Academia en su futuro.

—Sí, pero, al menos, ha actuado anteriormente. Todo lo que ha hecho este tipo es estudiar con alguien llamada Darby Woodsloe, que imparte sus clases en la playa. —Pete levantó la voz—. ¡Va a echar a perder la serie!

—¡Chist! —le ordenó Bubbles.

—Tenemos que hacer que lo despidan.

—¿Cómo?

—No lo sé.

El móvil de Bubbles sonó. Miró el número en la pantalla; era Roscoe.

—Hola, Parky —respondió Bubbles rápidamente.

—¿Cómo va la serie?

—En ello estamos.

Pete no dejaba de hacerle muecas a Bubbles.

—Pregúntale si nos podemos reunir con él —susurró Pete—. Dile que tenemos algo que decirle.

Bubbles negó con la cabeza.

Pete asintió enérgicamente con la cabeza, confiando en hacerla cambiar de idea.

—Bubbles, te llamó para invitar a tu grupo a cenar mañana por la noche en mi casa. Vendrán también los del *reality show*. Siempre digo que un poco de competencia amistosa puede espolearle a uno.

—¿Es eso lo que dice siempre?

—Eso es lo que digo siempre.

Finalmente, Bubbles reunió el valor para sacar a colación a James.

—La competencia es fantástica, Roscoe. Pero me temo que estamos teniendo verdaderos problemas con uno de nuestros actores. Resulta que James es verdaderamente inexperto, y no vemos la manera de que la serie pueda triunfar con él. A decir verdad, es un actor espantoso. Pete y yo estábamos hablando de esto precisamente ahora. No sé cómo podemos hacer que funcione la serie sin... bueno... despedirlo y contratar a otro.

—¡Despedirlo! —bramó Roscoe—. Te dejé muy claras cuáles eran tus condiciones. ¿Es que acaso crees que Danny Madley no tiene ningún problema con ese *reality show* que está produciendo? ¡Pues claro que los tiene! Algunos de sus concursantes son unos auténticos inútiles. Pero su obligación es hacer que el programa parezca bueno, realizar un todo fantástico con lo que tiene. Ésta es su parte en esta competición. Creatividad. Inventiva. Ver si puedes sacar sangre de un nabo. ¡Hasta mañana a las siete de la tarde! Ah, y una cosa más: recuérdale a Pete *el Piloto* que no le llaman Pete *el Piloto* por nada. —Y colgó.

Bubbles dejó el móvil en la mesa.

—El puesto de James no podría estar más seguro si su abuela produjera la serie —dijo Bubbles, riéndose sin ganas—. Y Roscoe dice que no te llaman Pete *el Piloto* por nada.

Pete dio un puñetazo en la mesa.

—Bueno, eso me enfurece.

Bubbles lo miró a los ojos y decidió que podía confiarle su plan. Pete estaba terriblemente enfadado y deseaba de todo corazón que la serie triunfara. Él necesitaba un gran éxito, así que los dos estaban en el mismo barco. Tal vez a él se le pudieran ocurrir algunas buenas ideas. Su lado comprensivo sacó temporalmente lo mejor de ella.

—Pete, no estoy cómoda hablando aquí. Creo que sé cómo ganar este concurso. Subamos a mi suite; tengo que contarte algo. Creo que te hará sentir mejor.

—¿Cómo? —preguntó Pete.

—Ya te he dicho que no quiero hablar aquí. Tengo un plan. Vamos.

Se levantaron y pasaron junto a una mujer pelirroja vestida con una chaqueta cubierta de lentejuelas, que comía sola en la mesa de al lado.

Regan Reilly observó cómo salían juntos. ¿Y cuál es exactamente su plan, se preguntó Regan.

Capítulo 32

Pocos minutos más tarde Regan firmaba la cuenta. No podía creerse la conversación que había oído. Garrapateó unas cuantas notas en la libreta que llevaba en el bolso. Bubbles y Pete estaban preocupados por uno de los actores que Roscoe había seleccionado. Y Bubbles tenía un plan que deseaba discutir en privado con Pete. ¿Tenía algo que ver con el *reality show* de Danny? ¿Qué quería hacer Bubbles?

Regan pagó la cuenta y salió del bar a toda prisa. Su móvil empezó a sonar. Era Danny.

—Regan, ¿estás en el hotel del 7?

—Sí.

Regan permaneció en el interior del pequeño bar mientras Danny le contaba todo lo que había ocurrido desde que había dejado a los Madleys. No se lo podía creer; justo lo que Danny necesitaba en ese momento. Ahora que lo pensaba, la señora Madley parecía un poco más nerviosa de cómo la recordaba Regan.

—¿Te importaría informar de la saca de correos desaparecida a la seguridad del hotel? —preguntó Danny.

—No. Eso me proporcionará una buena excusa para hablar con el personal del hotel. No me puedo creer que tus padres se alojen aquí.

—Yo, tampoco. Llámame cuando hayas terminado.

—Dalo por hecho. —Regan colgó y se acercó al mostrador de la entrada—. ¿Podría hablar con alguien de seguridad, por favor? —preguntó al recepcionista.

—¿Puedo decirle para qué se le busca? —Llevaba el escepticismo escrito en la cara.

—Sí. Han robado una saca de correos de la habitación de mis amigos.

El recepcionista cogió un walkie-talkie.

—Seguridad acuda a recepción, por favor. Seguridad acuda a recepción.

Al cabo de unos minutos, un tipo con aspecto de oso grande apareció por la esquina con su walkie crepitando.

—¿Qué sucede? —preguntó al recepcionista. Éste señaló a Regan.

—¿Sí, señorita? —preguntó el oso.

—Me llamo Regan Reilly, y soy detective privada. —Mostró su identificación al sujeto—. Unos amigos míos están alojados aquí. Se registraron aquí a eso de las seis de la tarde, dejaron su equipaje en la habitación y bajaron a tomar una copa. Cuando volvieron a la habitación al cabo de menos de una hora, una saca de correos que tenían que entregar había desaparecido.

El oso no pareció impresionado.

—¿En qué habitación?

—Trescientos veintitrés.

—¿Dónde están ellos ahora?

—Se disgustaron tanto que corrieron a decírselo a los destinatarios del correo desaparecido.

—Vayamos a echar un vistazo a la habitación.

La tercera planta estaba en absoluto silencio. El guarda de seguridad intentó abrir la puerta de la 323; estaba bien cerrada con llave.

—No parece que haya ningún problema con la cerradura. —Sacó su llave maestra y un segundo después la puerta estaba abierta. En el suelo había dos maletas abiertas, hechas con pulcritud. La habitación estaba en orden.

Regan se inclinó y recogió del suelo un protector labial con sabor a cereza de la marca Chap Stick y lo dejó en la cómoda.

—¿Quién más dispone de llave maestra? —preguntó Regan.

—Los de siempre: las doncellas, el resto del personal de seguridad y el director. Aunque no sé quién querría una saca de correos. ¿De quién era el correo?

—¿Ha oído hablar de Tía Agonías y Tío Acidez?

—¿De quién?

—Tía Agonías y Tío Acidez. Son consultores sentimentales.

—¿Se refiere para esa clase de gente con mal de amores?

—Entre otros —dijo Regan.

—Creo que he visto su columna en el periódico, aunque no la he leído.

—No necesita ningún consejo, ¿eh?

El hombre rió.

—Me las arreglo. A veces mi novia me lo hace pasar mal, pero vamos tirando.

—Eso está bien —dijo Regan—. ¿Ha ocurrido algo fuera de lo normal en el hotel últimamente?

Él negó con la cabeza.

—No. Las mismas cosas de siempre, nada más. Gente que se queda encerrada en sus habitaciones; clientes que llegan un poco borrachos después de una noche de juego. Éste es un hotel pequeño; no tenemos muchos problemas. No perdemos de vista el aparcamiento. Eso es todo.

—Sabe que tienen al equipo de una comedia de situación alojado aquí.

—Sí, tienen diez habitaciones repartidas entre la tercera y la cuarta planta.

—¿Buena gente? —preguntó Regan quitándole importancia.

—Ningún problema. No llevan aquí mucho tiempo.

—¿Tienen cámaras de seguridad en los pasillos? —preguntó Regan.

—No. No dejo de repetirle al director que deberíamos ponerlas. Pero como no hemos tenido ningún problema, no quieren gastarse el dinero. No hay cámaras en todo el hotel. Creo que es una tontería.

—Es una tontería —convino Regan—. No consigo comprender por qué alguien robaría la saca de correo y dejaría las maletas intactas. Es muy extraño. ¿Podríamos dar una pequeña vuelta por el hotel?

—Por supuesto.

Fueron y vinieron por los pasillos, echaron un vistazo a todos los armarios empotrados de material, bajaron al sótano y a la lavandería a echar un vistazo y, finalmente, salieron a la parte posterior del hotel, donde reinaba una total oscuridad. Pero por la noche, en Las Vegas nada es demasiado oscuro. Los coloristas neones centelleaban en la distancia.

El oso barrió el jardín trasero del hotel con el haz de su linterna. La piscina parecía inmóvil y tranquila. El guarda levantó entonces la tapa del contenedor, que no estaba lejos de la salida posterior.

—¡Que peste! —dijo mientras iluminaba la basura con la linterna.

—Y que lo diga.

—No parece que aquí haya ninguna saca de correos —dijo, dejando caer la tapa. Ésta se estrelló con un estrépito que habría despertado a un muerto—. Supongo que habrá muchas decepciones, si se pierden esas cartas, ¿eh?

—Por supuesto. Agonías y Acidez no las podrán contestar. Pero las cartas son confidenciales, y si la saca cae en las manos equivocadas, puede poner en una situación embarazosa a mucha gente. Para sus lectores, Agonías y Acidez son como psiquiatras. La gente escribe cosas que no les contarían a sus mejores amigos.

El guarda rió.

—Algunas de esas cartas deben de ser de lo más divertido.

No creo que ésa sea su pretensión, pero es cierto, admitió Regan para sus adentros. Espero que no haya nadie sentado en alguna parte, con una copa en la mano y las cartas en otra, desternillándose de risa. Pero si la madre de Danny no pudo resistir la tentación, bueno, ¿por qué habría de respetar la intimidad de nadie quienquiera que robara las cartas?

Regan entregó al oso su tarjeta con el número del móvil.

—¿Haría el favor de llamarme si surgiera algo? ¿O si se le ocurre alguna idea?

—Por supuesto. Y la próxima vez que tenga un problema con mi novia, escribiré una carta a esa gente. Sólo espero que no se pierda.

Regan asintió con la cabeza mientras se dirigía a la parte delantera y llamaba a un taxi con la mano. A por más diversión, pensó mientras se quitaba la peluca, las gafas y la chaqueta estilo Las Vegas y lo metía todo en el bolso.

Regan era incapaz de quitarse de la cabeza la conversación de Bubbles; no podía evitar hacerse preguntas. Bubbles tenía el motivo, ¿pero había tenido la oportunidad de robar la saca de correo? A todas luces, no había que perderla de vista ni un instante.

Capítulo 33

—¡Ya estamos aquí! —anunció Tía Agonías mientras aporreaba la puerta de Danny—. ¡Preparados para nuestra gran salida nocturna en Las Vegas!

Danny se levantó de la silla y miró a sus padres sin demasiado entusiasmo.

—Esa otra cosa de la que me quieres hablar va a tener que esperar.

—Sí, querido —dijo Maddy con nerviosismo.

—¿Cómo están mi tía y mi tío favoritos? —bromeó Danny cuando abrió la puerta—. Entrad, entrad. Me parece que no conocéis a mis padres.

—Aaah... se puede saber mucho de una persona por sus padres —observó Agonías. Y extendió el brazo—. Encantado de conocerlos.

Maddy y Agonías se estrecharon las manos mientras Acidez y Shep se presentaban.

—¿Cómo va todo? —preguntó educadamente Maddy mientras todos tomaban asiento.

—Bueno, nos estamos divirtiendo muchísimo —declaró Agonías—. ¡Qué les puedo decir de las parejas! Están tan ansiosos por ganar el dinero. ¿Y se les puede culpar por ello?

—No, en absoluto —respondió Shep—. Después de todo, se trata de un millón de dólares.

—La verdad es que creo que se quieren —terció Acidez—. Tienen un algo especial, esas parejas. Y hemos de ser nosotros los que decidamos quiénes tienen más posibilidades de permanecer juntos en lo bueno y en lo malo hasta que la muerte los separe. Todos sabemos que eso es tremendamente difícil, ¿no es así?

—Y que lo diga —convino rápidamente Shep—. En lo bueno y en lo malo, eso es lo difícil.

—Danny está haciendo un trabajo fantástico —exclamó Agonías con una palmada—. Todos vamos a celebrarlo cuando el programa sea seleccionado frente a esa aburrida comedia. ¿No es así?

—Así es —respondió Danny sin convicción.

—No hay nada como la televisión de la realidad. Es tan impredecible.

—Tenlo por seguro —añadió Danny con un sonoro suspiro—. Todo lo cual nos trae a este momento.

—¿Estamos saliendo en la televisión ahora? —bromeó Acidez.

—¡No! —Danny se volvió hacia su madre; después retornó a sus invitados—. En pocas palabras —dijo, hablando rápidamente—, mis padres han comido hoy en vuestro restaurante de camino a aquí.

—¡Qué maravilla! —se regocijó Agonías.

—Y vuestra camarera les dio una saca de correos para que os la trajeran.

—¡Yupi! —exclamó Agonías—. Me encanta mi correo.

—Se lo han robado de la habitación de su hotel.

—¿Robado? —gritó Agonías—. Es nuestro medio de vida.

—Sólo intentábamos ayudar —gimoteó Madddy.

—¡Siempre hay cartas importantes en cada remesa! —aulló Agonías.

—Tranquilízate, Agonías, tranquilízate —dijo Acidez—. Anunciaremos en nuestra columna que las cartas han desaparecido, y así el que quiera volver a escribir...

—Pero salvamos una de las cartas —señaló Maddy con entusiasmo.

Agonías, conocedora de la naturaleza humana como era, sospechó de inmediato.

—¿A que se refiere con que salvaron una carta?

—Bueno, se salió de la saca y cayó en el asiento trasero del coche. Cuando la encontré, me la metí en el bolso sin más.

—¿Y dónde está? —preguntó Agonías.

Maddy sacó la carta manchada de vino de su pequeño bolso sin asas.

—¡Han estado leyendo nuestro correo! —bramó Acidez.

—La cosa es peor aún —les aseguró Shep.

Acidez agarró la carta y envejeció a ojos vista.

—Es de una abogada, querida.

—¿Y qué dice?

Acidez hizo una pausa.

—¿Qué dice? —insistió Agonías.

—Mi ex esposa amenaza con hablar con los periódicos sensacionalistas si no le pago toda la pensión alimenticia que le debo.

—¡Oh, Dios mío! —gritó Agonías—. ¿No se la has estado pagando?

—Últimamente, no. Se me acumularon tantos impuestos por no estar atento.

—¡Oh, Dios mío? ¿Cuál es el plazo y cuánto dinero?

—Mañana. Cuarenta mil dólares.

—¡Mañana! ¡No tenemos tanto dinero! La columna no nos reporta mucho todavía. ¡Necesitamos este programa para arrancar!

Allí sentado, Danny se quedó atónito. No sólo tenía a su madre creando problemas, sino que Acidez era una verdadera amenaza para el programa.

—Si hubiera sabido que tenías estos problemas... —empezó.

—¡Para el carro, hijito! —contraatacó Agonías, para nada ya la dulce viejecita que todos conocían—. Tu madre puede ser detenida por violar nuestra correspondencia.

—Dios sabe que más había en esa dichosa saca —comentó Shep.

—¿Puedes pagarle todo a tu ex esposa mañana? —preguntó Danny—. Porque si no puedes, y ella acude a la prensa, adiós a nuestro programa. ¿Hace mucho que no le pasas la pensión alimenticia?

—Un año —dijo Acidez mansamente—. Y no, no tenemos el dinero.

Danny se volvió a sus padres.

—Mamá, papá.

Fue el turno de envejecer de Shep.

—Todos estamos metidos en esto. Papá, ¿puedes llamar a tu banco mañana?

—Y pensar que intentábamos ahorrar alojándonos en un hotel de mierda —gimió Maddy.

—Si han robado mi correo, es evidente que tienen una pésima seguridad —dijo Agonías en un tono de evidente desaprobación—. Así aprenderá usted la lección.

Shep se llevó la mano a la frente.

—Sí, mañana puedo llamar.

—Gracias a Dios. Todos tenemos un interés personal en que este programa salga al aire. En cuanto Agonías y Acidez consigan cierta publicidad televisiva, tendrán el potencial para ganar mucho dinero con futuras apariciones y charlas. —Se volvió y miró a Agonías directamente a los ojos—. Entonces, le devolveréis el dinero a mis padres, ¿de acuerdo?

—Así lo haremos.

—A pesar de que mi madre leyera el correo.

—De acuerdo. Como decimos en el mundo de los consejeros sentimentales, todos tienen sus secretos. Y éste lo guardaremos. Ustedes guardan los nuestros, y nosotros los suyos.

Danny suspiró y se le levantó.

—Seguimos teniendo que irnos a pasar nuestra noche en la ciudad.

—Hay una cosa más —le recordó Maddy.

—Sí, mamá. —Danny se volvió a sentar.

Maddy decidió contar aquel último chisme delante de Agonías y Acidez. Podrían ser de ayuda.

—La nena está abajo.

—¿Quién es la nena?

—Me refiero a Honey.

—¿Honey? ¿Qué hace aquí?

—Quiere cambiar la imagen de tus concursantes antes de que finalice la semana. Ya sabes, antes de la gran ceremonia en el globo.

—¡No quiero que cambie ninguna imagen! —protestó Danny.

—Quizá no sea una mala idea —terció Agonías—. Si quieres mi opinión, puede que a los concursantes les viniera bien un poco de ayuda en ese apartado. Realzaría el programa.

Danny miró de hito en hito a Maddy con incredulidad.

—Creía que no la soportabas.

—Es una chica encantadora —insistió Maddy—. Realmente encantadora.

—Tan encantadora que no fuiste capaz de acordarte de su nombre. No me engañas, mamá. Dime qué es lo que ha sucedido.

—No puedo —protestó—. Me metería en más problemas.

Shep no se había quitado la mano de la frente todavía. Maddy lo miró en busca de auxilio, pero él estaba en trance, pensando en los cuarenta mil dólares de los que su cuenta corriente estaba a punto de despedirse.

—Mamá, ¿qué es lo que ha sucedido? Dímelo.

—Su amiga Lucille nos oyó hablar de lo del correo —reconoció Maddy, señalando a Agonías y a Acidez—. Y nos amenazó con ir a la prensa si no le dabas a Honey la oportunidad de trabajar en tu programa.

Agonías dio una palmada.

—¿Esa chica es una antigua novia?

—Sí —reconoció Danny con otro suspiró más.

—Qué manera más insólita de intentar recuperar a un tipo. Lo próximo será acosarte.

—Es muy insistente —convino Danny.

—Bueno, pero debe de amarte —apuntó Agonías, volviendo a asumir su papel de consejera sentimental—. Debe de desear muchísimo que vuelvas.

Maddy estaba a punto de vomitar. Le irritaba ser la causa de que aquella pelandusca volviera a entrar en la vida de su hijo. Pero ver su propio nombre en los periódicos como parte de un escándalo aún sería peor.

—Por favor, dale una oportunidad.

—Parece que no tengo elección. Nunca me gustó esa amiga suya, Lucille. Bueno, salgamos de aquí; nos está esperando mucha gente.

—Danny, por favor, sé amable con Lucille —suplicó Maddy—. Si llegara a sospechar algo...

—Lo sé —transigió Danny mientras salían de la suite.

Maddy se volvió hacia Shep.

—Querido, ¿qué quieres hacer esta noche?

—Hacer saltar el casino. Pierdo cuarenta mil dólares.

Capítulo 34

Honey y Lucille llevaban sentadas en el vestíbulo lo que parecía una eternidad.

—Vámonos —sugirió Honey por décima vez—. Danny debe de estar montándole una pelotera a su madre.

—No nos vamos a ir —insistió Lucille—. Ésta es tu única bala.

El labio de Honey empezó a temblar.

—¡No! Si esto no funciona, entonces es que tú y Danny no estáis hechos el uno para el otro.

—¡Pero es que no estamos hechos el uno para el otro!

—Eso es lo que pensó la penúltima finalista de *El soltero*. Todo el país vio cómo el hombre de sus sueños la abandonaba y la metían de nuevo en la limusina. Si hubiera sido yo, les habría dicho que llamaría a un taxi.

—¡Lucille!

—Es cierto. Pim, pam, pum. Y a otra cosa, mariposa. He visto muchas partidas de cartas en esta ciudad en la que el tipo lo pierde todo y se va de la mesa pelado. Pero acaba volviendo como sea.

—¿Y cómo consigue volver a entrar en la partida?

—Por lo general, yendo a una casa de empeños y vendiendo su reloj.

—Bueno, me parece que ya llevamos esperando mucho tiempo. Todavía me queda un poco de orgullo, ¿sabes?

—Cómete el orgullo, Honey. Sólo por esta noche. Luego, ya veremos qué sucede. La madre de Danny está en un buen apuro, y estoy segura de que ahora mismo Agonías y Acidez no deben de estar demasiado entusiasmados con ella.

La puerta del ascensor se abrió.

—¡Oh, Dios mío! Aquí vienen —dijo Lucille—. Bueno, mantén la calma.

Maddy se acercó a ellas; algo desaliñada.

—Danny está emocionadísimo de tenerte trabajando en el programa, Honey. —Maddy se dio la vuelta—. ¡Danny! Honey está esperando.

Cuando vio a Danny, Honey se conmovió; llevaba puestos los vaqueros en los que ella le había cosido un pequeño corazón. Estaba debajo del cinturón. Habían bromeado al respecto, diciendo que nadie, excepto ellos, sabría que estaba allí. Honey lucía el pequeño vestido rojo sin mangas que siempre le había gustado a Danny y unas sandalias rojas de tacón alto a juego. ¿Serviría de algo?, se preguntó Honey.

Danny se acercó a Honey y la besó en la mejilla; saludó a Lucille con la cabeza.

—Honey, mi madre me ha contado tu idea de cambiar la imagen de los concursantes. Ma parece fantástica. ¿El peluquero y el maquillador lo harán gratis?

—Siempre y cuando salgan en televisión y puedan promocionarse —respondió Honey sin resuello.

—Por supuesto —convino Danny—. ¡Vaya novedad! ¿Puedes tenerlo todo listo para el jueves? Supongo que sabes de qué va esto.

—Sí, una pareja afortunada renovará sus votos en un globo aerostático —observó Honey con la voz quebrada.

Contrólate, Honey, pensó Lucille. Contrólate.

—De acuerdo —asintió Danny, acompañando sus palabras de un movimiento de cabeza—. Así que el cambio de imagen se realizará en ese momento del programa.

Honey lo miró de hito en hito. Deseaba que él la estrechara entre sus brazos, que la besara y le dijera que la echaba muchísimo de menos y que no podía vivir sin ella. Deseaba que él le dijera que nunca había querido que se separaran.

—El jueves está bien —dijo Honey.

—Te llamaré el miércoles para concretar los últimos detalles.

—Fantástico —dijo Honey. Al menos, es un principio, pensó.

Tía Agonías y Tío Acidez se acercaron a saludar.

—Haz que esas chicas parezcan atractivas —le dijo Acidez a Honey—. Igual que tú.

—Gracias, Tío Acidez. —Honey miró hacia Danny, y el que éste pareciera no estar prestando atención a la conversación, la decepcionó.

—Bueno, salgamos —ordenó Danny a su séquito—. Lucille, me he alegrado de verte. Estaremos en contacto, Honey.

El grupo desapareció por la puerta.

Lucille miró a Honey.

—¿Y bien?

—Lucille, sabes que a veces soy algo adivina, ¿verdad?

—Más o menos.

—Pues de repente estoy preocupada. Como si le fuera a ocurrir algo malo a Danny. Lo siento en los huesos.

—Vamos —gruñó Lucille—. Vayamos a alguna parte a tomar una copa. Tienes que conseguir un peluquero y un maquillador. No pienses en eso.

Honey echó a correr hacia la puerta; Lucille se precipitó tras ella.

—Honey, ¿estás chiflada?

Danny estaba a punto de meterse en el asiento del conductor de una de las furgonetas del Canal Globo. Los demás ya estaban dentro. Lucille consiguió agarrar a Honey en el exterior de la puerta del hotel.

—¿Qué estás haciendo?

—Sólo quiero avisarlo.

—¿De qué?

—De que tenga cuidado.

—Honey, estás loca.

—Tengo un mal pálpito.

—Pues guárdatelo. Has conseguido avanzar en vuestra relación y lo vas a estropear.

Honey consiguió sobreponerse.

—De acuerdo.

Juntas, observaron cómo la furgoneta se alejaba. Juntas, oyeron el golpeteo de un neumático desinflado, de dos neumáticos desinflados. La furgoneta se detuvo antes de que se produjeran ningún daño.

Honey se volvió hacia Lucille.

—Podría haber hecho méritos advirtiéndole.

Lucille soltó un bufido.

—Y yo te he hecho llegar hasta aquí. Me debes una copa.

Capítulo 35

Después de una tranquila cena en la mansión, Erene, Leo, Kitty y Roscoe disfrutaban del café y el postre en el gran comedor.

—Bueno, ¿qué habéis averiguado sobre Regan Reilly? —preguntó Roscoe a Erene y Leo. De la pared colgaba el retrato de un hombre vestido con ropa cara, que sostenía en la mano un puro y una copa de brandy; pero había pasado mucho tiempo desde que aquel sujeto disfrutó de tales placeres. Era el mismo que estaba en el trullo.

—Apareció en el hotel El Cielo del 7 con una peluca roja —informó Erene.

—Te dije que si causabas demasiados problemas, se volverían contra ti —advirtió Kitty—. Danny la ha llamado por los problemas. Estoy segura.

—Nosotros no los hemos causado todos —le recordó Roscoe—. Sólo pretendemos que el concurso sea divertido. Bueno, Leo, ¿quién está provocando los demás problemas?

—No lo sé.

—¡Averígualo! —gritó Roscoe.

—Eso es lo que está haciendo Regan —observó Kitty con pragmatismo—. He oído que es una buena detective privada. Conoció a su novio cuando secuestraron a su padre. Fue una historia de lo más romántico. Recuerdo haberla leído en una revista.

—¿Y cómo la conoció Danny, a todo esto? —preguntó Leo.

—No tengo ni idea —dijo Kitty. Partió una galleta por la mitad y lamió el chocolate del interior.

—No podemos dejar que se acerque demasiado a nuestras actividades —prosiguió Roscoe—. Lo echaría todo a perder. ¿Qué podemos hacer para mantenerla callada... ya sabéis, que no sea ilegal?

Erene estuvo a punto de citar un estudio, pero cerró la boca con fuerza. Luego, empezó a abrirla.

—Podríamos despistarla.

—¿Cómo?

—Podríamos suspender de empleo a Danny durante dos días.

—Sí —dijo Kitty—. Si todo sale bien, tal vez ella vuelva a casa antes del fin de semana.

—Tenerla por aquí el viernes podría ser un verdadero problema —comentó Roscoe misteriosamente.

—Tu gran problema —le respondió Kitty mientras mordía una galleta— sería que alguien arruinara de verdad el programa de Danny. Eso es lo que debería preocuparos.

Roscoe aporreó sus botas de vaquero con la fusta.

—¿Qué haría Merv Griffin?

—Contrataría a un buen abogado —proclamó Kitty.

—Eso no tiene gracia, Kathleen —gruñó Roscoe.

Kitty enarcó las cejas. No veía el momento de que se terminara la semana.

—No perderé de vista a Regan Reilly —prometió Leo—. No perderé de vista a nadie.

—Me muero de ganas de tenerlos a todos bajo un mismo techo —dijo Roscoe—. Como se suele decir, ¡preparaos para la tormenta! ¡Se avecina un buen temporal! ¡Yupi! ¡Yupi!

—Mejor sería esconder la plata —masculló Kitty entre dientes.

—Estoy impaciente. ¿Tenemos alguna reserva para volar en globo mañana por la mañana? —preguntó Roscoe.

—Negativo —respondió Erene.

—Entonces, Kitty y yo nos elevaremos mañana por la mañana.

—Buf —suspiró Kitty—. Esto significa levantarse muy temprano. Tendremos que estar fuera a las seis —gimió.

—Creía que te gustaba volar en globo —replicó Roscoe. Era evidente que había herido sus sentimientos.

—Cuando lo hacemos a última hora de la tarde. Ascender cuando todavía es de noche me mata.

—Los aeróstatas tienen que ser madrugadores, les tiene que gustar elevarse en el cielo antes de que lo haga el sol. El café nunca sabe tan bien como a esa hora impía. Vaya, en Albuquerque esta semana las carreteras están atestadas antes de que se haga de día. Toda esa gente aventurera dirigiéndose al aeródromo con sus jarras de café humeante en la mano; todos esos globos elevándose en el aire al mismo tiempo. Es tan emocionante la ascensión en masa, tan colorista. —A Roscoe se le empañaron los ojos—. Ojalá pudiera estar allí, pero este programa es más importante. Y el concurso tuvo que hacerse esta semana para que Danny pudiera aprovechar la feria.

Leo sugirió que Roscoe fuera allí el viernes al amanecer con el grupo de Danny.

—El viernes vamos a tener un día muy apretado.

—Volverán antes de la comida.

—No sé, Leo. No quiero que parezca que tengo favoritismos pasando más tiempo con ellos.

—Le comprendo.

—Todos mis amigos están en la feria —comentó Roscoe con añoranza—. Estoy seguro de que me echarán de menos y de que extrañarán el globo del Canal Globo. Cuánta camaradería. Con lo bien que nos lo pasamos. Los aeróstatas son una gente formidable. Pero esperad a que vean lo que estoy haciendo por el deporte. La Federación Norteamericana de Aerostación querrá hacerme un homenaje, sin duda... Y hablarán de mí en la *Revista de Aerostación*... Y descubrirán una placa en mi honor en el Museo Nacional de la Aerostación. Las posibilidades son infinitas...

—Siempre y cuando, Regan Reilly no descubra lo que estás tramando y dé al traste con todo —afirmó Kitty mientras examinaba el surtido de galletas que quedaba en el plato—. Sólo comeré una más —murmuró.

Roscoe volvió a golpearse las botas de vaquero.

—Erene, Leo, ¿cuáles son nuestras prioridades inmediatas? —Empezó a chasquear los dedos antes de que alguno de los dos pudiera contestar—. Vamos, vamos.

—Según parece, nuestra prioridad número uno —contestó Erene, asumiendo la responsabilidad— es vigilar a Regan Reilly. Dejémosla que ponga orden en la tienda de Danny, por decirlo de alguna manera, pero sin dejar que meta las narices en nuestras actividades.

—¡Todo esto debe estar dirigido a lograr un buen programa el viernes por la noche! —decretó Roscoe mientras se levantaba. Se puso a mirar el retrato de la pared de hito en hito—. ¡De ninguna manera quiero acabar en una celda junto a él!

Es lo único que me faltaba, pensó Kitty; tendría que buscarme un nuevo novio. Y no lo soportaría. Se levantó de la silla.

—Ya es hora de irse a descansar un rato para que mañana por la mañana podamos navegar por encima de las copas de los árboles.

—Ahora sí que has hablado. —Roscoe sonrió a Kitty—. ¡Y mañana por la noche a esas horas estaremos cenando en compañía de toda la tropa! ¡Va a ser un día de lo más emocionante!

—Te volverías chiflado en una celda —observó Kitty mientras empezaban a salir.

—Alguien debería hacer un estudio sobre los aeróstatas que acaban en el trullo —sugirió Erene—. Para ver si lo pasan mal adaptándose al confinamiento. He de creer que...

—¡Buenas noches, Erene! —dijo Roscoe con brusquedad—. Yo no voy a acabar en ninguna celda. ¡Y si acabo, será culpa tuya y de Leo! ¡Recuérdalo!

—Sí, señor. —Erene cerró su carpeta y dio las buenas noches.

—Buenas noches, jefe —repitió Leo. Y, volviéndose hacia Erene, susurró—: Confío en que no estemos metidos en esto hasta el cuello.

Capítulo 36

—¿Adónde la llevo, señora? —le preguntó el taxista a Regan. Era un hombre mayor, con pendientes de aro y unos mechones de pelo gris que le sobresalían de una boina negra.

—Todavía no estoy segura —respondió Regan—. Tengo que llamar a un amigo. ¿Por qué no se dirige hacia la Strip?

El taxista puso los ojos en blanco.

—¿Por qué no? Usted paga —Y empezó a tararear una canción de *Los Miserables* con la boca cerrada.

Regan marcó el número de Danny y se puso la mano en la oreja izquierda. Era evidente que el taxista era un artista de variedades frustrado. A Regan no le cupo ninguna duda de que era sólo cuestión de tiempo el que el sujeto acabara en un *reality show*.

Danny atendió su móvil al tercer tono. Parecía encontrarse sin resuello.

—Danny, soy Regan. ¿Qué sucede?

Danny exhaló ruidosamente.

—Acabo de tener que cambiar dos ruedas de la furgoneta.

—¿Se desinflaron las dos a la vez?

—Estaban rajadas.

—Oh, Dios mío, Danny.

—Es el principio de una cita de ensueño.

—¿Hiciste que Sam lo grabara?

—Por supuesto. Esto es un *reality show*; siempre estamos a la caza de sorpresas.

—Se diría que ya has tenido más que suficientes. ¿Adónde os dirigís ahora?

—A las fuentes de la parte delantera del Bellagio. El lugar más romántico de la ciudad.

—Os veo allí. —Colgó el teléfono y se inclinó hacia delante. Le llevó un rato conseguir la atención del taxista; estaba cambiando de carril y profundamente enfrascado en su tarareo—. ¡Perdone!

La miró por el retrovisor.

—¿Sabe ya por fin adónde quiere ir?

—Al Bellagio. Déjeme en las fuentes delanteras, por favor.

El hombre asintió con la cabeza.

—¡*Dabuten*!

Regan se recostó en el asiento y miró a través de la ventanilla. Bueno, ahora resulta que alguien persigue a las furgonetas del Canal Globo. Es increíble.

Un instante después, el taxi se detenía en la acera de delante del hotel. Regan pagó la carrera, salió y miró en derredor. De repente, algo parecido a un estruendo estremeció la zona. Las fuentes adquirieron vida con unos enormes surtidores de agua que se elevaron desde el estanque a toda presión. El tema musical de la película *Titanic* empezó a sonar por los altavoces, mientras las ráfagas de agua se balanceaban al son de la música. Era una visión espectacular, digna de ser contemplada una vez que el sistema nervioso de uno se hubiera recuperado del rugido inicial.

La acera estaba atestada de turistas, muchos de los cuales estaban haciendo fotos. Regan caminó entre ellos, hasta que por fin localizó al grupo de *Amor sobre el nivel del mar*. La cámara enfocaba a Vicky y a Chip, que, cogidos del brazo, miraban fijamente las fuentes. Se giraron el uno hacia el otro para darse un pequeño beso en la boca. ¿No es fantástico el amor?, pensó Regan mientras se acercaba hacia donde se encontraba Danny.

—¿Cómo va? —le susurró Regan.

—Bueno, por lo menos va.

Cuando se acabó la música, Tía Agonías se adelantó.

—¿Cómo os sentís? —preguntó.

Vicky estaba radiante.

—Es como si estuviéramos en nuestra luna de miel. Fuimos a las cataratas del Niágara. Y aquí estamos de nuevo, rociados por el agua. ¡Está taaaaaan fresca!

Chip sonrió.

—Tendremos que hacer otro viaja a las cataratas del Niágara, cariño. Y revivir aquel momento tan, tan especial.

Tío Acidez sintió la necesidad de participar.

—¿Alguno de los dos estuvo enamorado antes de que os conocierais?

Chip y Vicky parecieron afligirse, pero entonces Vicky se echó a reír.

—No, a menos que cuente un par de amores de adolescencia cuando tenía doce años.

—Y por lo que a mí respecta —contestó Chip—, nunca supe lo que significaba el amor hasta que conocí a Vicky.

Estos tíos deberían estar trabajando en la comedia de situación, decidió Regan.

Agonías se sentía verdaderamente como pez en el agua.

—Todo parece indicar que hubierais vuelto a encontrar la chispa —les dijo.

—Y arde con más luz que nunca —le aseguró Chip.

—Corten —gritó Danny—. Es hora de ir a cenar.

Se metieron en la furgoneta. Regan se sentó detrás, donde había espacio más que de sobra. Danny conducía, y Sam se sentó delante con la cámara. Victor, Agonías y Acidez iban en la segunda fila de asientos, y Chip y Vicky compartían la tercera con Regan. ¿Fueron imaginaciones de Regan o los tortolitos parecían menos acaramelados que cuando habían estado delante de la cámara? Chip no rodeaba a Vicky con el brazo... Ni siquiera iban cogidos de la mano. Y pensar que acababan de insistir en que aquello era como su luna de miel.

—Hay un pequeño restaurante italiano un poco más adelante que ha accedido a reservarnos un salón privado durante tres citas de ensueño —explicó Danny—. Agonías, Acidez, Chip y Vicki cenarán en una tranquila mesa iluminada por velas. Cuando hayan terminado, nos daremos una vuelta por el casino del Bellagio. Sam lo grabará todo, ¿de acuerdo, Sam?

Sam asintió con la cabeza.

—Igual que en *Objetivo Indiscreto*.

Regan intentaba resolver a quién le recordaba Sam. Era un tipo guapo, de risa fácil y rápida. Sus modales amistosos y relajados debían de ayudarlo a plantear los temas con tranquilidad; lo cual, sin duda, no podía hacer daño. Era el polo opuesto a Victor, que era mucho más apasionado.

—Los demás comeremos perritos calientes —bromeó Victor.

—¡No es verdad! —dijo Danny—. No te preocupes, Regan, también habrá comida para nosotros.

Regan se echó a reír.

—¡Me da igual lo que sea!

Lo que de verdad me gustaría, pensó Regan, es volver al hotel y dormir un poco.

Chip se volvió hacia Regan y le guiñó el ojo, acompañándolo de una palmadita en la pierna.

—Les llevaremos las sobras en una bolsa.

A Regan le pareció que aquello era muy raro. Esta pareja es realmente extraña. Vicky se había vuelto repentinamente muy exagerada en sus respuestas, mientras recordaba extasiada las cataratas del Niágara; y Chip, por su parte, había tenido la misma gracia que un pato al intentar ser romántico con su esposa. La situación parecía sumamente antinatural. Aunque supongo que esto es lo que le hace a uno la presión continua, reflexionó Regan. El dinero les vendría bien a las tres parejas. ¿Y a quién no? Un millón menos los impuestos le alegraría la vida a la mayor parte de la gente. Así que todos tendrán que exagerar esta pantomima romántica hasta el viernes. Será interesante observar si la tensión provoca algún ataque de nervios entre los concursantes.

Entraron en el aparcamiento de un restaurante llamado Carlotta's. La caricatura de neón de una bailarina que sostenía una fuente de espaguetis humeantes ocupaba un lugar prominente en la ventana delantera. Vaya sitio para una cita de ensueño, pensó Regan. Danny le había contando que había limitaciones presupuestarias, que tenía que hacer todo aquello con poquísimo dinero. ¡Qué extraño resultaba que Roscoe limitara el presupuesto de la producción en sí y, sin embargo, utilizara un premio de un millón de dólares como cebo!

El *maître* recibió a Danny calurosamente.

—¿Han hecho una toma de nuestra bailarina?

—Lo haremos a la salida —prometió Danny.

—Fantástico. Suban a la planta superior.

El restaurante estaba bastante animado. Las paredes estaban forradas en madera oscura, los manteles eran rojos, la iluminación, exigua, y la clientela, ruidosa. El piano, situado en un rincón, permanecía en silencio, pero un bote de propinas sugería que el pianista no tardaría en volver. Una escalera estrecha, cubierta con una alfombra oscura y arremolinada, conducía a la segunda planta. Regan siguió a Victor por las escaleras hasta una sala larga, estrecha y deprimente donde reinaba un ligero olor a humedad y que estaba empapelada con un papel con relieves de terciopelo. Una mesa para cuatro había sido colocada en el centro de la pieza.

No es precisamente Le Cirque, pensó Regan.

—¿Señoras? —El *maître* extendió el brazo y lo movió hacia la mesa.

Regan se retiró mientras Tía Agonías se adelantaba y se sentaba en la silla que le retiraban para ella. Vicky la siguió. Los hombres se sentaron sin ayuda.

—Me llamo Gianni —continuó el *maître* con un falso acento italiano—. Esta noche estaremos a su entera disposición. *Grazie.* —Se volvió hacia Danny—. *Grazie.*

—Gracias —le dijo Danny, mientras Gianni hacía una reverencia y desaparecía escaleras abajo.

Ojalá pudiera sentarme, pensó Regan, que, mientras Danny empezaba a explicar su plan de juego, se apoyó en la pared.

—Como es evidente, no vamos a filmar nada durante toda la cena. Habrá ocasiones en que Agonías o Acidez les hagan preguntas especiales, y esas conversaciones sí que las grabaremos.

Regan se preguntó qué es lo que podrían preguntar los consejeros. Aquello era como hacer grabar las sesiones de uno con el psicólogo para que fueran vistas por el mundo. La cena empezó en un tono agradable, con unas copas y una conversación trivial.

Una vez que se sirvieron los aperitivos, Agonías se inclinó hacia delante con una expresión enternecedora en el rostro.

—Ahora me gustaría que cada uno nos hablara de la peor cita de su vida.

—¿Se refiere entre nosotros? —preguntó Vicky con pragmatismo.

Agonías y Acidez se rieron.

—No, no, no —contestó Agonías—. Con otras personas. Me pareció entender que se conocieron cuando ambos tenían veintitantos años. Debió de haber otras citas antes.

—Bueno —empezó Chip, que parecía encontrarse muy incómodo en la silla—. Una vez salí con una chica que era incapaz de dejar de hablar de lo asqueroso que era su ex marido. Ellos tenían la custodia compartida del perro, y cada vez que su ex iba a buscar a *Fido* para pasar el fin de semana, ella se llevaba al chucho a dar un largo paseo. Eso hizo que me mosqueara con la chica, así que no volví a llamarla. Después de aquello, me enteré que había dicho algunas lindezas sobre mí. Me salvé de una buena, sin duda.

—Pues mi peor cita —contó Vicky— fue con un tipo que, después de subir a recogerme a mi apartamento e insistir en entrar a tomar una copa, aprovechó que fui al baño a lavarme para empezar a revolver todos los papeles que había en el mostrador de la cocina. ¡Le sorprendí leyendo mi correspondencia!

Acidez se atragantó con el sorbo de agua que acababa de tomar.

Agonías pareció alterarse de repente; no preguntó a su marido qué tal se encontraba y apenas lo miró. ¿Me pregunto de qué va todo esto?, caviló Regan.

—¡Qué frescura! —gritó Agonías—. ¡Es despreciable! ¡No soporto a la gente entrometida!

¿Que no soportas a la gente entrometida?, se preguntó Regan sin salir de su asombro. ¿Con el trabajo que tienes?

—¡Muy bien! —interrumpió Danny—. Es suficiente por el momento. Disfruten de los aperitivos. —Se volvió hacia Regan—. ¿Te importa acompañarme abajo unos minutos? Podemos tomarnos una copa rápida y picar algo en el bar.

—Claro.

—Volvemos enseguida —le dijo Danny al resto—. Victor, le diré a Gianni que os ponga una mesa pequeña en una esquina de esta sala a ti y a Sam.

—Por mí, perfecto. ¿No grabamos más por ahora?

—No hasta que volvamos. —Mientras Danny y Regan bajaban por las escaleras, Danny susurró—: Regan, no te vas a creer esto...

Capítulo 37

—¿Qué es eso que me quieres contar? —preguntó Pete *el Piloto* a Bubbles. Estaban en el salón de la suite de ella. Pete estaba sentado en una silla de respaldo recto que había retirado de debajo del escritorio. Bubbles caminaba de aquí para allá, aunque no había demasiado espacio para hacerlo.

—Ambos queremos que la comedia funcione. —Bubbles sacudió la cabeza hacia atrás para apartar su pelo rojo y sonrió con coquetería—. Y que Roscoe escoja nuestro programa.

—Estás diciendo obviedades, Bubbles.

—No te pases de listo conmigo —le advirtió Bubbles.

Pete se echó a reír.

—Pero todos tenemos seguridad en el trabajo. Ése es nuestro problema.

—Tenemos James para los restos —asintió Bubbles con la cabeza—. Para bien o para mal.

—Hasta que la muerte nos separe.

—Petey, tengo que decírtelo. Cuando dices eso, me pones nerviosa.

—¿Es que crees que voy a liquidar a James? —dijo Pete en un tono desafiante, levantando la voz—. Eso me ofende.

—Bueno, cuando lo mencionaste en el bar, pensé que hablabas en serio.

—Admitiré que a menudo me entran ganas de matarlo. Pero ¿acaso crees que me jugaría toda mi vida por esta comedia de mierda?

—No la llames comedia de mierda, ¿quieres?

—Hablo en serio. He hecho infinidad de programas piloto que no han sido emitidos. Y todos eran para las grandes cadenas. ¿Crees que mataría a alguien por salvar una comedia de situación del Canal Globo de Roscoe? ¿Cuánta gente crees que acabará viendo la serie, a todo esto? Yo te lo diré: toda la que vaya a los casinos.

—Nunca se sabe —retrucó Bubbles—. ¿Sabes cuántas series de pequeñas cadenas han sido adquiridas por las grandes? ¿Eh?

—¿Y tú sabes cuántas no lo han sido? Y las que tienen éxito suelen estar hechas por adolescentes en los sótanos de sus casas. Resultan atractivas para su grupo de población, que es enorme. De lo único que hablan en Hollywood es de la «demografía». Demografía esto, demografía lo otro. Si vuelvo a oír esa palabra una vez más, me atragantaré.

Bubbles pareció alarmarse.

—¡No tenemos a ningún adolescente en nuestra serie!

—Si tiene éxito, siempre podremos incluirlos.

—Eso no siempre funciona.

—Bubbles —dijo Pete—, nos estamos yendo por las ramas. ¿Cuál es ese gran plan que tienes?

—Tengo un novio —empezó Bubbles.

—Bueno. ¿Crees que intento ligar contigo?

—¡No! Tengo un novio que trabaja en el *reality show*.

—¿En serio?

—Sí.

—¡Oh, Dios mío!

—Ya, ya lo sé.

—¿Y a qué se dedica allí?

—No te lo puedo decir.

—¿Por qué no?

—Creo que es mejor mantener su identidad en secreto.

—¿Por qué?

—Petey, escúchame un segundo. Está allí haciendo de espía para mí. Ahora mismo está intentando conseguir pruebas contra los concursantes; busca cualquier motivo para descalificar a una de las parejas, de manera que el programa no pueda seguir adelante. Ha creado una página en Internet para que la gente informe de cualquier chisme que sepan acerca de los concursantes.

Pete   la miró de hito en hito.

—¿Por qué me cuentas esto?

—Creí que te gustaría saber que podría haber otra forma de ganar.

—¿Tu novio está haciendo algo más para ocasionar problemas?

Bubbles dudó; tal vez no fuera tan buena idea confiar en Petey. Había pensado que él se entusiasmaría, que se sentiría reconfortando y se pondría a pegar saltos de alegría. Pero la expresión que en ese momento tenía en su rostro no era de alegría; era aterradora. Como cuando sugirió lo de matar a James.

—No —mintió Bubbles—. Pero alguien sí que lo está haciendo. Ha habido un montón de percances en el plató.

—¿Percances? ¿Cómo cuáles?

A Bubbles le entraron ganas de darse de cabezazos contra la pared. Debía de haber estado delirando cuando creyó que podía confiar en aquel tipo. Era cosa de psicópatas la manera que tenía de cambiar la expresión del rostro sin parar. De pronto, parece el señor Rogers y, al poco rato, Jack el Destripador.

—Bueno, alguien robó una cámara. Y cosas así.

Pete se levantó y la apuntó con el dedo.

—Me has convertido en cómplice de cualquier cosa que tu amigo decida hacer para arruinar el *reality show* —la acusó, levantando la voz—. Y tengo que decirte que esto no me gusta. No me gusta en absoluto. —Se precipitó hacia la puerta hecho una furia.

—¡Pete! —gritó Bubbles.

Pete se volvió hacia ella y gritó:

—¡Te pesqué! —Y empezó a reírse histéricamente—. Te he engañado, ¿eh?

Me va a dar un ataque de nervios, pensó Bubbles.

Capítulo 38

—Regan, las cosas se están liando por momentos —se quejó Danny mientras el camarero les servía sendas copas de vino.

—Sé lo del correo robado. ¿Qué más ha ocurrido?

Danny apoyó cabeza sobre la barra, la sacudió de un lado a otro y la volvió a levantar. Sin perder un instante, informó a Regan de lo de su madre y la carta de la abogada de Agonías y Acidez.

—No me extraña que le diera un ataque con lo del tipo que le leyó la correspondencia a Vicky —comentó Regan—. Todo el mundo tiene sus problemas. Rasca en la superficie de la vida de casi cualquiera...

—Y a mayor abundamiento, mi ex novia, que me dejó plantado y ahora quiere que volvamos, el jueves se encargará de hacer los cambios de imagen en el programa.

—¿Por qué?

—Ella y su mejor amiga oyeron por casualidad a mi madre hablar del correo, y la hicieron veladas amenazas de acudir a la prensa si yo no le daba a Honey la oportunidad de trabajar en el programa.

—¿Es esteticista?

—No, es corista. Pero, créeme si te digo que conoce a todos los esteticistas, peluqueros y maquilladores de la ciudad.

Regan sonrió.

—Parece como si todavía la quisieras.

Danny se encogió de hombros.

—Si te engañan una vez, la culpa es de quien lo hace. Se te engañan dos veces, la culpa es de uno.

Una vez más, Regan se dio cuenta de lo afortunada que era por tener a Jack. Había sido tan fácil su relación desde el principio; con que sólo vivieran en la misma ciudad, sería perfecta. Volvió a concentrarse en los problemas inminentes.

—No podemos permitir que nadie se entere de lo de la ex esposa de Acidez. Eso sí que acabaría con el programa de una vez por todas.

—Lo sé. Sería como tener a Bart Simpson de asesor de protocolo.

Regan sonrió.

—¿Dónde están ahora tus padres?

—Mi padre está intentando recuperar su dinero en el casino. ¿Te puedes creer que mi madre leyera esa carta? ¿Te lo puedes creer?

Regan recordaba vagamente a la señora Madley en la cocina provisional del colegio los días de los perritos calientes, que eran los martes. Algunas madres acudían allí y cocían cientos de perritos calientes en una cuba, y lo recaudado se destinaba a cualquiera de las causas que en ese momento atendieran en la parroquia. La señora Madley no había faltado ni un martes. Siempre estaba en medio de todos los fregados, y solía aparecer por el colegio cuando los demás padres no andaban por allí. Pobre Danny. Su madre no había cambiado, lo cual, en ese momento, estaba haciendo sufrir a su hijo de verdad.

—Vivo a cientos de kilómetros de ella —prosiguió Danny—. Y aun así consigue entrometerse en mi vida.

—Su intención es buena —dijo Regan sin mucha convicción.

—Lo sé, pero si Acidez es desenmascarado, entonces él y Agonía denunciarán a mi madre a la policía; estoy seguro. Y no veas la gracia que me hace.

—¿Lo sabe alguien más?

Danny negó con la cabeza.

—No. Nadie excepto mis padres, Agonías y Acidez, Honey y Lucille.

—Y mantenlo así —le advirtió Regan—. Yo no se lo diría ni a Victor ni a Sam.

—Victor quiere estar en todo —dijo Danny.

—Me dijiste que crees que alguien intenta sabotearte. Los sospechosos con más probabilidades de serlo son Victor y Sam. Los ayudantes van y vienen y no tienen el acceso a las cosas que tienen esos dos.

—¿Pero quién puede haber estado enredando con los neumáticos de la furgoneta? —preguntó Danny—. No veo la manera de que Victor o Sam pudieran haberlo hecho sin ser sorprendidos.

—A decir verdad —le confió Regan—, creo que aquí está sucediendo algo más complicado.

—¿A qué te refieres?

—En primer lugar, ese Roscoe Parker me parece un poco raro. ¿Cómo lo conociste?

—En una partida de póquer, en uno de los casinos.

—¿Era un buen farolero?

—La verdad es que no. Hablaba sin parar.

—Estoy impaciente por ir a su casa mañana por la noche. No me gusta nada ese sujeto. Alguien que es capaz de hacer sonar ese maldito pitido de la manera que lo hizo él esta tarde, ha de guardarse otras bromas en la manga. Y eso es lo que me parece que te ha sucedido: que has sido víctima de... un montón de travesuras. Pero algunas podrían haber sido peligrosas. Y todavía no te he contado lo que oí por casualidad en El Cielo del 7.

—¿De qué se trata?

—Bubbles y Pete estaban en una mesa del bar hablando de lo malo que es uno de sus actores. En un momento dado, Bubbles dijo que tenía algo importante que decirle, y se fueron. Luego, me llamaste y me puse en contacto con la seguridad del hotel para lo del robo de la saca de correos. El guarda de seguridad y yo miramos en la habitación de tus padres, pero estaba todo en su sitio. Es interesante que tus padres se alojen en ese hotel.

—Sólo mi madre podría encontrar un hotel así. Consiguió un vale descuento vete a saber dónde.

—Lo sé, es muy parecido a Los Dados de Felpa... motivos diferentes, pero la misma calidad y ambiente. Me pregunto a quién pertenecerán ambos hoteles.

—No tengo ni la más remota idea —admitió Danny.

El camarero les sirvió una pizza pequeña y otras dos copas de vino.

—Esto tiene una pinta fantástica —dijo Regan—. Estoy hambrienta.

—Deberíamos comernos esto deprisa y volver arriba —Danny se puso un trozo en el plato, cogiendo una hebra colgante de queso con los dedos—. Me da pavor pensar en lo que podría suceder.

Diez minutos después Danny pagó la cuenta, y él y Regan subieron por la chirriante escalera. Agonías y Acidez se fundían en un abrazo apasionado ante la atenta e incrédula mirada de Vicky y Chip. Mientras, la cámara lo grababa todo.

Capítulo 39

—Maddy, no quiero jugar en ninguna tragaperras —insistió Shep.

Habían ido al hotel Venetian a dar un paseo y comer algo. Era un lugar fascinante, ciertamente. La versión de Las Vegas de la ciudad más romántica de Italia incluía una réplica en miniatura del Gran Canal, el llamado Canalazzo, de trescientos sesenta y cinco metros de longitud, donde los visitantes podían disfrutar de un viaje en góndola amenizados por las serenatas de los gondoleros cantantes. El techo abovedado de casi veinte metros de altura estaba adornado por hermosas reproducciones de frescos italianos y, para mayor deleite aún de muchos, había numerosas tiendas de lujo. El Canalazzo discurría a través de un centro comercial de noventa tiendas.

El complejo vacacional del Venetian lo incluía todo, desde la Plaza de San Marcos, el Palacio del Dogo y el Puente de Rialto hasta un importado Museo de Cera de Madame Tussaud. El hotel propiamente dicho tenía más plazas hoteleras que toda la isla de Bermuda. Para garantizar que el centro turístico conservara un estilo genuinamente italiano, había dos historiadores en nómina.

A Maddy le encantaba pasear por el Venetian y comer en cualquiera de los muchos restaurantes selectos o, incluso, en alguno de los lugares de comidas más informales. No dejaba de soltar exclamaciones de embeleso ante todo lo que veía y se dejaba arrullar por el zumbido del enorme casino como si se tratara de una serenata.

Pero esa noche ni ella ni Shep eran capaces de divertirse.

Maddy jugó varias veces a la ruleta y perdió. Habían cenado, y Shep estaba listo para volver al deprimente hotel donde se alojaban. Lo que realmente quería hacer era volver a casa y dormir en su propia cama. El día había sido duro.

—Tal vez debería llamar a Danny para ver cómo le va —sugirió Maddy.

—Ni te atrevas.

—De acuerdo —obedeció tímidamente Maddy.

Cogieron un taxi para volver a El 7, donde Maddy se dirigió directamente al mostrador de registro. Golpeó dos veces el timbre con la palma de la mano.

—Hola —dijo en voz alta—. ¿Hay alguien en casa?

El conserje salió por la puerta que había detrás del mostrador.

—Señora, estoy atendiendo un fax.

—Bueno, tal vez esa sea la razón por la que se ha robado cierta correspondencia importante de mi habitación —gritó Maddy—. En este vestíbulo no hay seguridad. Ninguna en absoluto. Aquí puede entrar cualquiera desde la calle y empezar a cometer delitos a diestro y siniestro.

—La seguridad de los huéspedes es siempre nuestra principal prioridad —respondió el conserje de mala manera.

—Sólo puedo dar gracias de haber salido indemne del robo en nuestra habitación —dijo Maddy mientras Shep permanecía a su lado, frotándose la frente.

—Nosotros también damos muchísimas gracias —puntualizó el conserje sin ninguna emoción.

—Lo que quería saber —prosiguió Maddy— es si por casualidad se ha encontrado la saca de correos.

—No. Nadie la ha visto. —La expresión del conserje parecía decir: «Y es probable que nadie la vea jamás.»

—Vergonzoso —comentó Maddy mientras se alejaba indignada, agitando las manos. Shep la siguió hasta el ascensor y, ya arriba, hasta la habitación. Encendieron la luz y, una vez más, Maddy soltó un grito ahogado.

—¿Qué? —preguntó Shep cansinamente.

—Estoy completamente segura de que ese protector labial de cereza —dijo Maddy, cogiéndolo del tocador— no estaba aquí cuando nos registramos. ¡Quienquiera que robara la saca de correos tiene los labios agrietados! ¡Ojalá se desangre por ellos!

Capítulo 40

Cuando Regan volvió a su habitación del hotel Los Dados de Felpa, no podía haberse sentido más aliviada. Tía Agonías y Tío Acidez se habían pasado la noche intentando demostrar a todo el mundo lo enamorados que estaban. Era como si estuvieran compitiendo por el premio del millón de dólares, aunque Regan dio por sentado que se sentían motivados por la amenaza de que los problemas del Tío Acidez se revelaran a un público que podría volverse en contra de ellos.

El grupo de la cita de ensueño se había pateado el casino del Bellagio. Luego, Agonías y Acidez, cogidos del brazo, habían dado por concluida la velada. Había sido un largo día para todos.

Regan se desvistió y se metió en la ducha. El agua caliente le cayó sobre los hombros, y sintió una maravillosa sensación en la nuca. Esto me ayudará a dormir, pensó. Ojalá pudiera llamar a Jack para ponerlo al corriente, pero en Nueva York ya es muy tarde. Espera a que se entere de que no es necesariamente de los concursantes de quién tenemos que preocuparnos, sino de los jueces. Conociendo a Jack, seguro que no se sorprende.

Lo que sí sorprendió a Regan fue que en Los Dados de Felpa le abrieran a uno la cama. La dudosa colcha había sido retirada, doblada y depositada sobre la dudosa silla del escritorio. Habían colocado un pequeño bombón de chocolate con menta sobre la almohada. Aquél era un concepto que Regan nunca había comprendido del todo. El chocolate contenía cafeína, la cual desvelaba a la mayoría de las personas. ¿Por qué no colocar un pedazo de pavo sobre la almohada? El pavo contiene sustancias químicas que provocan el sueño en la gente, como sabe sin duda cualquiera que haya asistido a una gran comida de Acción de Gracias. El tercer martes de noviembre por la tarde, los ronquidos resonaban por toda Norteamérica. Bueno...

Regan salió de la ducha, se secó y se puso un liviano pijama de algodón de dos piezas. Se aseguró que estuviera echado el pestillo de la puerta y colocó las playeras cerca de la cama. No sabía por qué, pero en ese lugar deseaba poder echar a correr de inmediato ante cualquier aviso. Tal vez debería dormir vestida, concluyó irónicamente.

Cuando se tumbó en la cama y se metió bajo las sábanas, que no estaban hechas precisamente del más delicado de los tejidos, suspiró. ¿En qué me he metido?, se preguntó. Repasó mentalmente todo lo que había ocurrido ese día: el anónimo amenazante recibido por Danny. La caída de Barney, que le llevó al hospital. Su propio viaje. La expulsión de todos del estudio por Roscoe a las cinco. El premio gordo de Elsa. La aparición de los padres de Danny. El robo del correo. Y, por supuesto, la revelación de los problemas de Tío Acidez con su ex. Y todo, rematado por la cita de ensueño en el Carlotta's.

Olvida el Canal Globo. Eso debería tratarse en las noticias de la CBS.

Regan alargó la mano y apagó la luz, tras lo cual le dio un par de puñetazos a la almohada y se puso cómoda. Aunque se sentía rodeada de locura por todas partes y estaba un tanto ofuscada acerca de los pasos que debía dar a continuación, no tardó en quedarse dormida.

7 de octubre, martes

Capítulo 41

Roscoe y Kitty se dirigieron al campo de despegue del complejo del Canal Globo cuando todavía era de noche. Kitty iba dándole pequeños sorbos a una jarra de café entre bostezo y bostezo. Roscoe observó complacido la línea del horizonte cuando ésta empezó a iluminarse.

—Ajá. Dentro de un rato subiremos, subiremos y fuera. —Roscoe señaló hacia el sol, que empezaba a apuntar sobre el horizonte.

—Antes de esta noche voy a necesitar echar una siesta —dijo Kitty con un bostezo.

—Pero habrás empezado el día con una experiencia mística.

—Ya tuve una experiencia de ésas cuando sonó el despertador.

—Kitty, ¿sabías que los globos aerostáticos fueron utilizados en la guerra? —preguntó Roscoe sin esperar respuesta—. Los soldados seguían los movimientos de los avances del enemigo desde un globo. Otros lograron escapar de ciudades devastadas por la guerra sólo porque huyeron en globo. Y es que en realidad los modernos globos aerostáticos fueron creados como arma militar hace unos cincuenta años por un hombre llamado Ed Post. Pero la aerostación ha acabado siendo un deporte, más que otra cosa. Y me alegra que haya sido así. ¿Kitty?

Kitty tenía los ojos cerrados; los sentía como si los tuviera encolados. Consiguió abrirlos con un esfuerzo supremo.

—Sí, Roscoe.

—¿Has oído algo de lo que he dicho?

—Algo sobre globos.

—Olvídalo.

Entraron en el aparcamiento de las instalaciones del Canal Globo, donde en ese momento reinaba un silencio absoluto. Había unos pocos coches aparcados. Roscoe había ordenado al turno de noche que se marchara a las tres de la madrugada; no quería que esos empleados se tropezaran con la gente que trabajaba en la empresa de aerostación.

Aparcó el Jaguar, y atravesaron el campo de despegue hasta el pequeño cobertizo que albergaba el negocio de aerostación. Dentro, el piloto de Roscoe, Marty, y su equipo bebían café y comían rosquillas.

—Hay una ligera brisa —observó Marty—. Es un día perfecto para volar en globo.

—Bien, pongámonos en marcha —dijo Roscoe con entusiasmo.

Volvieron al exterior, donde el equipo se dispuso a preparar el globo para el vuelo. Tras extender la envoltura, o estructura del globo, colocaron el ventilador de inflado en su sitio. Sujetaron la cuerda de seguridad a la camioneta de seguimiento y se aseguraron de que el piloto pudiera soltar las llaves. Hacía bastante fresco, y el maravilloso, estimulante e incipiente olor de la mañana tonificaba a todos. De repente, procedente del aparcamiento, apareció una pareja corriendo hacia ellos.

—¿Podemos dar un paseo en globo? —gritaron, agitando los brazos—. Intentamos llamar antes, pero no nos cogieron el teléfono. Nos hemos casado esta misma noche en la capilla Graceland de Las Vegas.

Roscoe miró a Kitty.

—¿Tienes inconveniente? Mi idea es que subiéramos los dos solos con Marty.

—Todavía no me he despertado, así que por mí no hay ningún problema.

—¡Acercaos! —gritó Roscoe a la pareja.

Parecían muy jóvenes. La novia llevaba una flor en el pelo e iba vestida con un traje largo de los tiempos de maricastaña; una americana azul y un pantalón caqui constituían el atuendo del novio. Ella tenía una melena larga y negra, y él era rubio. Ambos parecían locamente enamorados.

—Me llamo Kimberly, y éste es mi marido —dijo la chica e hizo una pausa—. ¡Ah, como me gusta decirlo! ¡Es la primera vez que utilizo esa palabra! ¡Marido!

—Me llamo Jake —dijo el aludido con una sonrisa de tontorrón—. ¿Podemos entrar y sacar las entradas?

—Éste es mi globo. Yo invito —dijo Roscoe con magnanimidad, y procedió a presentarse y a presentar a Kitty y a Marty a la joven pareja. Cuando el globo fue inflado, subieron todos a la barquilla mientras el equipo de tierra lo sujetaba. Marty giró la válvula de combustión, y una columna de fuego salió disparada hacia el interior del globo. Sonaba como el rugido de un dragón. Uno a uno, y de acuerdo con las órdenes de Marty, los integrantes del personal de tierra fueron soltando la barquilla, retrocediendo cuando el globo inició su suave ascenso hacia el cielo de la incipiente mañana. Marty volvió a girar la válvula, y otra llama azul ascendió hasta el interior del globo. Fueron tomando cada vez más altura, y todo lo de abajo pareció encogerse. El personal de tierra amarró rápidamente el equipo de lanzamiento y saltó a la camioneta de persecución, decididos a seguir el avance del globo.

—Estamos flotando —susurró Kimberley con aire soñador

—Es como estar entre los brazos de Dios —declaró Roscoe.

Kitty se sentía un poco mareada, pero sabía que tenía que sonreír y aguantarse.

—¿Así que os habéis casado en la capilla Graceland? —preguntó Roscoe.

—Por un imitador de Elvis. Fue todo tan guay —respondió Jake.

—Fue guay total, total —añadió Kimberley—. *Love me Tender* es nuestra canción.

—¿Decidisteis casaros de improviso? —preguntó Kitty con el entrecejo arrugado.

—Algo así —dijo Kimberley con una risa tonta—. Nos sacamos la licencia matrimonial ayer por la tarde.

—¿De dónde sois? —preguntó Roscoe.

—De Los Ángeles.

—¿Y dónde os conocisteis?

—En una audición.

—¿Sois actores?

—Sí. Ninguno de los dos hemos tenido mucha suerte todavía, pero le estamos dando superduro —explicó Kimperly—, súper, superduro, ¿verdad, Jake?

—Sí. Es muy difícil conseguir una oportunidad allí abajo, ¿sabe? —Jack señaló hacia el desierto, riéndose—. Pero juntos seremos capaces de conseguirlo.

Kitty hizo una mueca en su fuero interno. A esta unión le doy un año, dos a lo sumo, reflexionó. Dio una profunda bocanada de aire y no se atrevió a mirar por encima de la barquilla. En su lugar, ensayó una mirada llena de adoración dirigida a Roscoe.

Éste se acarició la barbilla e hizo restallar su omnipresente fusta contra la barquilla.

—Se me acaba de ocurrir un regalo de bodas perfecto para vosotros dos.

—¿Un regalo? —repitió Kimberley—. Ya es un regalo maravilloso dejarnos ascender en el globo gratis.

—Eso es cierto —admitió Roscoe—. Pero tengo un regalo aun mejor. Una gente está produciendo una comedia de situación por encargo mío. La grabarán este viernes. Les diré que os incluyan a los dos.

Kimberley empezó a pegar botes, pero la contuvieron en seguida.

—¡Para! —ordenó Marty.

—¡Lo siento! ¡Oh, pero gracias! ¡Muchísimas gracias! —Kimberley se abalanzó sobre Roscoe y lo abrazó efusivamente.

—¡Gracias! —repitió Jake—. Tendremos que buscar un lugar donde alojarnos.

—¿No estáis alojados en ningún hotel? —preguntó Roscoe, liberándose del abrazo de Kimberley.

—No. Llegamos aquí ayer en mi viejo coche. Tuvimos suerte de que no se averiara en mitad del desierto. He oído que a gente le ha pasado y que ha muerto de insolación y deshidratación.

—Sí. —Kimberly terminó la historia—. Olvidaron coger agua... y un sombrero de ala ancha.

—Bueno, quedaos con nosotros —ofreció Roscoe con entusiasmo—. Kitty y yo vivimos en un gran caserón en las afueras de la ciudad. Hay una piscina. Y esta noche damos una fiesta.

—¡Gracias, gracias! —Kimberly volvió a gritar, y esta vez cogió la mano de Roscoe—. Me recuerda usted tanto a mi abuelo.

La expresión de Roscoe descendió mientras Kitty intentaba reprimir una carcajada.

—¿Están casados? —preguntó Kimberly.

—¡Ca! —respondió Kitty.

—Mi abuelo tiene también una novia, y mi madre no para de decir: «Esa sólo va detrás de su pensión.»

Roscoe rió entre dientes, pero Kitty se sintió como si la tiraran por la borda, mientras el globo surcaba el cielo de la incipiente mañana empujado por el viento. Y esta pequeña fulana se va a quedar en casa durante los próximos tres días, pensó con irritación. Lo único que sé es que el plan de Roscoe va a ser un fiasco y que le va a salir el tiro por la culata.

—Roscoe —observó Jake—, es usted un tío de lo más enrollado.

—Lo intento. —Roscoe sonrió de oreja a oreja—. Lo intento.

El grupo se sumió en un apacible silencio mientras Marty guiaba el globo con pericia. Abrazados, Kimberly y Jake pensaban en todos sus planes futuros; Roscoe inspeccionaba la tierra, engolfado en la fantasía de que un día mandaría en Las Vegas; y Kitty, acurrucada en medio de todos, meditaba en el hecho de que estaba helada.

Finalmente, Marty le preguntó a Roscoe:

—¿Listos para volver a tierra?

—Yo sí —dijo Kitty sin que nadie le preguntara.

—Desearía que esto no terminara nunca —ronroneó Kimberly.

—Es absolutamente impresionante —convino Jake, asintiendo con la cabeza.

Estos dos van a ser mi muerte, pensó Kitty.

—Supongo que debemos reintegrarnos en el mundo real —proclamó Roscoe dramáticamente.

Marty apagó la luz del piloto de los tanques de combustible. El globo empezó a descender sobre una gran extensión de campo abierto.

—Flexionen las rodillas y sujétense para el aterrizaje —ordenó Marty—. No salgan hasta que yo se lo diga.

Segundos más tarde, cuando la barquilla golpeó la tierra, Marty dejó escapar el aire caliente hasta que la barquilla aminoró su marcha y se detuvo por completo.

—¡Uau! —gritó Kimberly cuando la barquilla rebotó por tres veces sobre la hierba.

El sombrero de vaquero de Roscoe salió volando.

El personal de tierra acudió corriendo para agarrar las cuerdas. Uno de ellos cogió la cuerda de cabeza, que iba sujeta a la parte superior del globo, y, tirando de ella, tumbaron de costado el globo que empezaba a desmoronarse. Entre todos inmovilizaron la barquilla mientras, por decirlo de alguna manera, desembarcaban los pasajeros y el piloto.

—Es hora de nuestra ceremonia del corcho —proclamó Marty.

—¡Que guay! —gritó Kimberly cuando pisó tierra firme—. Ni en sueños podríamos haber imaginado que volaríamos en globo y que acabaríamos consiguiendo unos papeles de actores. ¡Y ahora vamos a beber champán! ¡Tenemos tanto que celebrar!

—Roscoe, nos ha alegrado la vida por completo —dijo Jake.

Espera y verás, pensó Kitty. Ya veremos si sigues pensando lo mismo el fin de semana.

Capítulo 42

Al despertarse, Regan tardó un segundo en recordar dónde se encontraba. Estaba de cara al escritorio, y la visión de la dudosa colcha llena de dados fue lo primero que la saludó. «Ufff», suspiró, y volvió a cerrar los ojos. «Esto ya no es Kansas, ¿verdad, Toto», dijo, recordando la célebre frase de *El Mago de Oz*.

Al cabo de un rato Regan se levantó y se puso unos tejanos y un top negro sin mangas. Todavía era pronto, las ocho y diez de la mañana, así que decidió bajar, tomarse un café y volver a la habitación. El mundo de la televisión de la realidad no empezaría hasta las diez, cuando el grupo de Danny se reuniera para dirigirse en coche al estudio. Pero Regan planeaba ir a la suite de Danny a las nueve y antes quería llamar a Jack. Los padres de Danny iban a llamar al banco a las nueve para transferir los cuarenta mil dólares a la cuenta de Acidez.

Me parece que, más que otra cosa, será apoyo moral lo que le proporcionaré a Danny, reflexionó al dirigirse a la sala donde se había celebrado la fiesta la noche anterior. El desayuno continental estaba dispuesto en una mesa de bufé pegada a la pared. Había varias mesas pequeñas de plástico diseminadas por la habitación vacía.

Regan llenó de café un vaso largo de papel, le añadió leche descremada y se volvió para dirigirse de nuevo a la habitación. Barney estaba parado en la entrada; las lágrimas le corrían por el rostro. Regan dudó si debía preguntarle si le pasaba algo, puesto que ése parecía el estado normal de aquel sujeto. Pero su curiosidad natural hizo aflorar lo mejor de ella.

—¿Qué sucede, Barney?

Él se secó los ojos con unos toquecitos.

—Tengo tanto miedo.

—¿Por qué?

—No sé dónde está Elsa.

Los ojos de Regan se abrieron como platos.

—Esto... —Dudó—. ¿Es que no comparten ustedes habitación?

—Somos marido y mujer —dijo Barney con indignación—. Nos queremos mucho y...

—De acuerdo, de acuerdo. No está hablando con Tía Agonías. Bueno, ¿cuándo la vio por última vez?

—Anoche, en la cama. Nos acostamos a eso de las doce y nos abrazamos con fuerza el uno al otro...

No con la suficiente fuerza, pensó Regan.

—Me desperté a las cuatro y mis brazos estaban vacíos.

—¿Y qué hizo entonces? —preguntó Regan.

—La llamé. Dije: «Elsa, ¿estás en el baño, querida?» Y no hubo respuesta. Así que encendí la luz, y simplemente había desaparecido.

—¿Su ropa tampoco está?

Barney asintió con la cabeza mientras se sonaba con su pañuelo.

—No había colgado el conjunto que llevaba ayer porque estaba muy cansada. Lo dejó en el suelo. Pero no estaba. Se vistió y se fue.

—¿Ha preguntado al conserje de la recepción si la ha visto alguien? —preguntó Regan.

—Sí. Me han dicho que nadie la ha visto.

—¿Elsa padece insomnio?

—¿Qué?

—Insomnio... ya sabe, problemas para dormir.

La mirada de Barney se iluminó.

—La verdad es que se pasó toda la noche diciendo que estaba muy excitada por haber ganado aquel dinero.

—Yo también estaría excitadísima si hubiera ganado cuatrocientos mil dólares —observó Regan—. Puede que Elsa saliera a intentar ganar un poco más de dinero. Esta ciudad funciona las veinticuatro horas al día. Los casinos bombean oxígeno y mantienen las luces encendidas para que uno no sepa si es de día o de noche. —Mientras le explicaba esto a Barney, Regan rezaba para que fuera verdad. Y, entonces, se le ocurrió una idea perturbadora. ¿Sería posible que Barney le hubiera hecho algo a Elsa para quedarse con el dinero?

—Podría haber ido a otro casino —añadió Barney—. Es verdad que comentó que probablemente ya no habría ningún premio gordo en las tragaperras de este hotel. Durante algún tiempo, al menos. Pero ella sabe que tenemos que marcharnos a las diez. ¿Por qué no me dejaría una nota? Si no vuelve pronto, no hay duda de que tendremos un problema.

—¿Nunca había hecho algo parecido antes? —inquirió Regan.

—¡No! Es tan convencional, tan comedida. El alocado siempre he sido yo. El hecho de que nunca sea capaz de desmelenarse y de seguir sus impulsos era parte de nuestro problema.

Parece como si el problema estuviera ya resuelto, amigo Barney, pensó Regan, pero se limitó a asentir con la cabeza.

—¿Por qué no me acompaña a la suite de Danny un minuto? Podemos informarle de lo sucedido. Ni siquiera la policía presentará un informe sobre una persona desaparecida tan pronto. Elsa es una persona adulta y tiene todo el derecho a levantarse en mitad de la noche y abandonar el hotel. Por supuesto, podemos llamar para ver si hay un atestado de algún accidente.

—Primero me gustaría tomarme un café —dijo Barney, tratando de no llorar.

—Por supuesto. —Regan estaba ansiosa por hablar con Jack, pero ya no tenía más remedio que esperar.

Barney fue hasta la mesa del bufé y se preparó un bollo con forma de rosquilla, que untó con un gran montón de crema de queso, y un vaso grande de café. Lo colocó todo en una bandeja junto con un vaso de zumo de naranja y un plátano y regresó junto a Regan tan pancho.

—¿Qué mesa prefiere?

Regan se lo quedó mirando de hito en hito.

—Escoja usted.

Se sentaron en dos sillas pequeñas de plástico y Regan se maravilló ante la capacidad de Barney para comer con tanto apetito mientras Elsa estaba desaparecida. La circunstancia no le ha mermado el apetito en lo más mínimo. Si le ocurriera algo a Jack, lo último que se me ocurriría sería ponerme a comer. Regan suspiró y decidió que también podía comerse un bollo, así que cogió uno de la bandeja y no añadió nada más. Como el bollo estaba correoso, cogió varias porciones de mermelada de frambuesa y volvió a la mesa. La rosquilla de Barney había desaparecido. Al igual que sus lágrimas, que dejaron de manar mientras estaba comiendo.

—Creo que cogeré unos cereales para el plátano —anunció Barney. Volvió al cabo de un minuto con un tazón con copos marrones y procedió a cortar el plátano en rodajas con una expresión de profunda concentración mientras lo hacía. Espolvoreó los cereales con azúcar, vertió encima un envase de leche, hundió la cuchara en el mejunje y empezó a ronzar el alimento con fruición.

—¿Listo? —preguntó Regan cuando el tazón quedó vacío.

—Sí. Ya me siento mucho mejor.

—Me alegro. La verdad es que deberíamos comunicar a Danny lo que sucede. ¿Quién sabe? Elsa podría sorprendernos a todo y volver incluso con más dinero en los bolsillos.

—Eso espero, Regan.

Cuando salían de la habitación del desayuno, Barney empezó a hipar de manera incontrolable.

—He comido demasiado deprisa —se lamentó.

Lo que tú necesitas es un buen susto, pensó Regan. Y me parece que ya deberías haber tenido uno.

Veamos cómo te sientes si a las diez Elsa sigue «en paradero desconocido».

Capítulo 43

Noel y Neil habían trabajado hasta las tres de la madrugada en el guión y volvieron a reunirse a las ocho en la habitación del segundo para un repaso general. Ambos estaban agotados.

—Creo que lo conseguimos, hermanito —anunció Noel con voz cansada aunque triunfal.

—Es divertido —convino Neil—. Y creo que está a prueba de James.

Los dos se echaron a reír.

—Ese tipo es patético. —Noel dejó su jarra de té y cogió el teléfono que había junto a la cama—. Llamaré a Bubbles y le diré que el guión está listo. —Cuando Bubbles contestó y él se identificó, el sofión que llegó del otro extremo de la línea lo pilló desprevenido.

—¡Ya no lo soporto más! —aulló Bubble.

—¿Qué es lo que no soportas más?

—A Roscoe.

—¿A Roscoe? Todavía no son ni las nueve de la mañana. ¿Qué ha sucedido?

—Le he llamado hace unos minutos para preguntarle si podríamos utilizar su globo mañana por la mañana para la escena inicial, ¡y me ha soltado que tiene a una pareja de jóvenes a los que quiere que incluyamos en el guión! ¡¡No tengo un respiro! ¡No lo puedo soportar! ¡Es totalmente injusto!

—¿Qué? —preguntó Noel. Sintió un cosquilleo por todo el cuerpo.

—¡Ya me has oído!

—Hemos estado levantados hasta las tantas trabajando en esto. ¡Está perfecto como está! —Noel arrojó su pluma por la habitación.

Neil se hundió en su silla. Cogió el cuchillo que había utilizado para untar su bollo de arándonos con mantequilla y se lo puso en la garganta.

—No me digas que es perfecto. ¡Ahora me siento peor todavía! —gritó Bubbles—. Estoy convencida de que Roscoe sólo quiere causar problemas.

—Bienvenida a Hollywood. ¿Y crees que eso es malo? En una ocasión, Neil y yo trabajamos en un guión en el que nos hicieron cambiar a un cardiocirujano de treinta y cinco años por un surfista de veinte que aspiraba a entrar en la facultad de Medicina. Y eso, tres días antes de empezar el rodaje.

—Bueno, ¡pues ahora tenéis a otro surfista! ¡Esos chicos son jóvenes!

—¿Vendrán hoy al estudio!

—Sí. En este momento están disfrutando de su desayuno nupcial en casa de Roscoe.

—¿Desayuno nupcial?

—Se casaron anoche en la capilla Graceland y esta mañana han dado un paseo en globo con Roscoe al amanecer. Así es como los ha conocido.

—¿Y son actores?

—Se supone.

—No pueden ser tan malos como James. Y te aseguro que Neil y yo nos sentimos bastante orgullosos de nosotros por lo que hicimos con el guión. Está a prueba de James.

—A prueba de cien como él —masculló Neil.

—Espera a que se entere Pete. No le va a hacer ninguna gracia —predijo Bubbles.

—¿Qué frases deberían ser eliminadas para hacer hueco a la nueva pareja? —preguntó Noel, atusándose el pelo.

—¡Las mías, no! Si tenéis que hacerlo, quitádselas a la abuela y a su novio. Y me da que a Pete *el Piloto* no le va a hacer ninguna gracia que le reduzcáis su tiempo de emisión.

—Mmmm, muy bien. Neil y yo pensaremos en ello. ¿Seguimos viéndonos abajo a las nueve y media?

—Sí. —Bubbles colgó.

Con el entrecejo fruncido, Noel se apartó el auricular de la oreja y colgó.

—A escribir de nuevo. Tenemos que incluir a una pareja joven en el reparto.

—¿Y qué vamos a hacer con ellos?

—Ni idea. Depende de lo que quiera Roscoe.

Neil agitó la mano.

—Démosles una frase y enviémoslos a volar en globo.

Noel rió.

—Tal vez deberíamos hacer que secuestraran a James. A los demás les encantaría.

—Sí. Los convertiremos en unos personajes siniestros. Haremos que sean espías de otra empresa de aerostación.

Neil gruñó y se dejó caer sobre la cama.

—¿Qué es lo que suele decir mamá de nosotros?

—Que deberíamos acudir a la consulta de un orientador universitario. Que por fuerza tiene que haber otras profesiones que nos hagan felices.

Neil se rió cansinamente.

—Puede que tenga razón. Algo me dice que esta situación no va a hacer más que empeorar y empeorar.

Capítulo 44

—Quiero llamar a Danny por el teléfono interior para decirle que subimos. No espera a nadie hasta las nueve —le explicó Regan a Barney.

Barney asintió con la cabeza y se llevó la mano a la boca para reprimir otro hipido.

El vestíbulo estaba bastante tranquilo. Regan cogió el teléfono que había en una mesa próxima a la recepción y marcó la extensión de Danny. Contestó al tercer tono.

—Danny, soy Regan. Estoy en el vestíbulo con Barney, y tenemos que hablar contigo antes de que tus padres, Agonías y Acidez se reúnan en su cuarto.

—¿Barney tiene que hablar conmigo? —repitió Danny—. ¿Ahora?

—Sí. ¿Podemos subir?

—Regan, ¿es algo malo?

—Podría ser mejor —respondió con honestidad.

—Subid. No hay nada como empezar el día a lo grande.

Regan colgó el teléfono sintiendo lástima por Danny. ¿Por qué tengo que ser yo quién le dé las primeras malas noticias del día?, se preguntó mientras se dirigían al ascensor.

Danny tenía la puerta de la suite abierta. Regan golpeó con los nudillos y le llamó.

—Ya estamos aquí.

—Entrad. Estoy hablando por teléfono.

Barney siguió a Regan al salón.

—Qué bonito es esto. ¡Qué lástima que los concursantes no tengamos una suite!

—Sí que es una lástima —convino Regan con ironía—. Siéntese.

—Muy bien, mamá. Hasta dentro de un rato. —Danny colgó el teléfono—. Buenos días a los dos. Tengo que admitir que tengo miedo de preguntar. ¿Qué sucede?

—Elsa ha desaparecido —gimió Barney, con el labio tembloroso.

—¿Desaparecido? —Los ojos de Danny se abrieron desmesuradamente. Todavía llevaba el pelo mojado de la ducha, y el perfume del jabón de cítricos impregnaba la habitación. Era la clase de olor para empezar el día felizmente tonificado.

Regan contó rápidamente la historia y concluyó:

—Podría estar fuera jugando, simplemente. Lo sabremos a las diez. Si no aparece, entonces tendremos un motivo real de preocupación. Llamaré a la policía ahora mismo. Todavía no la considerarán una persona desaparecida, pero pueden estar atentos por si... —No quiso terminar de expresar la idea delante de Barney.

Danny se sentía fatal. Fatal por él y fatal por Barney. Pero sobre todo por él. Tenía seis concursantes, y uno había desaparecido. Y sólo estaban a martes.

—Anoche ganó mucho dinero —repitió a Barney en un intento de consolarlo—. Puede que necesitara tomar un poco de aire fresco.

—¿Y por qué no me despertó? —gimió Barney, a quien le empezaron a caer las lágrimas—. Nos encanta salir a pasear juntos.

—¿En mitad de la noche? —preguntó Danny, levantando la voz.

—Las veinticuatro horas al día, los siete días de la semana. Nos queremos más de lo que las palabras puedan expresar.

Regan se levantó.

—Deja que llame a la policía. —Mientras Regan marcaba el número de la comisaría local, llegó Victor. Vestido con unos pantalones cortos de color caqui y un polo verde parecía tan fresco como una lechuga. Se había puesto gomina en el pelo y olía a colonia. Llevaba una tablilla con sujetapapeles debajo del brazo.

—Pareces contento.

—Listo para empezar el día. No hay nada como un sueño reparador. —Hizo una pausa y miró a Barney, que alternaba los hipidos con los sollozos—. ¿Pasa algo aquí?

Danny le puso al corriente de la desaparición de Elsa con aire taciturno, mientras Regan conversaba con un agente del departamento de policía. Colgó y se dirigió a Barney:

—Han tomado nota de su descripción y, si averiguan algo, nos lo comunicarán.

—Creo que debería irme a acostar —dijo Barney dócilmente—. Danny, ¿qué haremos si no está aquí a las diez?

Danny sacudió la cabeza como si intentara despejársela.

—Tengo que ir con los demás al estudio. Empezaremos con las partes previstas para hoy. Cuando regrese Elsa —continuó—, haremos que alguien os venga a buscar. Regan, ¿te importaría esperar aquí con Barney?

—En absoluto. Barney, vaya a descansar. Puede que Elsa regrese. Yo estaré aquí, en la habitación de Danny, hasta que se vayan todos.

Barney hipó y se dirigió a la puerta.

—Éstos son los mejores momentos, los peores momentos —recitó al salir.

Victor sacudió la cabeza.

—Me apuesto lo que sea a que Elsa está sentada en cualquier parte ante una tragaperras, perdiendo dinero.

—¿Por qué dices eso? —preguntó Regan.

—Llevo mucho tiempo en esta ciudad. La gente como Elsa gana mucho dinero y enseguida quieren tener más. Así que empiezan a jugar como locos. No paran de perder, pero son incapaces de detenerse; creen que pueden recuperar lo perdido. Y antes de que se den cuenta, lo han perdido todo. Esta ciudad fue edificada sobre la gente que pierde dinero, no sobre la que lo gana.

—Pero ganó cuatrocientos mil dólares —dijo Regan—. Eso es un millón seiscientos mil monedas de veinticinco centavos. Dudo que se lo haya gastado todo en una noche.

—Acabaría con el brazo bastante cansado —observó Danny.

—Hay tragaperras de cinco dólares. El dinero puede desaparecer muy deprisa en su interior —les recordó Victor.

—Si ha perdido todo su dinero, puede que tenga miedo de volver —sugirió Regan.

—¡Eso sí que es una verdadera prueba de amor! —exclamó Danny—. ¿No sería fantástico para utilizarlo en el programa! ¿Podrá Barney asumir el hecho de que ella haya dilapidado la fortuna que acababan de ganar?

—¡Danny! —gritó Regan.

—Lo sé, lo sé, sólo intentaba ver el lado positivo de las cosas.

—Tus padres estarán aquí dentro de un instante —le recordó.

—Es cierto. Victor, tengo que hablar de algunas cosas con mis padres. ¿Por qué no vas a desayunar algo y vuelves poco antes de las diez?

Victor pareció dolido.

—Regan, ¿quieres desayunar conmigo? —preguntó.

—Gracias, pero tengo que hablar con los padres de Danny.

—Es sobre algo de Nueva Jersey —dijo Danny con torpeza.

—¿Algo no marcha bien? —preguntó Victor.

—Se produjo un pequeño incidente del que no tuve tiempo de hablarte —comentó Danny, mientras Regan contenía la respiración—. A mis padres se les entregó una saca de correo para Agonías y Acidez; anoche se la robaron de su habitación del hotel El 7.

—¡Tiene que haber sido alguien de la comedia! —gritó Victor con vehemencia—. Están alojados allí, ¡y apuesto a que están metidos en esto!

—¿Tú crees? —preguntó Danny.

—Por supuesto. Tratan de alterar a los principales actores de nuestro programa. ¡Está claro!

¿Es genuina su reacción?, se preguntó Regan. ¿O no es más que puro teatro?

Llamaron a la puerta. Danny abrió la puerta y se encontró a Sam de pie en el pasillo.

—Sam, entra.

—¡Eeeeh! —saludó Sam a todos al entrar. Parecía estar medio dormido. Llevaba unos pantalones cortos limpios y una camiseta a cuadros, y el agua de su pelo rubio se estaba evaporando lentamente.

Los tíos son tan afortunados, reflexionó Regan; se terminan de duchar y salen por la puerta a los dos minutos. La mayoría de las mujeres parecerían unas brujas si no se entretuvieran un rato con el secador de pelo.

—Acabo de ver a Barney en el pasillo. Parecía un poco preocupado y me dijo que estabais todos aquí.

—Elsa se levantó por la noche y desapareció —dijo Danny cansinamente.

—¡Qué coñazo!

—Sí que es un coñazo —convino Danny.

—Ganó todo aquel pastón; a lo mejor salió a pasárselo bien.

—Esa parece ser la opinión general —dijo Danny con un suspiró—. Con ligeros matices.

—¿Qué vais a hacer si no regresa? —preguntó Sam—. Eso sería como acabar con el programa.

—O eso o sería un chute para la competición entre las dos parejas restantes —dijo Victor con excitación, frunciendo el entrecejo—. ¿Sabe, jefe? Esto también podría funcionar.

—Chicos —los reprendió Regan—. Lo que nos ocupa es la desaparición de alguien. Confiemos en que no le haya pasado nada. Ésa debería ser nuestra principal preocupación.

Volvieron a llamar a la puerta. Esta vez eran Agonías y Acidez, a quienes Danny acompañó al interior de la habitación.

Cuando vieron a Regan, a Victor y a Sam, se sorprendieron.

—Victor y Sam están a punto de irse —explicó Danny.

—¿Yo? —replicó Sam—. Vaya, si acabo de llegar.

—Tenemos que ocuparnos de algunos asuntos —le dijo Danny.

—Tía, Tío, hola —dijo Victor levantándose del sofá—. Sé cuando no se me quiere.

—Supongo que yo tampoco soy querido —añadió un desanimado Sam—. Pero podría comerme algunos huevos.

—Perfecto —convino Danny—. Os veo dentro de una hora. Tenemos previsto marcharnos de aquí a las diez, con o sin Elsa.

—¿Qué le ha ocurrido a Elsa? —preguntó Agonías.

—Se levantó en mitad de la noche y no ha regresado.

—Bueno, ganó todo aquel dinero. Y como suele ocurrir en estos casos, el dinero es el origen de todos los males —declaró Agonías con solemnidad.

—Tener dinero ayuda a pagar las facturas —observó Acidez sin mucho convencimiento.

—Las dos fuerzas impulsoras más poderosas de nuestras vidas: amor y dinero —prosiguió Agonías—. La gente ha matado por ellas. Y sin pensarlo dos veces.

¿Se está volviendo chalada Tía Agonías o qué?, se preguntó Regan. Bueno, lo más probable es que haya pasado una mala noche; su carrera como consultora sentimental podría irse al traste si la historia se filtra.

Sam y Victor salieron arrastrando los pies; resultaba difícil decidir cuál de los dos se mostraba más reacio a marcharse.

Tía Agonías miró a Regan inquisitivamente.

—Regan está al corriente de todo lo sucedido —explicó rápidamente Danny—. Es una detective privada que contraté para que me ayudara a garantizar que todo discurra sin tropiezos. Y es amiga mía.

—¿Así que no estás preparando ningún *reality show*? —preguntó Agonías.

Regan sonrió.

—No en un futuro próximo.

Tía Agonías se llevó los dedos a los labios.

—No le cuentes a nadie nuestros problemas, Regan. Aunque creo que puedo confiar en ti; mi trabajo consiste en conocer a la gente.

—El mío, también —contestó Regan, que advirtió que Acidez se estremecía—. Y mis labios están sellados —prosiguió de modo tranquilizador—. Deseo de todo corazón que el programa de Danny salga adelante.

Acidez suspiró.

—Nunca debería haberme casado con esa Evelyn; fue un mal asunto desde el primer día. Si alguien se enterase de que le debo la pensión alimenticia, sería nuestra ruina.

—Chiiist —ordenó Agonías—. ¡No hables de eso! Una vez que sueltas las palabras en el universo, reverberan.

—Sólo quiero acabar con esto —declaró Acidez.

—Mis padres estarán aquí dentro de un minuto —prometió Danny—. ¿Os apetece un café?

—No, ya estamos bastante nerviosos —observó Agonías—. A propósito, en mitad de la noche se me ocurrió una idea magnífica.

—¿De qué se trata?

—Hoy podemos hacer el test de Rorschach.

—¿El test de Rorschach? —repitió Danny, mostrándose poco dispuesto a la idea.

—¡Sí! Ya sabes, viertes tinta en un papel, lo doblas por la mitad y luego le pides a la gente que interprete el dibujo que sale. Se puede saber mucho acerca de una persona a partir de ese test: sus emociones, su inteligencia, si son compatibles con sus parejas... No te imaginas lo diferentes que pueden llegar a ser las interpretaciones del mismo borrón de tinta de dos personas que se supone forman la pareja perfecta.

—El consabido «tu dices negro, y yo, blanco» —añadió Acidez. Entonces se puso a cantar—: Mejor lo dejamos.

—No puedo permitir que ninguna pareja se mande a paseo —gruñó Danny—. Tenemos que mantener esto en funcionamiento juntos hasta el viernes.

—¡Por supuesto! —exclamó Agonías—. Pero eso será divertido. Donde una persona ve una flor, otra ve un hierbajo.

Diez a una a que Elsa ve una tragaperras, y Barney, un pañuelo, pensó Regan.

Shep y Maddy llegaron al cabo de unos minutos; ninguno parecía haber descansado mucho.

—Perdón por el retraso —se disculpó Maddy—. Ah, Regan, hola. Por favor, no le cuentes a nadie nada de esto cuando vuelvas a Nueva Jersey.

—Ya se lo he advertido yo —dijo alegremente Agonías.

—Regan está aquí para ayudarme —afirmó Danny con firmeza.

—Nos hemos retrasado porque hemos llamado a nuestro asesor financiero esta mañana —explicó Maddy—. Él ya ha transferido el dinero a su cuenta.

Acidez se abalanzó hacia Shep y lo abrazó.

—Gracias.

—No hay de qué.

Agonías y Maddy también se abrazaron.

—Supongo que no hay ni rastro del correo, ¿no? —inquirió Agonías.

—No —reconoció Maddy—. Pero les conseguimos los cuarenta mil dólares.

—Eso he entendido.

Regan observó con interés a las dos parejas y se dio cuenta de que ambas sostenían una espada de Damocles sobre las cabezas de la otra. Podrían arruinarse mutuamente sin ninguna dificultad. Bueno, he ahí una idea para un *reality show*.

—Dejen que llame a mi abogada y que le diga que todo está en orden —dijo Acidez.

—¿Le explicó a su abogada de dónde sacaron el dinero? —preguntó Maddy con nerviosismo.

Acidez se detuvo y la miró.

—Notifiqué a mi abogado que los padres de mi productor eran una gente muy comprensiva que me iban a hacer un préstamo.

Diez minutos después estaba todo solucionado. Es asombroso lo deprisa que puede cambiar de manos un montón de dinero, se maravilló Regan. Desde la cuenta de Shep y Maddy a la de Acidez y Agonías, y de ésta a la cuenta de la ex mujer. Desde la tragaperras a Elsa, y de ésta a Dios sabe dónde.

—Bueno, Danny —empezó Maddy—. ¿Vais a ir al estudio esta mañana?

—Sí, mamá. Pero una de las concursantes ha desaparecido.

Shep pareció estar a punto de echarse a llorar. Nunca más recuperaré mi dinero, pensó, presa de la inquietud. Este programa no va a emitirse jamás.

Capítulo 45

Nora y Luke volaban rumbo a Santa Fe. Tres horas de vuelo, lapso en que los pasajeros suelen empezar a ponerse ansiosos. Nora leía una novela; Luke, tras descabezar un sueñecito, abrió los ojos y alargó la mano para coger la revista de a bordo de la bolsa del asiento que tenía delante. Hojeándola, llegó a un artículo sobre la Feria del Globo Aerostático de Albuquerque.

—Mira esto. —Luke se inclinó hacia Nora con la revista abierta en las manos.

Nora miró detenidamente por encima de las gafas.

—Es una foto de unos globos con formas especiales de la feria del año pasado.

Nora sonrió.

—Me recuerda al desfile del Día de Acción de Gracias de los almacenes Macy's.

—Sí. Excepto que Macy's no tiene a Ham-let.

—¿A Hamlet? —preguntó Nora—. ¿El personaje de Shakespeare?

—No. —Luke señaló la foto—. Este cerdo rosa volador.

Nora se rió entre dientes y examinó la selección de globos insólitos que aparecía a doble página en la revista.

—Veamos. Una lata de cerveza, el Arca de Noé, un balón de fútbol, Mr. Potato Head, un pulpo, una salchicha, una hamburguesa, una bruja y un castillo.

—Entre otros. —Luke se rió. Pasó la página y se dispuso a leer el artículo sobre la Feria del Globo de Albuquerque. Era la mayor feria de aerostación del país, con más de setecientos cincuenta globos inscritos. Desde hacía unos años, a raíz de la inclusión de un espectáculo nocturno llamado el Resplandor de los Globos o el «Resplandor», la feria se había hecho aún más famosa. Con los globos amarrados a tierra, los pilotos encienden los quemadores, haciendo que los globos resplandezcan como linternas enormes. Los espectadores se lo pasan en grande paseando por el campo de despegue y charlando con los pilotos. Los numerosos vendedores ambulantes instalados en las cercanías proporcionan el necesario refrigerio. La noche culmina con una espectacular exhibición pirotécnica.

No está nada mal, pensó Luke. Y uno no tiene que levantarse antes del amanecer. Pasó una página más y sus ojos se abrieron como platos ante un titular: VUELO INAUGURAL DE UN GLOBO TARTA NUPCIAL. Luke leyó el artículo acerca de una pareja que había encargado un globo que tenía forma de tarta nupcial. Sus seis mil metros cúbicos lo convertían en el mayor globo con forma especial jamás construido. Tanto el marido como la esposa eran pilotos aerostáticos, y estaban montando un nuevo negocio, consistente en viajar por todo el país con el globo para ser contratados en las bodas, bien para que se celebrara la ceremonia en el aire, bien para que el novio y la novia abandonaran la fiesta subidos en el globo.

—Nora, mira esto.

—Sí, querido. —Nora volvió a levantar la vista del libro. Estaba acostumbrada a esas interrupciones; Luke se ponía nervioso en los aviones, y aunque volaban en clase preferente, el metro noventa y cinco de altura de Luke no parecía encontrar acomodo nunca.

—Aquí hay un artículo sobre una pareja que tiene un globo con forma de tarta nupcial. Van a hacer su debut en Albuquerque, y es el mayor globo con forma especial que se ha construido jamás.

—¿De veras? —preguntó Nora, alarmada.

—Sí.

—No me gusta la idea de que Regan vaya a elevarse en un globo tan grande y totalmente nuevo.

—Me sorprende que no digan nada del programa de Danny —observó Luke.

—Esos artículos se escriben con mucha antelación, y me parece que el programa de Danny fue concebido muy recientemente. —Nora se inclinó sobre la revista y miró la foto de la sonriente pareja. Sus labios se movieron mientras leía:

Randy Júpiter y Alice Mars Jupiter se conocieron en una sociedad integrada por personas con nombres de planetas. La especial afinidad por el universo en general que los une hizo que se que decidieran por la práctica de la aerostación. Juntos se hicieron pilotos y vuelan siempre que pueden. Cuando la anciana tía de

Alice, Venus Mars, pasó a mejor vida y le dejó a su sobrina una herencia considerable, Randy y Alice se preguntaron qué querían hacer el resto de sus vidas. Su pasión por los globos los guió, y decidieron abandonar sus empleos y pasar el tiempo volando. Los Júpiter hicieron que les confeccionaran especialmente su globo con forma de tarta nupcial y están impacientes por acudir a las ferias de aerostación y a las bodas de todo el país. Hacer volar el globo en Hawai es uno de sus sueños, porque están absolutamente convencidos de que a los recién casados que pasan su luna de miel en las exuberantes islas les encantaría pasear en globo y sacarse fotos en una tarta nupcial de ocho plantas.

Nora levantó la vista hacia Luke.

—La Tia Venus debe de haberles dejado un montón de dinero.

—Debe.

—Sigue sin gustarme la idea de que Regan ascienda en ese globo.

Luke le dio una palmadita en el hombro.

—La llamaremos en cuanto aterricemos. Estoy seguro de que todo irá bien.

—No sé. El programa de Danny ha estado teniendo muchos problemas... —Dudó. El avión empezó a sufrir una turbulencia.

Se oyó la voz de un auxiliar de vuelo por el sistema de megafonía.

—El capitán nos comunica que estamos atravesando una zona de turbulencias, por lo que les rogamos se abrochen los cinturones de seguridad.

—Una zona de turbulencias —rezongó Nora—. Eso me recuerda a los aterrizajes de los globos.

—No te inquietes, querida. Regan estará bien. Esa pareja resulta interesante; estoy deseando conocerlos.

—Mientras el encuentro tenga lugar en el suelo... —insistió Nora— del planeta Tierra.

Capítulo 46

—Te dejamos tranquilo, cariño —le dijo Maddy a Danny—. Vamos a tumbarnos a la piscina del hotel. No es la piscina más lujosa, pero servirá.

—Tened cuidado, ¿de acuerdo? Hoy hace calor ahí fuera —advirtió Danny.

—Haré todo lo que pueda para garantizar que tengamos un día tranquilo —le aseguró Shep a su hijo.

—Te llamaré más tarde —anunció Maddy cuando se dirigió hacia la puerta—. Regan, me alegro muchísimo de verte. ¿Cómo están tus padres?

—Muy bien, gracias.

—¿Están en Nueva Jersey ahora?

—No, la verdad es que van camino de Santa Fe.

—¿En serio?

—Sí. Puede que los veamos el viernes por la mañana en la Feria del Globo de Albuquerque.

—¡Shep, deberíamos ir a eso!

—Vamos, Maddy —le espetó Shep.

—Adiós a todos —gritó Maddy mientras desaparecía.

Tía Agonías miró a Danny con compasión.

—¿Eres hijo único?

—Tengo una hermana que vive en Maine.

—Dios es bueno —masculló Agonías.

—Agonías, tengo que desayunar algo —afirmó Acidez con impaciencia.

—Y yo. ¿Crees que no me están sonando las tripas? He estado demasiado preocupada para pensar en comer. Ahora que se han arreglado las cosas, me encantaría tomar un nutritivo y contundente desayuno. Hoy tenemos un montón de responsabilidades que afrontar con estos concursantes. —Agonías empezó a dirigirse a la puerta—. Nos vemos abajo a las diez.

Cuando la puerta se cerró tras ellos, Danny se dejó caer en el sofá.

—Estoy deshecho y todavía no hemos empezado a grabar.

—Bueno, Danny, te has salvado de una buena. Ahora, confiemos en que Elsa encuentre el camino de casa.

—¿Por qué no dejan de ir tan mal las cosas? —gimió. Regan parecía pensativa.

—Danny, en todo esto hay gato encerrado. Me alegra que vayamos a ver a Roscoe esta noche; por decirlo de alguna manera, estoy impaciente por ver qué terreno estamos pisando. Y también quiero saber todo lo posible de esa gente de la comedia.

—Bubbles es un acicate —observó Danny—. NO se puede ser más competitiva.

Regan miró su reloj.

—Voy a mi habitación a hacer una llamada.

—¿Vas a llamar al señor Reilly? —bromeó Danny.

—La verdad es que sí. No he podido llamarlo esta mañana; en cuanto me he tropezado con Barney, se ha acabado todo. Jack iba a ver qué podía averiguar sobre Roscoe, si es que hay algo que averiguar.

—Muy bien. Estaré en el vestíbulo.

Regan volvió a su habitación. Como era de esperar, la doncella estaba dentro, haciendo la cama. Nunca podré hacer esa llamada, pensó Regan con desesperación. Parece como si nunca fuera a tener ocasión de poder hablar con Jack.

—Hola —saludó la doncella con un acento muy marcado mientras estiraba la colcha sobre las almohadas.

—Hola. —Regan se percató de que la empleada todavía no había limpiado el baño—. ¿Podría volver dentro de un rato? Tengo que llamar por teléfono.

La empleada se la quedó mirando de hito en hito sin comprender.

Regan gesticuló simulando que llamaba por teléfono.

—Muy bien. —La doncella se sacó del bolsillo un protector labial de cereza y se lo aplicó en los labios—. Yo volver. —Y salió mientras se pasaba la barra por los labios una vez más.

Regan recordó el protector labial de cereza que había encontrado en el suelo de la habitación de Maddy y Shep. Bueno, aquí el ambiente es muy seco, razonó, y a todo el mundo se le agrietan los labios. Se sentó en la cama y alargó la mano para coger el auricular, pero algo la detuvo. Utilizaré el móvil, decidió. Aunque la comunicación sería mejor a través de la línea terrestre, escogió utilizar el móvil. Marcó el número de Jack con rapidez.

—¡Regan! —respondió Jack, cogiendo el teléfono de inmediato—. ¿Cómo estás?

—Bueno, Jack, no te lo vas a creer.

—Estoy completamente seguro de que no. —Se rió—. No me lo digas: has ganado un montón de dinero y te has fugado con otro.

Regan soltó una risita tonta.

—No, no he ganado ningún dinero, pero la concursante que consiguió el premio gordo de la tragaperras anda suelta. —Regan le puso al corriente de la historia y lo de la saca de correos.

—Parece que te estás ganando el sueldo. ¿Estás segura de que habrás terminado para el viernes por la noche?

—Sin duda alguna —insistió Regan—. El viernes por la noche estoy contigo.

—Estoy verdaderamente encantado de oír eso.

—¿Has averiguado algo acerca de los concursantes? —le preguntó Regan.

—Es difícil sin los números de la Seguridad Social. Pero ese Roscoe es todo un personaje.

—Cuenta.

—Ha estado casado tres veces. Tiene una mina, un restaurante y una cadena de lavanderías, y ha estado metido en varias empresas nuevas a lo largo del tiempo. Nada ilegal. Es listo y rico, pero es un peligro público. Reinvierte en sí mismo y le gusta labrarse una reputación de sujeto extravagante. Le gusta mucho el juego y tiene negocios con casinos de varias ciudades. Empezó alquilando catamaranes en un puerto deportivo próximo a Atlantic City; luego compró un puesto de alquiler de esquís en el lago Tahoe. Se trasladó a Las Vegas y se metió en el negocio de los globos aerostáticos. Abrió la emisora de televisión por cable y compró todo el terreno donde está ubicada la sede central. Parece ser que está dispuesto a hacerse un nombre con su canal de televisión.

—¿Y cómo has averiguado todo eso?

—Uno de mis chicos tiene un contacto en Las Vegas.

—Bueno, estoy completamente segura de que esta semana Roscoe está vendiendo el envoltorio. Hoy cenamos en su casa; seguro que será interesante.

—Regan, no me gusta estar lejos de ti tanto tiempo.

—A mí tampoco me gusta, Jack —respondió Regan con ternura.

—Anoche cené dos porciones de pizza y me fui a la cama.

—Yo también cené pizza. En el restaurante Carlotta's, un italiano de segunda, mientras dos de los concursantes tenían su cita de ensueño en el piso de arriba.

—Creo que necesitamos unas cuantas citas de ensueño —dijo Jack riéndose entre dientes.

—No en el Carlotta's —le aseguró Regan.

—Pensaré en algo para el fin de semana.

Cuando colgó, Regan sonrió con un suspiro. Casi quinientos kilómetros es demasiada distancia para vivir, pensó. Se levantó de la cama, se lavó los dientes y renovó su maquillaje. Eran casi las diez. Bajó a toda prisa y se encontró a la mayor parte del grupo reunida. Barney estaba sentado en un sofá del vestíbulo; los demás esperaban de pie a su alrededor.

—No soportaría quedarme solo —le dijo a Regan.

Sam estaba allí grabando los movimientos de los concursantes. La cámara enfocaba a Barney, sentado con abatimiento en el sofá. Victor y Danny repasaban en un aparte las notas de la tablilla del primero. Chip y Vicky y Bill y Suzette cuchicheaban entre ellos sobre la desaparecida Elsa, mientras se esforzaban en parecer tremendamente enamorados. Agonías y Acidez salieron del ascensor al cabo de unos minutos, cogidos de la mano.

—Parece que estamos listos para irnos —ordenó Danny al grupo—. Barney, lo siento. Estaremos en contacto con usted. Y espero que Elsa vuelva pronto.

Barney asintió tristemente con la cabeza; su aspecto era el mismo que el de tantos apenados concursantes de *reality show* que habían sido puestos de patitas en la calle.

—Esperaré aquí hasta que vuelva Elsa —dijo con estoicismo.

Puede que te quedes esperando hasta el día del juicio final, pensó Regan.

La puerta delantera del hotel se abrió de improviso, y una aturdida y desaliñada Elsa entró en el vestíbulo con un montón de billetes de cien dólares sobresaliéndole de los bolsillos. Barney se levantó de un salto y corrió hacia ella con los brazos extendidos. Fue un reencuentro que hizo que la vuelta del perdido *Lassie* a los brazos de su amo Timmy resultara incuestionablemente gélida.

—¡Has vuelto! —gritó Barney—. No me puedo creer que estés sana y salva.

—No sé lo que ocurrió —confesó Elsa con aspecto de estar confundida—. Lo único que sabía es que tenía que volver aquí. Volver contigo. Volver a las diez.

Sam grababa toda la escena.

Suzette parecía querer atizarle un puñetazo a alguien.

—Esto me va hacer vomitar —gruñó entre dientes a Bill—. ¡Es injusto! ¡No tenemos ninguna posibilidad! ¡Esos dos están haciendo todo lo que pueden para acaparar la atención!

Estoy de acuerdo, pensó Regan. Totalmente de acuerdo.

Capítulo 47

El grupo de *Llévame a lo más alto* estaba reunido en torno a una gran mesa en su oficina del Canal Globo. De nuevo en la escena del crimen, reflexionó Bubbles. Había llamado a su novio esa mañana para quejarse de las últimas incorporaciones del reparto.

—Anímate —le aconsejó él—. Danny se va a volver loco; una de las concursantes ha desaparecido.

A Bubbles la noticia le alegró la vida.

—¡Entonces, hay una oportunidad de que ganemos por ausencia del otro candidato! —contestó con entusiasmo.

—Yo no iría tan lejos. Danny ya está pensando en la forma de seguir adelante en el caso de que ella se haya ido a ese gran casino del cielo.

—¡Tesoro! —había gritado Bubbles.

—Sólo estaba bromeando. Estoy seguro de que la mujer se encuentra bien. Anoche ganó un premio gordo y es probable que ande de juerga.

—Espero al menos que esté fuera el tiempo suficiente para echar a perder el programa.

El móvil de Bubbles vibró en su bolsillo cuando conducía la furgoneta desde el hotel. Comprobó la identificación del llamante, pero no respondió. Cuando se bajaron todos en tropel en el Canal Globo, ella leyó el mensaje de texto de su teléfono. Decía así: «La concursante ha regresado.»

Entonces sí que se puso de mal humor.

—Allá vamos —anunció James alegremente mientras todos tomaban asiento en el sitio que habían ocupado la víspera—. Me he despertado esta mañana y he pensando: no me puedo creer lo afortunado que soy. Hoy voy a trabajar como actor, y me van a pagar realmente por hacerlo.

—Es sorprendente —añadió Pete *el Piloto*—. Absolutamente sorprendente.

—Notable —terció Loretta—. Y de ahora en adelante, me gustaría que todos me llamarais por el nombre de mi personaje, Abuela. Quiero interpretar el papel a la perfección, y de esta manera el viernes me sentiré realmente como Abuela.

El novio de la abuela, Hal, frunció el entrecejo.

—Yo no quiero llamarte Abuela. A mí no me parece muy romántico.

—Tú puedes llamarme Loretta. Pero sólo tú.

—Estoy francamente encantada de que todos os metáis en vuestros papeles —interrumpió Bubbles—. Pero hay una cosa que todos deberíais saber. Roscoe me ha llamado esta mañana; tiene una pareja de actores que quiere incorporar a la serie.

El rostro de Pete *el Piloto* se tornó rojo brillante.

—¿Qué?

Bubbles lo miró de hito en hito. Ésta es la razón por la que he esperado a decírselo ahora, pensó Bubbles. Es más seguro hacerlo en grupo. El tipo está asustado. Bubbles procuró mantener la calma. No servía de nada dejarle saber lo inquieta que estaba.

—Así es. Una pareja joven de Los Ángeles que vino a Las Vegas a casarse. Noel y Neil estaban trabajando en la manera de hacerles un hueco en el guión con un par de frases.

—¡Que los conviertan en extras! —gritó Abuela—. ¡No se merecen otra cosa!

—Noel y yo estamos trabajando para preservar la integridad de todos vuestros papeles —les aseguró Neil.

—Queremos que Roscoe esté contento con nosotros —les recordó Bubbles—. Así que pongamos todos buena cara y hagámoslo lo mejor que podamos. —Empezó a repartir las copias del guión revisado—. Como es evidente, esto se volverá a cambiar, pero ahora leámoslo entero. Roscoe me dijo que iba a traer esta mañana a los nuevos actores para que los conociéramos.

—Desde luego, espero que sepan actuar —dijo James, paseando la mirada de uno a otro en busca de aprobación.

—Sí. —Pete se lo quedó mirando fijamente—. NO hay nada peor que tener que trabajar con un mal actor.

James lanzó las manos al aire.

—Estoy completamente de acuerdo.

—Empecemos, ¿vale? —preguntó Bubbles con los dientes apretados. Si Pete no mata a James al final de la semana, entonces puede que lo haga yo.

Arriba, en su despacho, Roscoe miraba ensimismado los televisores de la pared con una enorme sonrisa burlona en los labios.

—Sabía que incorporar esa pareja a la mezcla los volvería locos —exclamó, dirigiéndose a Erene y Leo, que estaban sentados al otro lado del escritorio. Kitty estaba de nuevo en casa, en el jacuzzi, intentando todavía entrar en calor.

—Me alegro que crea en la igualdad de oportunidades en el enloquecimiento —observó Leo—. No hay duda de que por Danny ha hecho bastante.

—Como ya os he dicho cientos de veces, cuando la vida te tira limones, haces limonada. La competencia es lo que saca lo mejor de nosotros. Y, además, no todos los problemas de Danny han sido culpa mía. ¿Conseguisteis las antorchas para esta noche?

—Sí —contestó Erene—. El jardín trasero tendrá ese aire a *reality show*.

—Bien. Me encanta eso. Y asaremos malvaviscos.

—Asaremos malvaviscos.

—Erene, ¿Kimberly y Jake están abajo?

—Sí. Están en la sala de espera de actores, aguardando a que los lleve a conocer a Bubbles y su equipo.

La emisora tenía una sala de espera de actores que todavía no había visto a ninguna estrella de verdad. Los programas de Roscoe estaban empezando a despegar y su audiencia era todavía pequeña. Pero él creía que sus producciones acabarían imponiéndose. Sólo era una cuestión de tiempo el que actores y directores premiados por la Academia se codearan allí dentro, «disputándose el queso y las galletas», como decía él.

—Hasta esta noche, chicos —anunció Roscoe—. Después de que haga estas presentaciones, me iré a casa a descansar para la fiesta.

Erene y Leo se sintieron aliviados.

—Allí estaremos —le dijo Leo a su jefe—. Hasta luego.

Roscoe encontró a Kimberly estirada en el sofá de la sala de espera, profundamente dormida. Jake estaba en una silla junto a ella, dando suaves golpecitos con una pluma contra la mesa de café.

—Hola, Roscoe —susurró Jake.

—Mira a esa bella durmiente.

—Sí que es bella, ¿verdad? —dijo Jake reverencialmente.

—Está superbien.

Jake despertó a Kimberly con dulzura, y el trío se dirigió a las dependencias de *Llévame a lo más alto*. Roscoe llamó a la puerta de la sala de conferencias. Bubbles abrió la puerta rápidamente; cuando vio a Kimberly, le entraron ganas de gritar. ¡Se supone que la monada de esta serie soy yo!, pensó enfurecida. Fue cuanto pudo hacer para no darle con la puerta en las impecables narices a Kimberly.

Capítulo 48

Regan no tardó mucho en darse cuenta de que Elsa estaba algo más que un poco achispada. Arrastraba las palabras al hablar y caminaba con paso vacilante. Estaba despeinada e, incluso para haberla dejado amontonada en el suelo la noche anterior, llevaba la ropa arrugada. Cuando Danny ordenó a Sam que dejara de grabar, se dirigió al grupo.

—Chip, Vicky, Suzette, Bill, ¿por qué no os subís todos a la furgoneta con Agonías y Acidez? Sam y Victor os llevarán al estudio. Regan y yo esperaremos aquí con Barney a que Elsa esté en condiciones de partir.

¿Quién sabe lo que puede tardar eso?, pensó Regan.

¿Y qué es lo que te ha ocurrido, a todo esto? —soltó Suzette. Clavados en el sitio, los demás esperaron a que Elsa respondiera.

Elsa miró a Suzette y parpadeó sobre los ojos inyectados en sangre varias veces.

—Anoche tuve una pesadilla terrible.

Barney pareció horrorizarse.

—¿En serio, cariño mío?

Elsa asintió con la cabeza.

—Soñé que alguien se llevaba todo el dinero que había ganado.

—Pero si pensaba que ni siquiera te lo habían dado todavía —la desafió Suzette.

Esto se está convirtiendo en *Supervivientes*, pensó Regan. Es evidente que Suzette no es una campista feliz y quiere enviar a Elsa a hacer las maletas.

—¡Ya sabes cómo son los sueños! En mi mente yo ya tenía todo ese dinero, Barney y yo nos íbamos a jubilar con él y, de repente, había desaparecido. Me desperté entre sudores y quise hablar con Barney, pero se había tomado un analgésico para el dolor del brazo y estaba profundamente dormido. —Elsa fingió roncar, lo cual, sin duda, enojó a Barney. Después de tres falsos ronquidos, Elsa prosiguió—. Por lo general, Barney está ahí para ayudarme cuando tengo una pesadilla, pero anoche estaba como un tronco. En la ciudad de los sueños. No quise molestarlo.

—Cuando me fui a la cama me dolía mucho el brazo —explicó Barney un poco a la defensiva—. Soy muy sensible a las medicinas.

¿El médico le dio analgésicos por un pequeño esguince?, se preguntó Regan.

—Estaba tumbada allí, presa de una gran agitación —dijo Elsa con cierta dificultad—. La emoción de haber ganado aquel dinero seguía latiendo en mis venas. Era una sensación fenomenal. Estaba completamente despierta y quise ganar más para mi Barney, para que no tuviera que volver a trabajar en su vida ni un día más.

Mmmm, pensó Regan. Muchas mujeres se volverían chifladas teniendo a sus maridos jubilados a una edad tan temprana. ¿Cómo era aquel viejo dicho? Me caso contigo para lo bueno y lo malo, pero no para almorzar. O, como decía siempre la abuela de Regan: «Tener al marido jubilado, es como tener un piano en la cocina.»

—Pero el trabajo es bueno para el espíritu —dijo apasionadamente Agonías—. Debemos recordarlo. Unas manos ociosas son herramientas del diablo.

Sus manos no estaban ociosas, reflexionó Regan. Ése era el problema. Elsa se tiraba de cabeza a las tragaperras. Regan advirtió que Danny le había pedido a Sam que volviera a encender la cámara.

—¡Quería doblar nuestro dinero! —gritó Elsa.

—¿Y has podido conseguirlo? —preguntó Barney sin demora.

Elsa negó tristemente con la cabeza y se sacó varios billetes de cien dólares de los bolsillos del pantalón.

—Pedí algún préstamo, creo.

Ah, vaya, pensó Regan. Bienvenida a Las Vegas.

—¿Adónde fuiste? —insistió Suzette.

Elsa hizo una profunda inspiración.

—Creo que cogí un taxi hasta la Strip. Me metí en el primer casino que vi y jugué en las tragaperras. Allí, una amable camarera me sirvió unos combinados dulces. Le dije que me gustaban los Shirley Temple, pero me contestó que tenía algo que me gustaría aun más. Vaya, sí que estaban ricos. Le conté que ayer había ganado mucho dinero.

Mala decisión, pensó Regan.

—Luego, empecé a dar vueltas por el casino, y aposté en cierto juego donde la bolita da vueltas y más vueltas hasta que ¡pum! se mete en la ranura. Allí me ofrecieron más copas. Estuve jugando hasta que la bolita me mareó y casi me caigo. Entonces, alguien me dio un vale para desayunar en el bufé libre, así que fui a la cafetería y me comí unos crepes de arándanos y creo que me quedé dormida en el reservado. La camarera me despertó y me pidió que me fuera. ¡Y aquí estoy!

—¡Se aprovecharon de ti! —gritó Barney—. Te llenaron de alcohol para poder quitarte el dinero. Una encerrona, eso es lo que fue. ¡Una encerrona!

—¿A qué casino fue? —preguntó Regan.

Elsa arrugó la cara.

—A uno de los más pequeños. He olvidado el nombre, pero creo que pasé por el Bellagio. Y no paraba de decirme: «A las diez, a las diez. Tengo que volver a las diez.» Lo he conseguido, ¿no?

—Sí, sí lo has conseguido, mi amor —dijo Barney con un nudo en la garganta.

Agonías se acercó a Elsa y Barney y los cogió de las manos.

—No se trata de cómo nos comportamos como pareja, sino de cómo reaccionamos. Me alegra ver a Barney tan preocupado por el bienestar de su esposa. Es un marido de lo más comprensivo. Otro hombre tal vez se hubiera enfurecido porque Elsa se fue en mitad de la noche, sin haber tenido siquiera la consideración de garrapatear una nota. Esto demuestra que vuestro amor es fuerte y saludable y que puede capear muchas tormentas.

—Me duele la cabeza y estoy un poquitín mareada —gimió Elsa.

—¡Corta! —grito Danny.

Sam apagó la cámara.

—Vamos, chicos —ordenó Victor al grupo—. La furgoneta ya está fuera.

Agonías seguía agarrando a Barney y Elsa por las manos.

—Elsa, date una buena ducha, desayuna algo y te veo en el estudio. Hoy vamos a hacer el test de Rorschach. Te encantará.

—¿El test de Rorschach? —repitió Barney.

—Sí. Tú miras una mancha de tinta en una hoja y nos dices lo que ves, y luego Elsa sale de una cabina insonorizada y nos dice qué es lo que ve ella.

—¿Tenéis una cabina insonorizada? —preguntó Barney.

—No. Pero Elsa esperará en la habitación contigua.

—Me parece fantástico —dijo Elsa, dando un tambaleante paso hacia delante—. Me muero de ganas por comparar lo que vemos, ¿verdad, Barn?

—¡Vale!

—Agonías —interrumpió Victor—, los demás están esperando.

—¡Ya voy! ¡ya voy! —gorjeó la aludida.

—Subiremos con vosotros —le dijo Danny a Elsa y Barney.

—No es necesario. Puedo cuidar de mi esposa.

—De todas maneras tengo que subir —dijo Danny.

—Y yo tengo que pasar por mi habitación —añadió Regan.

Subieron juntos en el ascensor hasta la tercera planta. Danny se fue por la izquierda hacia su habitación, y Regan, Barney y Elsa hacia la derecha. Barney rodeaba a Elsa con el brazo, guiándola. Llegaron a su habitación y se pararon; Regan se paró con ellos. Su habitación estaba tres puertas más allá.

—Beba un poco de agua —le aconsejó Regan a Elsa—. Y tómese un par de aspirinas.

—La cuidaré bien —le aseguró Barney, sin moverse.

—De acuerdo. Hasta dentro de un rato. —Regan reanudó la marcha hacia su habitación y oyó cómo Barney hacía girar la llave en la cerradura. De pronto, Regan dio media vuelta y empezó a volver hacia el ascensor; quería bajar a tomarse otro café. Cuando estaba a punto de pasar por delante de la habitación de la pareja, Barney se volvió despavorido hacia Regan y tiró de la puerta para volver a cerrarla. Pero no lo consiguió antes de que Regan pudiera ver un plegatín abierto junto a la cama de la habitación.

—Menudo lío que hay aquí dentro —se apresuró a decir Barney.

—Sobre todo por mi culpa —admitió Elsa mientras se apoyaba en Barney.

—Las habitaciones son pequeñas —dijo Regan con comprensión—. Y ustedes son dos, claro. Hasta ahora. —Cuando Regan pulsó el botón del ascensor, no pudo evitar que le asaltaran las dudas. Si estos dos están tan enamorados, ¿qué hace entonces un plegatín en su habitación? Barney dijo que anoche se había echado a dormir mientras estrechaba a Elsa entre sus brazos. Estos dos son unos farsantes, pensó; ya no están enamorados. Suzette tienen razón. Están haciendo cualquier cosa para acaparar la atención y llevarse el millón de dólares. Luego, se lo repartirán y cada uno se irá por su lado.

O eso o es que alguien más se aloja en su habitación. Pero, ¿quién?

Tengo que averiguar algo más acerca de estos dos, decidió.

Capítulo 49

Honey y Lucille habían pasado una noche toledana. Honey estaban tan emocionada por lo de trabajar con Danny, que apenas había sido capaz de contenerse.

—Es un sueño hecho realidad —le había dicho a Lucille más de una vez.

—Sí, sí —le decía Lucille—. Si pierdes este tren, ya cogerás el siguiente.

—No quiero otro tren —insistía Honey.

Habían ido al Caesar's Palace a tomar una copa y ver el último espectáculo y después se habían reunido con algunos amigos que acababan de terminar de trabajar. Tras ir de casino en casino, todo el grupo se había ido a desayunar. Había sido una noche larga, pero Honey no se sentía tan llena de energía desde hacía meses.

Llegó a casa cuando el sol estaba saliendo. Durmió unas pocas horas y se despertó a las diez. Aquello era temprano para ella, pero el cerebro le zumbaba demasiado como para dormir profundamente mucho tiempo. Se hizo su té y cogió el teléfono. Faltaban sólo dos días para el jueves y quería dejarlo todo arreglado. Llamó a su amigo peluquero, Alex. Éste tenía su propio salón, Snippy Clips, una pequeña peluquería situada en un minúsculo centro comercial de la ciudad. Había conseguido hacerse una clientela bastante decente, pero tenía que enfrentarse a la implacable competencia de los grandes hoteles y sus centros balneáricos y salones de belleza de lujo. Siempre llevaba unos pantalones de piel negros y una expresión de asco en el rostro. Su pelo negro era largo y enmarañado.

—¡Alex! —le dijo Honey cuando contestó al móvil—. Soy Honey.

—Hola, muñeca —respondió él—. ¿Qué sucede? Te acabo de arreglar el pelo.... no me digas que no te gusta. Me pondré a gritar.

Honey podía oír el rumrún de los secadores al fondo.

—¡Si me encanta! ¡Te llamó porque tengo la más fabulosa de las oportunidades para ti! —gritó.

—¿De qué se trata? —Alex solía parecer ligeramente aburrido.

—¿Te gustaría ocuparte del cambio de imagen de los concursantes de un *reality show*... en la televisión?

—¿Qué televisión?

—El Canal Globo.

—¡Olvídalo!

—¡Puede ser algo muy gordo! —aulló Honey—. Van a dar un premio de un millón de dólares a la pareja que gane el concurso.

—Ésa es la emisora de Roscoe Parker, ¿no es cierto?

—Sí.

—Le corté el pelo en una ocasión. Es un agarrado. La propina que me dio fue insultante.

—Podrías conseguir un montón de publicidad para tu salón con esto.

—¿Cuánto pagan?

—Bueno —dudó Honey—. No pagan.

—¿Es el programa que está produciendo Danny?

—Sí.

Al otro lado de la línea telefónica, Alex puso los ojos en blanco. Mis clientes y sus amores, pensó. Deberían pagarme como psicoterapeuta.

—¿De cuándo estás hablando?

—Del jueves. —Honey se dio cuenta de que Alex estaba interesado—. Había pensado que podíamos pedirle a Ellen Kaiden que se ocupara del maquillaje —sugirió. Ellen trabajaba en el salón con Alex y podía hacer maravillas con el rostro de cualquiera. Había convertido a muchos ratones en rugientes leones para la noche de Las Vegas.

—Y supongo que quieres que ella también trabaje gratis —dijo Alex con un suspiro.

—Sí. Pero será una gran publicidad para los dos.

—¿Cuándo se emite el programa? —preguntó Alex.

—Probablemente el viernes por la noche.

—¿Probablemente?

—Están compitiendo con una comedia de situación por la hora de emisión. Roscoe escogerá un programa u otro.

—¿Me estás diciendo que podría ser que ni siquiera saliéramos por televisión? ¡Vamos ya, Honey! ¡No me fastidies!

—¡El programa de Danny es realmente bueno! Todo lo que necesita es tu toque de experto. Por favor, Alex, por favor. Algún día te recompensaré por esto. Siempre le estoy diciendo a la gente lo bueno que eres y que deberían pedir hora en tu peluquería.

—¿Y qué diablos le pasó a tu querida amiga Lucille? Le corté el pelo una vez y nunca más la he vuelto a ver.

—Es que le gusta cortárselo ella misma.

—¡Aaag! Voy a devolver.

—Su abuelo era peluquero y le enseñó algunos trucos.

—¡No me vuelvas a mencionar eso! —la riñó—. Las historias como ésa hacen que me suba el nivel de estrés. ¿A qué hora el jueves?

—A mediodía. En el Canal Globo.

—¿Cuanta gente?

—Tres hombres y tres mujeres.

Alex suspiró de nuevo.

—De acuerdo, Honey. Pero si cambias de peluquero alguna vez, te daré caza.

—Aunque me fuera a Alaska —contestó Honey con dramatismo—, vendría siempre para que me cortaras el pelo.

—Y hacerte mechas.

—Y hacerme mechas.

—¿Estará allí Roscoe Parker?

—No lo sé.

—Procuraré no ser demasiado grosero si lo veo.

—Te lo agradezco.

Honey colgó y suspiró. Dos días más. Rezó en silencio para que no ocurriera nada que interrumpiera la producción del programa de Danny antes de que ella pudiera participar. Seguía teniendo muy malas sensaciones acerca *Amor sobre el nivel del mar*. Honey y su abuela eran un poco adivinas y, en ese preciso instante, ella tenía la sensación de que Danny podía estar en peligro. Haz que no le pase nada, rezó. Haz que vuelva a mí. Y haz que la comedia de situación sea un verdadero bodrio. Gracias, Dios mío. Amem. Honey cogió el teléfono y llamó a su abuela.

—Mimi, soy yo. —Honey puso al corriente a su abuela de los problemas que la asediaban—. ¿Qué es lo que piensas?

—Veo a Danny rodeado de nubes —contestó Mimi—. De muchas nubes.

—El viernes va a subir a un globo aerostático.

—Puede que sea eso. Pero éstas son unas nubes oscuras, y se supone que uno no se sube a uno de esos globos cuando hay nubes oscuras en el cielo. ¿No es cierto, Honey, cariño?

—Es cierto, Mimi —dijo, desesperada, Honey—. Es absolutamente cierto.

Capítulo 50

Maddy y Shep estaban tumbados en la piscina del hotel El 7. En realidad, Shep hubiera preferido con creces volver a casa a estar con sus extractos financieros; la extracción de cuarenta mil dólares que había hecho esa mañana le producía taquicardia.

A su lado, Maddy olía como un coco. Se había embadurnado a conciencia todo el cuerpo con una loción especial y estaba tumbada con los ojos cerrados. No había nadie en la piscina, como suele ocurrir en los hoteles de tercera categoría como aquél. Nadie parecía utilizar la piscina jamás. Están allí porque, si no disponen de ella, la gente no hace reservas. Sólo quieren poder decir: «Y el hotel tiene piscina.»

Shep observó a una doncella que salió por la puerta trasera a fumar. Tras dejar una gran caja en el suelo, encendió un cigarrillo, conectó el móvil e hizo una llamada. Al cabo de un rato, un sedán negro entró en el camino, y la doncella entregó el paquete al conductor. Qué extraño, pensó Shep. Entrecerró los ojos, pero no pudo ver el aspecto del conductor. El coche tenía matrícula de Nevada. Shep se levantó y se dirigió al extremo más alejado de la piscina con absoluta indiferencia para poder ver más de cerca el coche. Cuando el sedán se alejó, tomó nota mental de la matrícula.

Entonces decidió llamar a Regan; tal vez el incidente no fuera nada, pero le pareció sospechoso. Volvió a su silla a toda prisa.

—Maddy. ¿Tienes un bolígrafo?

—¿Eh?

—Necesito un bolígrafo. —No dejaba de repetirse el número de la matrícula.

Maddy se sentó y recuperó rápidamente un bolígrafo de propaganda del hotel de su bolsa de playa. Shep escribió el número en el margen del periódico que estaba leyendo.

—¿Qué haces? —le preguntó Maddy.

—Es sólo un presentimiento. Pero uno debe de informar siempre de los comportamientos sospechosos, ¿no es así cariño?

—¡Sobre todo si ocurre en este tugurio! —Maddy acompañó su aseveración con un enérgico movimiento de cabeza—. Ya nos han robado el correo. ¿Qué va a ser lo siguiente?

—Chist —le advirtió Shep—. Subamos a la habitación y llamemos a Danny y a Regan.

—¡Ahora sí que has hablado! —Maddy hizo una pausa—. Pero ¿por qué?

—Quiero comprobar si Regan Reilly puede averiguar a nombre de quién está una matrícula.

—Es una chica inteligente. Seguro que puede hacer alguna llamada telefónica. Si no tuviera ese novio...

Pero Shep ya se dirigía a toda prisa hacia la puerta trasera del hotel. Maddy se calzó sus chancletas y echó a correr para alcanzarlo.

Capítulo 51

Regan volvió a su habitación con el café en la mano y llamó a la policía para comunicarles que Elsa había regresado. Charló unos minutos con el sargento de guardia y le dijo que era una detective privada que trabajaba en el programa de Danny.

—¿Se encarga de la seguridad de un *reality show?* —preguntó el oficial—. He visto unos pocos en la televisión, y algunos de esos concursantes están como verdaderas cabras. Si necesita ayuda, llámenos —le ofreció.

—Gracias. —Regan volvió a la habitación de Danny y le contó lo del plegatín en la habitación de Elsa y Barney.

Danny no pudo evitar reírse.

—¿Esos dos tienen un plegatín en su habitación?

—Un plegatín.

—Es definitivamente extraño.

—Eso fue lo que pensé. Barney me contó expresamente que anoche se quedó dormido abrazado fuertemente a Elsa y que ésta debía de haberse desasido del abrazo. Pero no le creo. Me parece que esos dos fingen el amor que se tienen.

—Un plegatín —repitió Danny.

—Un plegatín. Mi amiga Bernadette Castro se apenará de que no fuera uno de sus sofás cama.

Danny se rió entre dientes.

—Regan, lo único que tengo que hacer es llegar al viernes. ¿Sabes cuántas de estas parejas se deshacen a los diez minutos? El tipo escoge a la chica o la chica escoge al tipo y se supone que se casan y viven felices para siempre jamás. ¡Rara vez ocurre! Si Barney Y Elsa salen elegidos para renovar sus votos y luego siguen caminos separados, bueno, ¿qué importa? Lo único que quiero es que Roscoe escoja nuestro programa, y quiero alcanzar el éxito con un buen programa. Si uno de los concursantes quiere dormir en un plegatín, pues muy bien.

—Te aseguro Danny que hay algo más en todo esto. Si él no me hubiera contado lo de que la había abrazado con fuerza, habría pensado sin más que era raro, sin duda, que tuvieran un plegatín, pero lo habría aceptado.

—Lucy y Ricky Ricardo dormían en camas separadas —le recordó Danny.

Regan sonrió.

—Eso era cuando en televisión no se les permitía mostrar a una pareja en la misma cama. Y entre las dos camas tenía que caber una alfombra.

—Los tiempos han cambiado.

—¡No me digas!

—Ojalá supiera sus números de la Seguridad Social.

—Olvídalo, Regan. Roscoe no nos dejará pedirles más información. Éstos son mis concursantes, y tengo que trabajar con ellos. Y, por favor, no quiero contarles a Agonías ni a Acidez lo del plegatín. Si por alguna razón los pierdo esta semana, no quiero que se pongan a cotorrear sobre Barney y Elsa.

—¿Perderlos?

—Confío en que la ex de Acidez ande por ahí gastándose el dinero de mi padres y mantenga la boca cerrada acerca del retraso de Acidez con el pago de la pensión alimenticia.

Regan se sentó en el sofá.

—Me pregunto cuánto le llevará a Elsa recuperar la sobriedad.

Danny consultó su reloj.

—Ella puede echar un sueñecito en el estudio, pero nosotros tenemos que irnos pronto.

El teléfono empezó a sonar; Danny lo descolgó.

—Hola... Ah, hola, papá... ¿Qué? ¿Estás seguro? No quiero buscar más problemas... De acuerdo, Regan está aquí. —Danny le pasó el teléfono a Regan—. Mi padre tiene el número de una matrícula que quiere que compruebes.

Regan se llevó el teléfono a la oreja.

—Hola, señor Madley... Ah, de acuerdo, Shep... Claro... Ajá... —Regan alargó la mano para coger la libreta y el bolígrafo que había junto al teléfono—. Veré qué puedo hacer. Gracias. Le diremos algo. Adiós.

—¿Te lo puedes creer? —le preguntó Danny cuando colgó—. ¡Mis padres no pueden controlarse! ¡No pueden evitar meterse en los asuntos del prójimo!

—Esto podría ser importante, Danny.

Regan llamó a su nuevo amigo de la Jefatura de Policía y le pidió que comprobara la matrícula.

—Claro. La volveré a llamar con lo que sea.

Al cabo de pocos minutos, el teléfono volvió a sonar. El sargento le dijo a Regan que el coche estaba a nombre de la Organización Parker.

Los ojos de Regan se abrieron como platos.

—¿La Organización Parker? ¿De Roscoe Parker?

—Supongo. Posee un montón de pequeños negocios por toda la ciudad.

—¿Sabe si por casualidad es el dueño del hotel El Cielo del 7?

—Creo que sí. Me parece que es el dueño del hotel El 7 y de Los Dados de Felpa. Ahí es donde está usted, ¿no es así?

—Así es.

—Le gusta poner nombres que se puedan recordar a sus negocios. Hot Air Cable, hotel Los Dados de Felpa. Si algo tiene un nombre insólito, entonces es probable que sea de Roscoe.

—Gracias, sargento. Me ha sido de mucha utilidad. —Regan colgó.

—¿Y bien? —preguntó Danny.

—Es el dueño del hotel El 7.

Danny se encogió de hombros.

—No tiene nada de raro. Hace que nos alojemos en estos lugares porque así les saca un buen rendimiento.

Regan sonrió.

—Pero nunca te dijo que el hotel fuera suyo.

—No. Puede que le diera vergüenza. No es el Ritz, precisamente.

Sonó el móvil de Regan, que miró quién llamaba.

—Ahora es mi madre la que llama... Hola, mamá.

—Estamos en el coche, con Harry y Linda, y nos dirigimos a su casa. ¿Va todo bien?

—Sí. —Regan decidió que en ese preciso instante no podía entrar en detalles con su madre.

—Bueno, tu padre encontró un artículo en la revista del avión que trataba sobre una pareja que posee un globo con forma de tarta nupcial.

—¿Ah, sí?

—Sí. ¿Sabías que harán su vuelo inaugural el viernes por la mañana?

—No, no lo sabía.

—Bueno, pues así es. No me gusta la idea de que te subas en él.

—Todo está en orden, mamá. Tendremos cuidado —prometió Regan—. Espera un segundo.

Le contó rápidamente a Danny lo del artículo.

—No los conozco —reconoció él.

—¿Cómo averiguaste lo del globo?

—Cuando sugerí que la pareja ganadora renovara sus votos en un globo, Roscoe dijo que conocía a una pareja que tenían un globo nuevo con forma de tarta nupcial. Lo arregló todo con ellos en nuestro nombre. Ni siquiera sé cómo se llaman.

—Mamá, ¿sabes cómo se llaman? —preguntó Regan.

—Oh, espera a enterarte. —Nora se rió—. Randy Júpiter y Alice Mars Júpiter.

—Estás de broma.

—No. Bueno, cariño, sólo quería saludar. Está fallando la cobertura. Hablamos pronto.

—De acuerdo. Adiós, mamá. —Regan colgó—. Es interesante. Nos llaman los padres de ambos y todos los caminos conducen a Roscoe.

Alguien llamó a la puerta. Danny se levantó, atravesó el salón y abrió la puerta. Barney y Elsa estaban de pie en el umbral, sonriendo. Ella se aferraba a una botella de agua.

—Elsa ya se encuentra mucho mejor —afirmó Barney.

—Sí, me siento mucho mejor.

Regan pensó que tenía mucho mejor aspecto sólo relativamente. Era evidente que se había lavado el pelo, y parecía que la ropa que llevaba la hubiera sacado realmente de una percha.

—Bien, entonces, en marcha. Tenemos mucho que hacer en el estudio y luego hemos de prepararnos para la cena de esta noche en casa de Roscoe —les recordó Danny.

—Estoy impaciente —gorjeó Elsa.

Y yo también, pensó Regan.

Capítulo 52

Erene estaba sentada a su escritorio y se sentía paralizada. ¿Cómo podía haber cometido una equivocación tan tonta? Aunque su despacho, con aquella majestuosa vista de las montañas, disponía de climatizador, estaba sudando bajo su traje de lino color caqui. El corazón le latía aceleradamente, y las ideas se agolpaban en la cabeza. Tenía la sensación de que las cosas estaban fuera de control, un sentimiento que detestaba.

¿Cómo se había metido en aquel lío? Trabajar para Roscoe no es compatible con mi personalidad, pensó, intentando convencerse. Las Vegas no es compatible con mi personalidad. Leo no es compatible con mi personalidad. No hay nada que pueda hacer, pensó con desesperación. Nada. Bueno, tal vez haya algo. Puedo actualizar mi currículum. Erene abrió su archivo personal en el ordenador.

Exhaló un profundo suspiró y valoró la situación. Tengo que estar en un lugar en el que la gente valore los procedimientos y las encuestas y dirijan sus asuntos con seriedad; un lugar donde la investigación se tome en serio. No quiero que se me critique por citar estudios.

Erene miró en derredor y se dio cuenta de que había muchas cosas que le gustaban en su trabajo para Roscoe. Me gusta mi despacho anguloso con el alfombrado beige, el arte indígena del sudoeste de Estados Unidos y el relajante mobiliario color arena. Me gusta el avión privado y el horario flexible y las cenas en la mansión. No me quiero ir. Pero a Roscoe le va a dar un ataque cuando descubra que la he liado. No reportaría ningún beneficio decírselo ahora. ¿Quién sabe? A lo mejor, de alguna manera loca, las cosas resultan insuperables.

—¿Te interrumpo? —Leo entró como si tal cosa en el despacho sin esperar respuesta. Su camisa hawaiana era tan alegre y sus pantalones ceñidos por un cordón tan informales. Por nada del mundo Erene era capaz de imaginarse yendo a trabajar vestida de aquella guisa. Sus únicas prendas de vestir que podían ser consideradas libres y naturales eran los pijamas.

Erene empezó a mordisquearse el dedo.

—En absoluto. ¿Qué sucede?

—¿Qué pasa si todo este plan fracasa estrepitosamente? —preguntó Leo.

—¿A qué te refieres? —preguntó Erene, a punto de arrancarse casi la punta del dedo índice.

—Ya sabes a qué me refiero. ¿Crees que todo esto va a resultar tal y como esperamos?

Erene se encogió de hombros. Se sentía terriblemente sola.

—Tal vez hemos sido todos demasiados ambiciosos. —Leo se pasó los dedos por el pelo—. Y si todo fracasa, Roscoe nos va a echar la culpa. Estoy pensando en actualizar mi currículum. ¿Has pensado en eso?

—Leo —empezó Erene mientras su estómago descendía hasta el nivel de sus modosos zapatos de vestir—. Nos comprometimos con Roscoe en esta aventura. Hagamos todo lo que esté en nuestras manos para que funcione. Ya decidiremos la semana que viene si merece la pena seguir por aquí.

—Si es que Roscoe nos sigue queriendo.

—Si es que nos sigue queriendo. ¿Quién sabe? —Y, sin darle importancia, añadió—: Tal vez la semana que viene seamos famosos.

—Confiemos en que sea por buenas razones —apostilló Leo—. Me temo que la publicidad que consigamos no será muy buena.

—Los periodistas no paran de llamar —reconoció Erene, procurando parecer optimista—. Todos quieren entrevistar a Roscoe acerca de esta competición. No cabe duda de que tiene interesados a todos los medios locales.

—Pero no quiere hablar con ningún periodista en absoluto hasta el viernes, cuando haga pública su decisión.

—Un tipo de un periódico incluso me llamó a casa ayer por la noche —se quejó Erene.

—Qué pesadez. ¿Y por qué no miraste antes quién llamaba?

—Estaba hablando con mi mejor amiga. Era una llamada en espera, y me imaginé que tenía ser Roscoe, así que contesté. —Se rió ligeramente—. Me libre de él enseguida.

—Eso está bien. Porque el viernes por la noche esto será un hervidero de periodistas.

—Eso es lo que me estoy temiendo —admitió Erene en voz baja.

Capítulo 53

El Martes fue un día de órdago para todos los programas duelistas.

Roscoe había insistido en que los guionistas de *Llévame a lo más alto* dieran a «estos agradables jóvenes» unos papeles sustanciosos. Noel y Neil, con la ayuda de Bubbles, se pusieron a trabajar para encajar a dos personajes más en el guión. Abuela, su novio Hal, James y Pete *el Piloto* se pasaron la mayor parte del día sentados en el exterior en unas sillas de jardín, bebiendo té frío. Pete no dejó de comprobar sus mensajes de Los Ángeles, rezando para que hubiera nuevas audiciones en el horizonte. El resto del tiempo el diseñador del vestuario hizo que los miembros del reparto se probaran diversos disfraces, incluyendo la pesada indumentaria dieciochesca que llevarían durante la escena inicial en el campo del granjero.

Kimberly y Jake, vestidos todavía con la ropa de la boda, deambularon por los terrenos de las instalaciones del Canal Globo mostrando gran interés; enseguida se enteraron de que muchos de los edificios estaban en zona prohibida.

—No está permitido acercarse allí —les advirtió James cuando se dirigían al edificio de *Amor sobre el nivel del mar*—. Es territorio enemigo.

—¿Lo has llamado territorio enemigo? —preguntó una sorprendida Kimberly.

—Eso es lo que es —dijo Pete—. Son ellos contra nosotros.

—Un *reality* televisivo —dijo James con desprecio—. Una cosa sobre parejas que renuevan sus votos, matrimoniales.

—¡Uau! —gritó Jake—. ¡Quizá podríamos participar también en ese programa!

—Podríamos renovar nuestros votos ¿no?, dos días después de habernos casado —dijo Kimberly con una risita tonta—. Qué guay es eso, ¿no? —Ella y Jake se dieron un pequeño beso.

Pete *el Piloto* y James los miraron de hito en hito.

—Sólo estaba bromeando —les aseguró Kimberly—. Somos actores. Sabemos por experiencia la poca gracia que les hace a los actores todo eso de los *reality shows*. No queremos saber nada de ellos.

Dadme un descanso, pensó Pete *el Piloto*. Son tan jóvenes estos dos. Tenían un futuro lleno de audiciones. Y si esto no funciona, ¿qué? Se subirán a su coche y volverían a Los Ángeles con una buena historia que contar.

En el ínterin, dentro del estudio de *Amor sobre el nivel del mar*, el test de Rorschach se estaba revelando como todo un desastre desde el punto de vista de la armonía futura.

Donde Suzette vio unas borlas, Bill vio unos arbustos escuálidos.

Donde Chip vio una alfombra oriental, Vicky vió una colcha.

Donde Elsa vio una ruleta, Barney vio una pizza.

Regan se había metido en una habitación privada para llamar a los padres de Danny y contarles lo de la matrícula del misterioso coche.

—¿Roscoe Parker es el dueño del hotel? —exclamó Shep, incapaz de ocultar su sorpresa.

—¿Roscoe es el dueño del hotel? —repitió Maddy. Estaba inclinada sobre su marido para escuchar mientras Shep sujetaba el teléfono—. Me resulta muy extraño.

—Sí —admitió Regan—. También es el dueño del hotel en el que estamos alojados.

—Te aseguro, Regan —insistió Shep—, que por la forma en que la doncella entregó la caja, estaba siendo muy reservada. No quería que nadie viera lo que estaba haciendo.

Regan pensó en la doncella de su habitación, la mujer baja y rubia del protector labial.

—¿Qué aspecto tenía la doncella?

—Llevaba un uniforme de doncella; creo que gris.

—Ajá —murmuró Regan, esperando más detalles.

—Creo que era bajita y con el pelo rubio. Estaba bastante lejos.

Se parece a mi doncella, meditó Regan. ¿Podría haber quedado con alguien para que fuera a recoger la caja?, se preguntó. ¿Fue eso lo que le ocurrió a la saca de correos de Agonías? La doncella trabajaba para Roscoe Parker. Regan pensó en otra cosa. Tanto la cámara como la saca de correos fueron robadas en establecimientos que pertenecían a Roscoe.

—Regan —gritó Maddy nerviosa—. Es probable que la doncella sea culpable, ¿no?

—No he dicho eso. Y, de todas formas, ¿culpable de qué?

—Pero has preguntado qué aspecto tenía.

—Porque estaba pensando en la doncella que ha hecho hoy mi habitación. Era baja y con el pelo rubio, aunque en absoluto era rubia natural. Es una tontería, pero estaba utilizando un protector labial de cereza, y había uno igual en el suelo de vuestra habitación cuando el guarda de seguridad y yo entramos a echar un vistazo anoche.

—¡Ese protector labial no estaba allí cuando nos registramos! —declaró Maddy—. Sé que no estaba. ¡Quienquiera que cogiera la saca del correo de Agonías utilizaba ese protector labial!

—¿Está segura de que el protector labial no estaba allí cuando entraron por primera vez? —preguntó Regan.

—En efecto. Me he alojado en muchos hoteles, y siempre inspecciono la habitación en cuanto entramos en ella para asegurarme de que todo está limpio y en orden. Lo hago desde que una vez pisé sin querer un montón de uñas de alguien que se había estado haciendo la pedicura junto a la cama. Me dio un asco terrible, si me dejas que te lo diga. Y las pisé descalza. Después de eso, me volví un poco maniática con todo el asunto. ¡Ese protector labial no me habría pasado desapercibido!

Gracias por compartirlo, pensó Regan.

Shep gruñó. Había oído la anécdota de las uñas de los pies al menos mil veces.

—Maddy, por favor —fue todo lo que pudo decir Shep.

—Sólo quería que Regan supiera porque estoy tan segura de que el protector labial no estaba allí cuando llegamos.

—La creo —le aseguró Regan. Podía imaginarse a Maddy en el estrado de los testigos contando el cuento.

—Tendremos los ojos abiertos —declaró Maddy con energía—. Si vemos algo sospechoso, te llamaremos.

—Háganlo, por favor. —Regan colgó el teléfono y meditó sobre los sucesos sospechosos acontecidos. ¿Qué significaba todo aquello? Un plegatín en la habitación de una de las parejas, un misterioso protector labial de cereza, una doncella que hacía una entrega y una saca de correos desaparecida. Eso, sin mencionar la cámara robada y la carta amenazadora.

Regan suspiró y volvió a entrar en el estudio donde se había montado una cocina pequeña. El olor a cebolla frita impregnaba el ambiente. Acidez estaba enseñando a las parejas a preparar su famoso chili.

—Una pareja que cocina junta, suele comer junta —declaró.

Parece razonable, pensó Regan.

—Y una pareja que come junta tiene la oportunidad de comunicarse —continuó Acidez mientras espolvoreaba las especias en la crepitante sartén, dando la impresión de estar relajado. Es evidente que está en su elemento, mucho más que cuando intentaba dar consejos, pensó Regan. Qué sorpresa.

—A veces, a Barney le gusta mirar la tele mientras cenamos. ¿Eso es correcto? —preguntó Elsa.

¿La tele?, se preguntó Regan. Sigue un poco achispada.

—Mientras el programa os entretenga a los dos, está bien. Bueno, después de sofreír las cebollas, se dora la carne...

Regan miró su reloj con impaciencia y se dio cuenta de que tenían unas cuantas horas más por delante antes del toque de silbato y de que pudieran volver al hotel a asearse para la cena en casa de Roscoe. Se moría de ganas de hablar con Roscoe Parker. Cara a cara. Y, en realidad, todos los demás estaban involucrados en aquella competición.

Capítulo 54

—Todo parece perfecto —le aseguró Kitty a Roscoe.

—¿Eso crees, nena?

—Sí.

Estaban sentados en el cenador, bebiéndose unos cócteles a sorbos. El jardín tenía un aspecto verdaderamente festivo. Las antorchas estaban listas para ser encendidas; la gran parrilla esperaba a que las salchichas y las hamburguesas fueran lanzadas sobre las brasas; las mesas, adornadas con manteles a cuadros rojos y blancos, estaban dispuestas con platos llenos de colores. Un camarero se afanaba en dar los últimos toques a unas jarras de piña colada. En un lateral del jardín se habían hecho los preparativos para encender una hoguera, que ardería en el interior de un círculo de piedras. Roscoe tenía previsto acabar la noche alrededor del fuego, asando malvaviscos y disfrutando de una sesión de anécdotas que tenía previsto dirigir.

Roscoe le dio un sorbo a su escocés pura malta y observó el terreno circundante con admiración. Se sentía el rey de Las Vegas. Se había vestido con sus mejores vaqueros, una finísima corbata de lazo y su sombrero tejano favorito. La colonia que se había puesto procedía de una cara botella con la imagen de un vaquero y un tapón de plata labrada. Roscoe encendió un puro habano y le dio una calada apreciativa. Nada le gustaba más que la sensación de poder. Esa noche tenía un poder tremendo sobre todos los que se iban a reunir en su casa; todos querían complacerlo. Todos excepto Regan Reilly.

Kitty se había pasado la mayor parte de la mañana descansando y leyendo y después había invertido horas en acicalarse. En ese momento, estaba completamente maquillada, con el largo pelo rizado dispuesto con estilo en un voluminoso y exótico peinado. Iba vestida con una falda larga estampada de colores vivos y una blusa blanca con volantes.

—Esta es mi hora preferida del día —le dijo a Roscoe.

—La mía es al rayar el alba, cuando puedo volar en mi globo.

Al rayar el alba, pensó Kitty. Una expresión que había llegado a odiar.

El móvil de Roscoe sonó.

—Roscoe Parker —contestó, dándose importancia—. Erene, ¿dónde estás?... Bueno, me alegra oír que vienes de camino... ¿Qué es eso?... Ya sé que la prensa anda detrás de mí. Tendrán noticias mías el viernes por la noche... No va a haber ninguna filtración. Hasta luego. Adiós —Cerró la tapa del móvil con un chasquido—. Esta Erene es una doña angustias. —Y se rió.

Kimberly y Jack habían salido de la casa y estaban de pie cerca del cenador, observando sobrecogidos el entorno mientras bebían unas piñas coladas.

—Venid a sentaros con nosotros —insistió Roscoe—. Contadnos qué tal os ha ido hoy en el ensayo.

—Por supueeeeesto —dijo Jake mientras se sentaban a la gran mesa redonda. Parecía recién duchado. Tenía unos grandes ojos castaños y era de risa fácil.

—¿Saben ya vuestros padres que os habéis casado? —preguntó Roscoe.

Kimbely y Jake se miraron rápidamente.

—No —respondieron al unísono—. ¡Todavía no! —dijo Kimberly con una risita tonta.

Roscoe empujó su móvil hacia ellos y se sacó el puro de la boca.

—¿Por qué no los llamáis ahora mismo? Me encantaría oír cómo les contáis lo de vuestra boda y lo de vuestro trabajo como actores. Me haría muy feliz.

Kimberly hizo una mueca graciosa.

—Bueno, no sé. Me da un poco de miedo llamar ahora a mis padres. Habíamos pensado en decírselo en persona.

—¿Dónde viven? —preguntó Roscoe.

—En Iowa.

—¿Y cuándo planeáis decírselo?

—Vendrán para Acción de Gracias, creo.

—Así que tu plan es esperar un poco. ¿Y qué pasa contigo, Jake? ¿También tienes miedo de llamar a tus padres?

—Mi padre me diría que soy demasiado joven. Y hoy es el cumpleaños de mi madre. No quiero estropeárselo.

—Bueno, pues llámala y felicítale el cumpleaños.

—Oh, gracias, Roscoe, pero lo cierto es que han salido a celebrar el cumpleaños.

—¿Y adónde han ido?

—Es una sorpresa. Mi padre no se lo ha dicho a nadie.

—¿Dónde viven?

—En Baltimore.

—Buenos pasteles de cangrejo hacen allí. Lo tienen difícil para viajar hasta aquí.

—Desde luego —admitió Jake, que cambió de tema a toda prisa—. Creo que Noel y Neil se están esforzando de verdad en escribirnos unos buenos papeles.

—Más les vale —exclamó Roscoe.

—Bubbles está taaaaaaan presionada —dijo Kimberly con los ojos muy abiertos—. Esto es una especie de competición, ¿no?

Roscoe sonrió.

—Es la ley del más fuerte.

—Igual que en el programa *Supervivientes*, ¿no es así? —observó Jake.

Roscoe le dio un trago a su whisky.

—Algo así.

Capítulo 55

Después de que el grupo volvió al hotel Los Dados de Felpa, Regan subió a su habitación a prepararse para la velada. Disponía de una hora y media y decidió tomar un baño. La bañera era un buen lugar para relajarse y pensar.

La bañera del hotel no era como para enorgullecerse, pero al menos era capaz de contener la suficiente agua caliente para que Regan disfrutara de un buen remojón. Abrió los grifos, llenó la bañera tanto como se atrevió y se metió dentro con cuidado. El agua estaba a la temperatura correcta. Apoyando la cabeza sobre una toalla hecha un gurruño, cerró los ojos. Tuvo la sensación como de estar volando. Igual que en un globo aerostático, pensó.

Al repasar los acontecimientos del día, agradeció que no hubiera habido ni ladrones ni cartas amenazadoras ni gente que se cayera al suelo. También agradeció que Elsa volviera sana y sana. El informe de Maddy y Shep acerca del misterioso suceso del hotel El 7 era el nuevo problema técnico.

Regan pensó en las tres parejas del programa de Danny. Ninguna le inspiraba confianza. Era evidente que Barney y Elsa estaban llevándose la parte del león en cuanto al acaparamiento de la atención. ¿Eran unos farsantes? Recordó el espectacular regreso de Elsa esa mañana y el estado en el que se encontraba, y el aparente embelesamiento de Barney al verla. ¿Y por qué había utilizado ella la palabra «tele»? Era una expresión británica. Pero ese día había dicho algo. ¿Qué era? Regan no era capaz de recordarlo.

Chip y Vicky parecían más hermano y hermana que marido y mujer. Los dos eran altos, tenían el pelo oscuro y unas facciones parecidas. Aunque él era todo un personaje, un amante de la vida al aire libre. Ese día, después de que se repartieron los cuencos con el famoso chili de Acidez, Chip cogió su ración y se dirigió hacia un tranquilo rincón del estudio. Cuando estaba a punto de sentarse en el suelo, una mirada asesina de Vicky hizo que se incorporara. Supongo que no puede evitarlo, pensó Regan; preferiría estar acampado.

Y, por último, estaban Suzette y Bill. Ella parecía un poco enloquecida ese día, a todas luces descontenta con sus compañeros de concurso Barney y Elsa. Cuando el grupo salió del estudio para volver al hotel, Suzette había echado a correr por el campo para hacer unas cuantas volteretas laterales. «Así es como libero el estrés», había explicado. «Y hay pocas cosas que me exciten tanto como la visión de una gran extensión de césped. Para mí es como un gran gimnasio.» El huesudo Bill había intentado parecer feliz mientras su esposa hacía tres saltos mortales de espalda seguidos. «¿Se imagina lo feliz que soy de tener una esposa cuarentona capaz de lanzarse por los aires como si fuera una adolescente?», había farfullado.

Sam lo grabó todo.

Puede que Suzette y Chip hicieran mejor pareja, pensó Regan. El campo los atrae por igual.

A continuación, Regan pasó a considerar a Tía Agonías y Tío Acidez. Los dos se habían pasado el día sonriendo y camelando a los concursantes. ¿Intentaría alguno sobornarlos?, se preguntó Regan. No le pareció probable. Agonías y Acidez tenían bastante que ocultar; lo último que necesitaban es que el mundo se enterase de que habían aceptado un soborno de los concursantes del programa.

Los concursantes de *Amor sobre el nivel del mar* rivalizaban todos por el mismo premio, y, como era natural, esto provocaba una considerable tensión. Esa noche conoceremos al gran competidor: al equipo de la comedia de situación. Me pregunto como terminará todo esto. Roscoe debe de estar encantado con todo esto, concluyó Regan.

El teléfono de la habitación empezó a sonar. Regan gruño. No hay nada peor que salir de la bañera sin estar preparada psicológicamente. Era de esperar que en aquel hotel no hubiera teléfono en el baño. Se levantó, cogió una toalla y, tras envolverse en ella, salió a toda prisa del baño para coger el teléfono.

—Hola.

—Regan, soy tu Tía Agonías.

Mi Tía Agonías, pensó Regan; esta si que es buena.

—Hola, ¿qué tal? —contestó, mojando el suelo.

—Tengo malas noticias —anunció Agonías con solemnidad—. Acidez y yo vamos a tener que abandonar el programa.

—¿De qué estás hablando?

—Alguien nos ha enviado una nota amenazadora por debajo de la puerta.

Toma ya, pensó Regan.

—La nota dice que si seguimos en el programa, tendremos problemas en el futuro.

—¿Qué clase de problemas?

—No lo dice.

—¿No dice nada de los problemas de Acidez?

—No.

—Agonías, si no seguís con el programa, entonces sí que tendréis un futuro problemático.

—¿Por qué?

—Porque si os vais de repente, despertaréis más sospechas; porque tenéis un compromiso con Danny; porque se supone que la publicidad mediática os ayudará a que tú y Acidez tengáis más apariciones públicas que os permitirán devolver el dinero a los padres de Danny. Permíteme que te pregunte algo.

—¿Qué?

—¿Dejaríais de escribir vuestra columna si alguien os amenazara con tener problemas en caso de que siguierais dando consejos?

—¡Por Dios! Ni mucho menos.

—Esto no es diferente. No podéis echaros atrás. Esto es muy importante para Danny. Él no quiso decir nada, pero ayer recibió una nota amenazadora. Alguien no quiere que *Amor sobre el nivel del mar* tenga éxito, y quienquiera que sea intenta asustar a la gente.

—¿Danny también recibió una nota amenazadora? —preguntó Agonías.

—Sí.

—Ah, bueno. Eso hace que me sienta mucho mejor.

Y esto de una consejera sentimental, pensó Regan.

—Me paso dentro de unos minutos y recojo la nota. Me gustaría compararla con la que recibió Danny —explicó Regan—. ¿Habéis hablado con él?

—Estaba comunicando.

—Se lo diré yo.

—Gracias, Regan. Eres muy buena consejera. Tal vez deberías ayudarnos a seleccionar a la pareja ganadora.

—No sería ningún problema, pero os dejaré eso a vosotros dos. Después de todo, sois los expertos. —La voz de Regan enronqueció al decir las últimas palabras.

Cuando colgó el teléfono, se quedó clavada en el sitio un minuto. ¿Quién está enviando esas notas?, se preguntó. El instinto le dijo que no era Roscoe; él no haría nada que provocara el desmoronamiento total de uno de los programas.

¿Podría tratarse del leal consejero Victor o del surfista Sam? Decidió que no le quitaría el ojo de encima a ninguno de los dos esa noche. Ni al equipo de la comedia de situación. ¿Quién sabe lo que pueden estar tramando?

Capítulo 56

Bubbles examinó su imagen en el espejo. Estoy bastante bien, pensó. Se había puesto unos pantalones negros de piel y un top marrón rojizo que le iba de perlas con el rojo de su pelo. La conducta dura y mordaz que interpretaba en el escenario se evidenciaba un poco más de lo necesario en la vida real y estaba haciendo todo lo posible para suavizarlo. Esos no estaban siendo unos días fáciles. Acababa de hablar por teléfono con su novio. Él había dejado una nueva nota.

—No sé si reportará algún beneficio —había advertido él.

—Ojalá supieras la razón por la que se han reunido esta mañana en la habitación de Danny.

—Ya te lo he dicho. Nos han puesto de patitas en la calle. No tengo ni idea.

Cuando Bubbles salió de la habitación para reunirse con los demás en el vestíbulo, James se acercaba por el pasillo con aspecto de sentirse especialmente alegre. Su ropa seguía siendo sosa y deprimente, pero había algo en su expresión.

—Pareces contento —observó Bubbles.

—Me encantan las fiestas.

—A mí también —masculló Bubbles.

El grupo de *Llévame a lo más alto* estaba reunido en el vestíbulo.

—Esto está empezando a parecerse al grupo de un viaje organizado —comentó Pete *el Piloto*—. Una vez me apunté a una de esas vacaciones organizadas y acabé aborreciéndolas.

—Eres actor —le reprendió Abuela—. Deberías haber aprovechado la oportunidad para observar la naturaleza humana.

—Estoy hasta el gorro de la naturaleza humana —replicó Pete—. Y he ganado multitud de premios de interpretación. Conozco mi oficio.

—¿Has ganado premios? —le preguntó, intimidado, James—. ¿Cuáles?

—Hace tiempo, cuando estaba en la universidad —contestó Pete de manera cortante—. Y tú, ¿has ganado alguno? —le preguntó desdeñosamente.

—No, no he ganado ninguno —contestó James—. Pero tengo los dedos cruzados. —Levantó la mano y, en efecto, tenía dos dedos entrelazados—. Mi maestra me dijo que tengo lo que hay que tener.

—No creemos problemas, por favor —pidió Bubbles—. Formemos contra Roscoe un frente común. Tenemos que demostrarle que somos los que vamos a poner en escena una buena serie semana tras semana. Tiene que darse cuenta de que somos gente con la que resulta fácil trabajar.

Abuela agitó la mano.

—Yo he trabajado con algunos de los estúpidos más grandes de Hollywood, y eso te crispa los nervios. A pesar de todo, yo diría que este grupo parece bastante unido.

—Gracias, Abuela —dijo Bubbles con ironía—. Bueno, pongámonos en marcha. —Mientras se dirigía hacia la furgoneta, Pete se inclinó hacia Bubbles y le susurró al oído—: Cuando lleguemos, ¿me vas a decir quién es tu novio?

Bubbles se estremeció. El aliento de Pete era caliente, y el tono de su voz, incuestionablemente repulsivo. Levantó la vista hacia él; la sonrisa burlona de su boca era como la de un maníaco.

—No va a estar allí —mintió.

—NO te creo —replicó Pete. Entonces, empezó a reírse como en una película de terror—. Jo, jo, jo. No te creo en absoluto. Jo, jo, jo.

Si esta serie no funciona, dejaré el oficio, se prometió Bubbles. O eso o me vuelvo loca.

—Jo, jo, jo —prosiguió Pete mientras tomaba asiento en la furgoneta.

—¿Qué es lo que es tan divertido? —preguntó Abuela.

—Bubbles. Es que me parto con ella.

—Pues más bien parece que te estés desmoronando —observó Abuela.

No antes del viernes, rezó Bubbles. Por favor, no antes del viernes.

Capítulo 57

Regan llamó al timbre de la habitación de Danny. En cuanto abrió la puerta, Danny pudo darse cuenta de que algo no iba bien por la expresión del rostro de Regan.

—¿Y ahora qué es? —preguntó.

—Pareces el típico productor joven de Hollywood que está a punto de salir para ir a almorzar a Spago's —contestó Regan ignorando la pregunta y fijándose en los pantalones caqui y la americana azul de su amigo.

—Me sentiré afortunado si, cuando todo esto haya acabado, se me permite comer en el puesto de perritos de la esquina —respondió Danny—. Dime qué sucede.

—Acidez y Agonías recibieron una nota por debajo de la puerta.

Danny levantó las manos.

—¿Qué?

—Agonías amenazaba con abandonar el programa, pero la he convencido para que se quedaran. —Sacó la nota de su bolso.

—Sabía que tenía buenos motivos para contratarte, Regan —dijo Danny con agradecimiento mientras cogía la nota que Regan le entregaba y la desdoblaba.

—La letra es diferente a la última

—Lo sé, pero es parecida. Las dos están escritas en un papel blanco corriente. La primera está escrita en caracteres grandes y con tinta negra, y la última, con caracteres también grandes y en rojo. Ambas tienen muchos signos de exclamación.

Danny la leyó en voz alta:

Queridos Agonía y Acidez:

Si seguís en *Amor sobre el nivel del mar*, ¡¡¡vuestro futuro será problemático!!! ¡¡¡Marchaos de inmediato!!!

—Bueno —observó Danny—. Va directo al grano.

—Tengo que decirte algo, Danny. Sospecho que esto es obra o de Victor o de Sam.

—¿Por qué?

—Me llamaste porque pensabas que alguien que trabajaba para ti estaba intentando sabotear el programa. Estos dos son los que tienen más acceso a todo. Hoy, cuando tus padres, Agonías y Acidez estaban en la habitación, ninguno de los dos quería irse. Los dos sabían que estaba ocurriendo algo. Quienquiera que escribió la nota, creyó que era una apuesta segura centrarse en Agonías y Acidez. Y también sabían en que habitación estaban alojados.

—Sí, pero Roscoe es el dueño de este hotel —le recordó Danny a Regan.

—Sí, pero no creo que él intentara arruinar tu programa por completo. ¿Qué harías si Agonías y Acidez abandonasen? El programa no podría continuar.

—¿Y qué hacemos entonces?

—Tener cuidado, nada más. Iremos a la fiesta de Roscoe, alternaremos y observaremos a todo el mundo.

—Bueno, al menos esta tarde no hemos tenido ninguna noticia de mi madre —observó Danny mientras doblaba la carta y se la devolvía a Regan.

—Tiene toda una noche por delante.

Danny rió.

—Gracias, Regan. Una cosa más de la que tengo que preocuparme.

Capítulo 58

Las dos furgonetas del Canal Globo se detuvieron, una tras otra, ante el camino de acceso a la casa de Roscoe. El conductor del primer vehículo, el que transportaba a Bubbles y a su equipo, pulsó un código, y las verjas se abrieron. Los vehículos continuaron hasta el final de un largo camino y se detuvieron.

Ambos grupos se apearon, y sus integrantes se miraron con recelo.

Bubbles y Danny, los únicos que se conocían entre sí, se acercaron el uno a la otra para estrecharse la mano.

—Hola, Bubbles. —Danny le tendió la mano.

—Hola, Danny.

No hubo más presentaciones. Todos empezaron a deambular hacia el jardín trasero, donde, procedente de diversos altavoces, sonaba tenuemente una melodía country. Los dos grupos permanecieron bastante alejados, como si fueran dos familias enemistadas por una añeja disputa.

—¡Buenas! —gritó Roscoe mientras se levantaba de su asiento en el cenador y se dirigía a toda prisa hacia sus invitados—. ¡He aquí juntos al equipo A y al equipo B!

—¿Cuál es equipo A y cuál el equipo B? —preguntó Bubbles.

—Todavía no lo he decidido —respondió Roscoe con jovialidad—. Pero quiero que os conozcáis los unos a los otros. Hay que romper el hielo. Coged una copa y sentaos alrededor de la hoguera. Me gustaría que os presentarais los unos a los otros.

Danny le consiguió a Regan una copa de vino, y se dirigieron juntos al «campamento». Se sentaron sobre las piedras, y Regan miró a todos los demás. Chip parecía absolutamente encantado. Estaba sentado en el suelo y se sentía animado de verdad. Debería solicitar un empleo para trabajar con Roscoe después de la competición, pensó Regan.

Hacía una noche preciosa en el desierto. El cielo estaba surcado de colores, y el aire era frío y limpio. Si no fuera por las circunstancias, ésta podría ser una gran fiesta, pensó Regan. Ojalá Jack estuviera aquí. Por muchas razones. Sin duda, él podría ayudarla a sopesar las cosas.

—Bueno —empezó Roscoe, situándose en el centro del grupo, cerca de la hoguera sin encender—. Vamos a dar la vuelta al círculo y a presentarnos. Primero, sólo los nombres, y luego, que cada uno diga qué demonios está haciendo aquí. —Se rió—. Me llamó Roscoe y estoy impaciente por tener un gran programa el viernes por la noche.

—Me llamo Kitty y soy una amiga de Roscoe.

—Yo soy Kimberly, y yo y mi flamante marido, Jake, conocimos a Roscoe y a Kitty esta mañana a bordo del globo, y él nos invitó a trabajar en esta comedia de situación. ¡Es tan alucinante!

—Yo soy Jake.

Nuevas incorporaciones a la comedia, observó Regan. Interesante.

—Me llamo Erene y trabajo para Roscoe.

—Soy Leo y trabajo para Roscoe.

Esto es como una mala sesión de terapia grupal, pensó Regan. Nadie da mucha información. Cuando a Regan le llegó el turno de presentarse, dijo:

—Me llamo Regan, y soy amiga de Danny.

—¿Amiga? —repitió Roscoe inquisitivamente con las cejas levantadas.

—Sí. Amiga.

—Es bueno tener amigos —comentó Roscoe.

Regan mostró especial interés cuando los que trabajaban en la comedia de situación se presentaron. Bubbles y Pete eran los dos que había visto la otra noche en el bar. ¿Cuál era el plan que tenía ella?, se preguntó Regan. ¿Podría ser que Bubbles estuviera confabulada con alguien de nuestro grupo? ¿Alguien como Victor o Sam?

Cuando se terminaron las presentaciones, Roscoe se aclaró la garganta y miró a todos.

—Bueno, esto ha sido fácil. Sólo quería daros cuerda. Ahora, disfrutad de la fiesta. —Se volvió a Regan y a Danny—. ¿Por qué no venís y os sentáis conmigo y con Kitty unos minutos?

—Claro —dijo Danny, aceptando la invitación.

Se dirigieron al cenador, y la nueva pareja de jóvenes se unió a ellos.

—¿Estamos invitados? —preguntó Kimberly.

—Claro, sentaos —dijo Roscoe.

—Tuvisteis suerte, ¿eh? —comentó Regan.

—Sí.

—¿Dónde vivís?

—En Los Ángeles —respondió rápidamente Jake.

—¿Te puedes creer que estos dos sólo tienen veintiún años? —comentó Roscoe.

No, pensó Regan; parecen más mayores. Sé que los actores mienten sobre su edad, pero estos dos tienen veintitantos como poco. Puede que de lejos parezcan que tienen veintiuno.

—Se casaron anoche en la capilla Graceland.

—¿De verdad? —preguntó Regan—. Felicidades.

—Gracias —susurraron los felicitados a la vez.

—Y ahora tenéis trabajo como actores.

—Pues sí.

—Comienza bien la vida de casados.

—Así es —admitió Kimberly—. ¿A qué te dedicas, Regan?

No me gusta la manera en que ha preguntado eso, se percató Regan; no me ha parecido una pregunta tan casual como puede que ella haya pretendido.

—He hecho muchos tipos diferentes de trabajo —respondió con sinceridad—. En este momento, estoy muy interesada en todo lo relacionado con los *reality shows*.

—Me está echando una mano —saltó Danny.

—Por cierto que usted, Roscoe, se trae muchas cosas entre manos —comentó Regan.

—Tengo muchos intereses y muy diferentes. El problema es que me aburro con facilidad, así que siempre ando detrás de algo nuevo.

—¿Y qué clase de cosas le interesan?

—De todo lo habido y por haber.

Regan se dio cuenta de que no estaba dispuesto a abrirle su pecho.

Roscoe se volvió a Kitty.

—Creo que deberíamos saludar a algunos de nuestros otros invitados.

—Sí, alternemos un poco —convino Kitty.

Se levantaron y se fueron. Tal cual. Y se dirigieron a donde estaban Erene y Leo, que permanecían juntos.

—¿Y cómo va tu programa? —le preguntó Jake a Danny.

—De maravilla.

—Tenemos entendido que vais a escoger a una pareja para que renueve sus votos. Es tan maravilloso.

Regan quería echar un vistazo al interior de la casa.

—Si me disculpáis. Vuelvo enseguida.

—Por supuesto, Regan.

Regan preguntó a uno de los camareros por el baño de señoras, entró en la cocina tan campante y siguió por el pasillo. Pasó junto a un estudio que tenía las paredes forradas en madera, un mobiliario tapizado en piel de color rojo y muchas fotos en las paredes. Se detuvo y entró. Era una sala tranquila y poco iluminada. Al fijarse en las fotos, Regan vio a Roscoe posando con un puñado de famosos: Liberace, Merv Griffin , Wayne Newton, Alan Funt, Desi Arnaz, Dean Martin, Chevy Chase, Rita Rudner, Jerry Seinfeld, Céline Dion. De hecho, las únicas fotos en las que Roscoe no estaba posando con un famoso eran aquellas en las que saludaba con la mano a bordo de un globo.

—¿Te gusta mi colección de fotos? —preguntó una voz detrás de ella.

Regan se dio media vuelta. Roscoe estaba de pie en la entrada.

—Son divertidas. Sin duda es usted un hombre de mundo.

—Y tú una chica curiosa, por lo que veo.

Regan sonrió.

—Al igual que a usted, me interesan muchas cosas diferentes.

—Es una buena manera de ser.

—Creo que sí. —Regan asintió con la cabeza.

—Me encantan las sorpresas —dijo Roscoe.

—¿Sorpresas?

—Sí. —Roscoe le dio un sorbo a su whisky escocés—. Me encanta sorprender a la gente. Odio que las cosas se vuelvan aburridas.

—Claro. —Regan volvió a asentir con la cabeza.

—He oído que necesitabas utilizar el baño de señoras.

—Sí, así es.

—Hay que seguir por el pasillo y doblar la esquina.

—Gracias.

Roscoe permaneció en la entrada.

Intenta ponerme nerviosa, pero no se lo voy a permitir.

—Querría darle las gracias por recibirnos aquí esta noche. ¿Me deja pasar, por favor? —le pidió Regan amablemente.

—Por supuesto. Nos vemos fuera. —Roscoe se dio la vuelta y desapareció.

Regan suspiró. Salió de la habitación y se dirigió hacia el baño. El papel del pasillo era a rayas doradas y estaba salpicado de recargados apliques, colocados cada pocos pasos. Resultaba un poco exagerado. Cuando Regan dobló la esquina, Victor estaba allí.

—Hola, Regan —dijo.

—Hola. ¿Estás esperando para entrar en el baño?

—Sí. Creo que hay muchos más por aquí, pero éste ha sido el que me ha dicho el camarero que utilizara.

La puerta del baño se abrió y salió Bubbles.

—Hola —le dijo rápidamente Regan al pasar por su lado. Victor entró en el cuarto de baño y cerró la puerta. Regan se apoyó en la pared y, dos segundos después, apareció Sam. Muy interesante, pensó Regan. Victor, Sam y Bubbles.

—Un lugar especial este, ¿eh? —dijo Sam.

—Sin duda. —Regan echó un vistazo a la estantería que colgaba en la pared exterior del baño. Contenía seis libros; todos estaban escritos por su madre. Regan sintió que un escalofrío le recorría todo el cuerpo.

Fuera, las salchichas y las hamburguesas chisporroteaban en la parrilla.

—Acercaos y servíos —gritó Roscoe.

Las guarniciones saladas se extendían sobre una gran mesa de bufé. Cada uno se sirvió a sí mismo y buscó un lugar en las mesas más pequeñas dispuestas en el patio. Como era de esperar, no se establecieron muchas relaciones entre los integrantes del equipo A y los del equipo B. pero Danny y Regan se sentaron con Erene y Leo y Bubbles y James.

—Qué divertido es esto, ¿verdad? —dijo Bubbles cuando se sentó llevando su plato en la mano.

Bueno, eres toda una actriz, pensó Regan. Ninguno de los presentes se lo está pasando bien. Por lo pronto, a Regan le pareció que Erene estaba sumamente nerviosa. ¿Qué problema tenía? Preguntarle a ella y a Leo acerca de Roscoe y de los trabajos que desempeñaban para él se reveló inútil por completo. Se negaron a hablar de Hot Air Cable.

Al terminar la cena, Roscoe entregó unos palillos tallados a cada uno.

—Esto es para vuestros malvaviscos —explicó. Una vez más, invitó a todos a que se congregaran en torno a la hoguera, que todavía no estaba encendida. Antes, tocaba oír un discurso de Roscoe. James salió disparado de la casa.

—Esperadme —gritó, buscando un sitio libre.

—Siéntate allí —le ordenó Roscoe—. Entre Suzette y Elsa.

—De acuerdo. —James se apretujó en el reducido espacio que quedaba entre las dos mujeres—. Discúlpame —dijo mientras rozaba a Suzette con el brazo—. Perdón —añadió, estando a punto de caerse sobre el regazo de Elsa.

—Me encanta la aerostación —empezó Roscoe—. Me gusta la libertad (odio estar encerrado) y la aventura. Quería que los dos equipos aquí presentes utilizaran los globos aerostáticos en sus programas, de manera que pudierais compartir esa libertad y aventura con vuestros televidentes. Y quiero decir que sé que en ambos casos lo habéis hecho de una manera muy creativa. —Levantó su vaso—. Por los dos equipos.

Todos levantaron los suyos.

—¡Bien dicho! ¡Eso!

—Y con independencia de cómo acabe todo —prosiguió Roscoe—, espero que todos recordéis esta semana con absoluto placer.

Sí, precisamente, pensó Regan. Muchas de las vidas de estas personas se van a ver enormemente condicionadas por el resultado del viernes. Todo esto no es una mera diversión. Puede que tú andes detrás de mí, Roscoe Parker, pero yo también voy detrás de ti. Sólo necesito un poco más de información.

Capítulo 59

Luke y Nora estaban disfrutando de unas copas con Harry y Linda en la espaciosa terraza orientada a las montañas cubiertas de nieve. La casa, decorada en tonos pastel y atiborrada de sofás y sillones, estaba envuelta en una genuina atmósfera indígena del sudoeste. Los grandes ventanales que discurrían desde el suelo hasta el techo metían el desierto y las montañas dentro de la casa. Allí es donde había vivido Linda hasta que conoció a Harry hacía diez años. Ahora, pasaban la mayor parte del tiempo en Nueva York, pero iban a Santa Fe siempre que podían.

—Esto es maravilloso —dijo Nora con un suspiro.

Linda era una mujer menuda y rubia que frisaba los cincuenta años.

—Me encanta pintar aquí —dijo mientras cogía un trozo de queso, lo colocaba sobre una galleta salada y se lo entregaba a Nora—. Es tan apacible.

Harry tenía el pelo entrecano y andaba por los cincuenta y tantos años.

—Y es un lugar fantástico para leer los manuscritos.

—Regan y Jack deberían venir a visitar Santa Fe, ¿no crees, Luke? —preguntó Nora.

Luke rió.

—Nora, si por ti fuera, Regan y Jack deberían ir a todas partes.

—Bueno, sí. Se entienden a la maravilla. Y Regan ya ha conocido a bastantes tipos equivocados. Por fin ha encontrado el adecuado.

—Cuando Harry y yo nos conocimos, yo había llegado al punto en el que estaba segura de que me quedaría soltera para siempre—, dijo Linda.

—Eres tan afortunada —dijo Harry con una sonrisa, mientras alargaba la mano para servirse un trozo de queso.

Linda sacudió la cabeza y se rió.

—Igual que tú, amigo.

—Ya lo sé.

—A Nora le encantaría preparar una boda —dijo Luke.

—¡Luke!

—¿Acaso no es verdad? Os aseguro que si Regan se casa con Jack, Nora invitará a mis dos secuestradores y los hará invitados de honor.

—¿Es que no siguen en la cárcel? —preguntó Harry.

—Les conseguiremos una dispensa para ese día —dijo Luke y se echó a reír.

Nora sonrió.

—Muy gracioso. Lo único que quiero es que Regan sea feliz y esté segura.

—Confío en que podamos verla el viernes —dijo Linda.

—Bueno, ése es el plan. Estarán aquí el viernes por la mañana.

—Para volar en globo con Mars y Júpiter —dijo Luke arrastrando las palabras.

—Me muero de ganas de ver ese globo —dijo Linda con entusiasmo—. Ya veréis qué espectáculo cuando todos esos globos con formas raras se eleven hacia el cielo de la mañana. La gente lleva a sus hijos y todo. El lugar es una casa de locos, pero es divertidísimo. —Se levantó de un salto—. ¿Os relleno las copas?

Harry miró su reloj.

—Tal vez deberíamos ponernos en marcha. La reserva para la cena es a las ocho, y el restaurante está bastante concurrido esta semana por culpa del congreso de escritores y de la feria de aerostación.

Se dirigieron en coche a la ciudad para cenar en el restaurante italiano favorito de Linda y Harry. El local, sencillo aunque elegante, tenía las paredes estucadas en blanco, velas votivas sobre las mesas y un suelo de madera reluciente. Estaba atestado, aunque no había demasiado ruido. La mesa que les habían reservado estaba en un rincón.

Cuando se sentaron, la siempre observadora Nora se volvió hacia Luke y le susurró:

—¿No son ésos los Júpiter?

—¿Qué?

—La pareja del globo aerostático que vimos en la revista. En la mesa de al lado.

Luke se volvió y miró a la pareja de mediana edad.

—Creo que sí.

Alice Jupiter les devolvió la mirada.

—Hoy hemos leído un artículo sobre ustedes en la revista del avión —dijo Nora dirigiéndose a la mesa contigua—.

Nuestra hija va a subir en su globo el viernes por la mañana con el *reality show*.

—Ahhhhh —exclamaron al unísono los Júpiter—. ¿Es una de las concursantes? —preguntó Randy Júpiter.

Nora casi pierde el conocimiento ante la mera idea.

—No. Trabaja con el productor.

—¿Con Roscoe Parker?

—No, con Danny Madley.

—Eso está bien. Porque ese tal Roscoe Parker es un hombre muy inestable —dijo Alice, agitando la mano.

—¿Inestable? —repitió Nora, consternada.

—Quería que intentáramos asustar a los pasajeros.

—¿Asustar a los pasajeros?

—Sí. Nos pidió que fingiéramos que perdíamos el control del globo. Una cámara lo grabaría todo; quería filmar en vídeo las reacciones de los pasajeros.

—¡Oh, Dios mío! —Nora puso la mano en el brazo de Luke.

—Bueno, pero no se preocupe —dijo alegremente Alice Mars Júpiter—. Le dijimos que de ninguna manera. Mi marido y yo somos unos pilotos muy responsables. Subiremos al globo para asegurarnos de que todo va como la seda.

—Gracias. —Nora se hundió en su silla. Se le había quitado el apetito de repente.

—El viernes por la mañana iremos a la feria de los globos —informó Linda a Alice.

—Realmente fantástico. Vengan a visitarnos cuando estemos montando el globo. Estaremos justo en el medio del campo de despegue. Los organizadores de la feria creen que nuestro globo va a ser todo un reclamo y que despertará muchísimo interés.

Eso es lo que me estoy temiendo, concluyó Nora. Eso es justo lo que me estoy temiendo.

Capítulo 60

—Buenas noches a todos —gritó Roscoe mientras él y Kitty decían adiós con la mano a las furgonetas que se alejaban—. Hasta mañana. —Se dieron la vuelta y se dirigieron de nuevo a la casa. Roscoe le echó el brazo por el hombro a Kitty; era como una alentadora escena de una película antigua.

Las furgonetas salieron a la oscura y solitaria carretera y pusieron rumbo de nuevo a las brillantes luces de la ciudad.

Regan estaba sentada en la segunda hilera de asientos, junto a Agonías y Acidez.

—Todos parecían bastante normales —comentó Agonías.

Regan la miró.

—¿Eso crees?

Agonías se encogió de hombros.

—¿Qué es normal en estos días? Es un concepto que abarca un campo muy amplio.

—Sin duda —admitió Regan. Miró a través de la ventanilla, sintiéndose frustrada. Estaba convencida de que Roscoe tenía algo planeado. ¿Y cómo podía ella averiguar de qué se trataba? Él le había dicho que le encantaba sorprender a la gente. Apuesto a que sí. Regan sabía que la presencia de la colección de libros de su madre en aquella estantería no era una coincidencia. Y en aquella pareja que se acababa de casar había algo que sonaba a mentira. Y toparse tanto con Sam como con Victor junto al baño, en el preciso momento en que Bubbles lo estaba utilizando, la llenaba de dudas. ¿Podía ser uno de ellos el autor de la nota amenazante de aquella mañana?

A Regan se le ocurrió una idea. ¿Habría comprobado alguien ese día la página de Internet? Sintió curiosidad por ver si se había escrito algo nuevo sobre el programa. Era lo primero que tendría que preguntarle a Danny por la mañana. Su amigo parecía cansado y preocupado, y ella no quería importunarlo en ese momento; dejaría que pasara una buena noche.

Lo principal era que la producción de *Amor sobre el nivel del mar* siguiera adelante hasta el viernes. Ayuda a Danny a poner en marcha un programa de entretenimiento y luego vuelve a casa, pensó. Pero en el ínterin, no tengo ninguna intención de permitir que alguien arruine *Amor sobre el nivel del mar*. Por más empeño que pongan en el intento.

8 de octubre, miércoles

Capítulo 61

El miércoles por la mañana temprano, Regan se dirigió a la suite de Danny con un vaso de café en la mano. Danny tenía conectado el ordenador. Abrieron la página de Internet *Tirando de la manta* y encontraron una sinopsis de la competición entre los dos programas y las fotos de los concursantes del *reality show*. Luego, consultaron el foro de mensajes para ver todos los comentarios que había escrito la gente.

«Uno de esos concursantes va a estallar. Ya lo veréis.»

«Nunca he oído hablar de ninguno.»

«Elsa necesita un nuevo peinado.»

«Son todos raros.»

«Una vez vi a Chip y a Vicky en un centro comercial. Estaban en plena trifulca.»

«Pertenecí al mismo equipo de animadoras que Suzette en primaria. ¡Tiene unas piernas muy fuertes!»

«Espero que se emita el programa. Daría lo que fuera por ver perder a Bill. Me dejó por Suzette. No me sorprende que su matrimonio anduviera muy mal.»

«Chip y Vicky eran vecinos míos cuando se casaron. Él siempre estaba sentado en el jardín trasero comunicándose con la naturaleza. ¡Qué raro es!»

«Barney me parece un memo. Y Elsa también.»

Regan leyó el último mensaje.

—Unos comentarios encantadores.

Danny rió.

—Lo sé. ¿Qué te imaginabas? Al menos aquí no hay nada que sea demasiado malo para nuestros fines.

—Excepto que uno de los concursantes tal vez estalle —señaló Regan.

Danny pareció cansando.

—¿Y qué podemos hacer? —preguntó—. Algunos no tienen nada mejor que hacer que escribir mensajes desagradables. Están sentados al ordenador a cientos de kilómetros de distancia, seguros en su anonimato.

—Espero que estés en lo cierto, Danny. Pero tengo que decirte algo más.

Danny cerró los ojos.

—¿Qué?

—Esta mañana he hablado con mi madre.

—¿Y?

—Mis padres se encontraron ayer con la pareja propietaria del globo con forma de tarta nupcial. Le dijeron que Roscoe quería que ellos nos asustaran de manera deliberada cuando ascendiéramos en el globo el viernes. Les pidió que fingieran que perdían el control del globo. Roscoe se aseguraría de que se filmara todo.

—¿Estás de broma? —le preguntó Danny con incredulidad.

—En absoluto. Ojalá.

Danny suspiró.

—Me parece que el propio Roscoe está lleno de aire caliente. No es más que un fanfarrón. Es como un niño grande atontado.

Regan asintió con la cabeza.

—Bueno, ya es hora de empezar el tercer día de *Amor sobre el nivel del mar* —observó Danny con un optimismo a todas luces mayor que el que sentía en realidad.

Danny y Regan se reunieron con los demás y partieron hacia la presa Hoover, esa maravilla de la ingeniería moderna que permite que las luces de Las Vegas no dejen de encenderse y apagarse. Estaba a casi cincuenta kilómetros de distancia, y el equipo se llevó la comida para comer en el campo. Al llegar, caminaron bajo el brillante sol, entraron en el centro de visitantes y comieron en el aparcamiento que da sobre el descomunal muro curvo que forma el dique. La vista era impresionante. La presa soporta los alrededor de treinta y cinco billones de litros de agua contenidos en el Lake Mead, el embalse formado cuando se construyó la presa en la década de los treinta. Las tres parejas caminaron cogidas de la mano por la carretera que cruza el dique por la parte superior. Sam los fotografió a todos cuando cruzaron la frontera con Arizona y se pararon debajo de un gran reloj que mostraba la hora de Arizona, una más que en Nevada.

—Es importante disfrutar juntos de la naturaleza —opinó Tía Agonías mientras se cogía de la mano de Acidez y respiraba el aire fresco y limpio.

Al cabo de un par de horas volvieron al estudio para otra tanda de preguntas que los cónyuges respondieron por separado. El tema del día versaba sobre un asunto siempre controvertido: el dinero.

—¿Qué haría con el millón de dólares si lo ganara? —preguntaba Agonías con dulzura.

Todos los concursantes parecieron sorprenderse por la pregunta.

Suzette dijo que montaría un campamento de animadoras; Bill, que se jubilaría.

Chip contestó que se compraría una gran finca; Vicky respondió que había visto unos preciosos apartamentos nuevos que le gustaría tener.

Elsa dijo que le compraría una nueva casa a su madre; Barney, que se daría la gran vida durante unos meses y que ya lo pensaría después.

Cuando Agonías reunió de nuevo a las parejas, le refulgía la mirada.

—Estoy muy decepcionada —les regañó—. Ninguno de ustedes ha hablado de dar dinero a los amigos en apuros. Después de todo, un amigo en apuros sigue siendo un amigo. ¿Es que ninguno de ustedes tiene amigos?

A Regan le faltó poco para soltar una risotada ante la visión de las caras de todos. Estaba segura de que las tres parejas invertirían todo el tiempo de intimidad que dispusieran esa noche en reflexionar sobre todas las preguntas posibles que pudiera hacerles Agonías al día siguiente. Al igual que los finalistas de un concurso de belleza, las parejas tendrían preparada una declaración acerca de hacer el bien a los demás... con independencia de cuál fuera la pregunta.

Regan sintió un gran alivio cuando, en el sorteo para la cena de ensueño de esa noche, fueron extraídos los nombres de Suzette y Bill de la gorra. Suzette no se habría sentido muy feliz si ella y Bill hubieran tenido que esperar otra noche. Fueron de nuevo al Carlotta's. Suzette parecía estar disfrutando de la atención absoluta que, por fin, ella y Bill estaban recibiendo de Agonías y Acidez.

—La primera vez que Bill y yo estuvimos juntos —dijo Suzette con ternura sobre el cóctel de gambas— fue en el baile del instituto. La orquesta estaba tocando *El puente sobre aguas turbulentas*, y Bill se acercó a mí y me pidió que bailara con él. Estaba tan nerviosa. Era un baile lento. Pero en cuanto él me rodeó con sus brazos, me sentí segura. Ésa siempre ha sido nuestra canción. —Suzette cerró los ojos—. Y, desde entonces, siempre me he sentido segura.

Bill estaba untando con mantequilla un trozo de pan, mientras asentía aprobatoriamente con la cabeza.

—Siempre que tenemos problemas, ponemos esa canción y bailamos en el salón. Nos retrotrae a aquella noche mágica —prosiguió Suzette, ya con los ojos abiertos, anegados en lágrimas.

—¿Es eso lo que siente? —le preguntó Agonías a Bill.

La boca de Bill estaba llena de delicioso y caliente pan italiano.

—Absolutamente —dijo con dificultad.

Suzette hizo una mueca.

—Querido —le reprendió sin darle importancia—. No hables con la boca llena.

—Esto es saludable —dijo Agonías, asintiendo aprobatoriamente con la cabeza—. Que puedas corregir a tu marido delante de otras personas y que él no se ponga como loco. Cuando Acidez y yo nos conocimos, siempre tenía que decirle que dejara de hablar con la boca llena. El problema era que siempre estaba en la cocina, guisando, y no dejaba de probar la comida. —Se echó a reír—. Así que su boca siempre estaba llena. ¿Verdad, querido?

Sentada al margen, Regan pensó con nostalgia en la estupenda televisión pública norteamericana.

Capítulo 62

El equipo de la comedia de situación había filmado al amanecer su escena inicial en el globo, con el gallo, la oveja y el cordero. Sólo disponían de una toma para hacerlo bien. Bubbles, Pete y James estaban en el globo que aterrizaba en el campo. Abuela, Hal, Kimberly y Jake, recreando el terror de los granjeros franceses de hacía doscientos años, llegaban corriendo con sus horcas para evitar que los extranjeros invadieran sus granjas.

Para gran alivio de Bubbles, la toma salió bien. El gallo no se calló en ningún momento, lo que hizo que la secuencia resultara muy divertida. Sería un fantástico inicio para la serie. Ella y su equipo regresaron al estudio para ensayar el guión definitivo. Kimberly y Jake daban vida a una pareja joven de recién casados que se detenían en la empresa familiar de aerostación para contratar un paseo en globo al amanecer. Tras no poco rechinar de dientes, Noel y Neil habían dado con la idea.

—La realidad es más extraña que la ficción —le dijo Noel a Neil—. Bien podemos utilizarla.

—Tío, tienes razón.

James seguía siendo un actor horrible, pero en las lecturas de sus frases se estaba haciendo patente un atisbo de hu-

mor; una de las que pronunció resultó francamente divertida. Dale quince años y tal vez acabe aprendiendo a actuar,
pensó Bubbles. Cuando se fue a dormir el miércoles por la
noche, la realizadora se sentía mejor de lo que se había sentido en por lo menos una semana.

Maddy y Shep se pasaron el día merodeando por el hotel El
7, esperando a que ocurriera algo. Para consternación de ella,
todo estuvo tranquilo. Ni entregas secretas ni robos ni nada.
Al final, ella y Shep se acercaron a la Strip en busca de algo
de emoción. Cenaron, dieron un paseo y volvieron al hotel.

—¿Crees que podemos volver a casa mañana? —le imploró Shep a Maddy.

—No. Danny nos necesita.

Honey tuvo que actuar en un espectáculo el miércoles por la
noche. Se había pasado la mayor parte del día en el salón de
Alex.

—Ya te he dicho cien veces que lo tengo todo —le aseguró Alex—. No te preocupes.

Cuando Honey regresó a casa desde el trabajo a la una
de la madrugada, puso el despertador e intentó dormir. Tenían que estar en el estudio a mediodía. Pero ante ella se
abría una noche de inquietud.

Tenía el terrible presentimiento de que iba a suceder
algo malo.

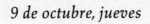

9 de octubre, jueves

Capítulo 63

A las 11.45 del jueves, Danny hizo un anuncio a su grupo. Estaban en el estudio.

—Esta tarde vamos a hacer algo especial.

—¿De qué se trata? —preguntó Vicky nerviosa.

—Cambios de imagen.

—¿Cambios de imagen? —murmuraron todos.

—¿Piensa que necesitamos un cambio de imagen? —Era evidente que Elsa se sentía insultada.

—Bueno —dijo Danny, esforzándose por encontrar las palabras adecuadas—. No exactamente un cambio de imagen. Tenemos un peluquero y una maquilladora que los peinarán y los maquillarán. Y les aconsejarán cómo hacerlo ustedes mismos...

—No me voy a afeitar el bigote —rezongó Barney.

—No hay ningún inconveniente. Puede hacer lo que le plazca.

Regan terció en ayuda de Danny.

—Habíamos pensado que sería divertido. Mañana por la mañana, antes de subir al avión que nos llevará a Albuquerque, todos se van a poner muy elegantes. Si nunca se han hecho un cambio de imagen, descubrirán que es un lujo. A la mayoría de las mujeres les gusta que las peinen con estilo.

—A mí, no —declaró Elsa con vehemencia—. Nadie me va a tocar el pelo.

Tienes que estar bromeando, pensó Regan.

—A Barney le gusta mi pelo tal y como lo llevo. ¿Verdad, Barney?

—¡Me encanta!

—Está bien, Elsa. Puedes dejar que te maquillen, si quieres.

—De acuerdo.

—A mi me parece fantástico —dijo Vicky—. Creo que a mi pelo le podría ir bien un corte de puntas.

—Bien —contestó Regan—. Llegarán dentro de unos minutos.

—Con mi pelo no pueden hacer gran cosa —se quejó Bill, tocándose los mechones rojos—. No me queda mucho. Y no me he maquillado jamás y nunca lo haré.

—Tal vez el peluquero pueda recortarle las puntas también —sugirió Regan, intentando ocultar su exasperación.

—Que todo el mundo se relaje durante unos minutos —instó Danny—. Lo resolveremos cuando estén aquí.

Victor apareció en la entrada.

—Ya están aquí.

—Vamos allá... para nada —dijo Danny en voz baja a Regan, y se dirigieron a la recepción para darle la bienvenida al equipo de esteticistas.

—Honey —dijo Danny con fría formalidad, acercándose a su antigua novia.

—Hola, Danny —dijo Honey con una vocecita mientras él la besaba en la mejilla. Se había puesto unos pantalones ceñidos, un top sin mangas y zapatos de tacón alto. El pelo y el maquillaje eran perfectos, pero, cuando vio a Regan, Honey pareció desanimarse.

—Soy Regan Reilly —dijo rápidamente, al tiempo que extendía la mano hacia Honey—. Trabajo en el programa con Danny.

Honey sintió cierto alivio.

—Danny, Regan, éste es Alex, el mejor peluquero de Las Vegas; y esta de aquí es Ellen, nuestra maquilladora favorita.

Alex tenía el aspecto de un roquero punk envejecido, y la chica parecía tener veintipocos años. Ellen iba sin maquillar y movía el cuerpo al son de la música que sólo podía oír ella; llevaba unos auriculares ceñidos al cráneo. Se los quitó.

—Hola —dijo.

—¿Dónde están nuestras víctimas? —preguntó Alex.

—Os conduciremos hasta ellos —contestó Danny con nerviosismo.

Regan se percató de que Danny era del todo incapaz de apartar la vista de Honey mientras ayudaban a recoger las diferentes cajas negras de la parafernalia de embellecimiento y maquillaje. Sigue sintiendo algo por ella, pensó Regan. Todos juntos regresaron en silencio por el pasillo hasta el estudio.

Honey le echó un vistazo a Elsa y se le iluminó el rostro.

—¡Hola! —dijo afectuosamente—. ¡Me acuerdo de usted! ¡Estaba en el casino la otra noche!

Barney se acercó a Honey como una centella.

—Por favor —le dijo a Honey en voz baja—. Ésa fue una noche muy mala para mi esposa. Ni la mencione.

—Vale, vale. —Honey miró a Danny con nerviosismo. Dio la sensación de que estaba a punto de echarse a llorar—. No era mi intención ofenderla.

—Honey —interrumpió Regan—. Deja que te enseñe el camerino donde podéis instalaros. Tiene unos espejos muy grandes y un tocador muy espacioso.

—Fabuloso —dijo Alex.

Honey se acercó a Regan.

—No era mi intención molestar.

—No pasa nada. ¿Dónde la viste?

—En el Bellagio, la otra noche. A eso de las tres de la madrugada. Ella estaba en el vestíbulo leyendo un libro y subrayando cosas.

—¿En serio? ¿Estás segura?

—Completamente. Mi amiga Lucille y yo pasamos por allí un par de veces. Nos pareció extraño que alguien estuviera sentado en un vestíbulo de Las Vegas leyendo a esas horas... y con un cacho iluminador, nada menos. ¿Y cómo se puede una olvidar de ese peinado que lleva?

—Esto es muy interesante, Honey —dijo Regan.

—Eso mismo pensé yo.

Durante las horas siguientes las cámaras grabaron la transformación de los concursantes. A Suzette y a Vicky les cortaron el pelo y se lo recogieron en unos elegantes rodetes. Ellen las maquilló con profesional habilidad y consiguió darle a ambas un aire sofisticado e infinitamente más elegante.

—Sólo me pondré un poquito de colorete —insistió Elsa, al tiempo que cerraba los ojos y hacía una mueca. No permitiría que Alex le tocara el pelo.

A los hombres les cortaron el pelo, lo cual llevó unos tres minutos por cabeza.

Cuando todos hubieron terminado, Agonías exclamó:

—Esto es maravilloso. Ninguno de nuestros concursantes podría estar más guapo. ¿Cómo vamos a escoger ahora, Acidez? —preguntó histriónicamente—. Estas tres parejas se merecen por igual renovar sus votos y ganar un millón de dólares.

—Va a ser una decisión difícil, difícil —admitió Acidez.

—¡Corten! —gritó Danny—. Alex, Elle, Honey, muchas gracias a los tres. Me parece que ha sido una aportación fantástica a *Amor sobre el nivel del mar*.

—¿No os olvidareis de citar mi salón? —preguntó Alex.

—Más de una vez —prometió Danny.

Regan se percató del aparente desconsuelo de Honey mientras ésta se preparaba para irse. Hizo un aparte con Danny.

—¿Por qué no los invitas a la emisión de mañana por la tarde?

Danny la miró y no dijo nada.

—A veces, el exceso de orgullo puede resultar una tontería, Danny. Está loca por ti.

—De acuerdo, de acuerdo —masculló él. Regresó junto al grupo que estaba recogiendo el sinfín de peines, cepillos, botes, tubos y botellas.

—Si queréis asistir a la emisión de mañana por la tarde, puede que sea divertido. Será entonces cuando Roscoe decida si se emite nuestro programa o la comedia de situación.

—Me encantaría —respondió rápidamente Honey—. ¿A qué hora?

—A las cinco en el Canal Globo. Espero que podáis acudir todos. —Danny les dijo adiós con la mano y salió del camerino.

—Misión cumplida, querida. —Alex simuló darle un beso a Honey mientras ésta rompía a llorar.

Capítulo 64

—Me veo preciosa —canturreó Suzette mientras revoloteaba por el estudio.

—Cariñito, por favor, no hagas ninguna rueda lateral —le suplicó Bill—. Tu pelo está fantástico peinado así.

—Tentada estoy, pero no la haré.

—Todos están guapísimos —proclamó Agonías una vez más.

—Tres parejas guapísimas —convino Acidez.

Danny volvió a entrar en la habitación.

—El cambio de imagen fue una idea maravillosa —observó Agonías—. Nos ha levantado la moral a todos.

—Es fantástico. Estoy encantado. —Danny miró su reloj—. Ya son las tres. Creo que vamos a dejarlo hasta mañana. Tengo que reunirme con los editores que esta noche prepararán el programa. Cuando volvamos mañana de Albuquerque, sólo les quedará unir la escena final de la feria del globo.

Regan casi pudo sentir una inspiración colectiva.

—Cuesta creerlo, ¿verdad? —preguntó Danny sin dirigirse a nadie en concreto.

Sí, pensó Regan.

—Esta noche tenemos la cita de ensueño de Elsa y Barney. Los demás están libres hasta las tres de la madrugada, hora en la nos reuniremos en el vestíbulo para coger el avión para Albuquerque.

—¿A las tres de la madrugada? —repitió Acidez frunciendo el ceño.

—A las tres —confirmó Danny—. Vendremos en coche hasta las instalaciones del estudio para embarcar en el avión de Roscoe. El vuelo dura alrededor de una hora. Una limusina nos recogerá en el aeropuerto de Albuquerque para llevarnos al campo de despegue de los globos. Queremos estar allí antes de que salga el sol.

—Puede que no nos acostemos —dijo Vicky—. No quiero estropearme ni el peinado ni el maquillaje.

—Estás tan hermosa que deberíamos ir a bailar. Bailar toda la noche hasta que llegue la hora de subir al avión —dijo Chip con ternura.

Me van a dar arcadas, pensó Regan.

—Hagan lo que quieran —les dijo Danny—. Pero eso sí, a las tres en el vestíbulo, vestidos como consideren apropiado para renovar sus votos.

—Salvo que las mujeres —terció Regan— no deberían ponerse vestidos largos. Cuando el globo aterrice, todos saldremos dando tumbos de la barquilla.

—¡Y los ganadores tendrán en sus manos un cheque de un millón de dólares! —gritó Agonías.

Suzette empezó a correr para hacer una voltereta lateral, pero se detuvo.

—Casi pierdo la cabeza —dijo, riéndose.

Esto está empezando a ser un momento de lo más místico, pensó Regan. El momento en que estos seis se dan cuenta del cambio radical que sus vidas pueden experimentar dentro de veinticuatro horas; el instante en que empieza a desmadrarse la imaginación ante la idea de tener un millón de dólares, menos impuestos, en la mano. ¿Quiénes serán los dos afortunados?, se preguntó.

Capítulo 65

La cena con Elsa y Barney se organizó temprano; todos querían volver pronto, porque las llamadas del servicio despertador iban a sonar a una hora impía. En el Carlotta's, el *maître* mostró de nuevo su entusiasmo por ver a Danny y a los suyos.

—Tengo una mesa especial para ustedes —bromeó mientras los conducía a un reservado en el piso superior.

Elsa parecía muy interesada en la vida de Agonías y Acidez como consultores sentimentales.

—Eso debe de hacerles sentir muy bien —dijo—. Saber que están ayudando a la gente.

—Bueno, sí —exclamó Agonías—. Es una sensación maravillosa.

—¿Está su columna en Internet? —preguntó Elsa.

—Sí, sí que está —respondió Acidez mientras olía su vino tinto.

—La buscaré.

¿Y por qué no en el periódico?, se preguntó Regan. A Agonías y Acidez les quedaba muchísimo para consolidar su reputación, pero no cabía duda de que era conocidos en la zona. Si no recordaba mal, Elsa y Barney vivían en Nevada.

Cuando llegaron al hotel eran las diez de la noche. Regan se fue directamente a su habitación y se sintió feliz de poderse quitar la ropa y ponerse una camiseta. Se lavó la cara, los dientes y se dejó caer de espaldas en la cama. Luego, cogió el teléfono y ordenó que la despertaran. Una voz automática confirmó que Regan sería despertada a las dos de la madrugada.

Incluso la voz parece sorprendida, pensó Regan, riéndose para sus adentros. Bueno, ¿algo más antes de apagar la luz? Recarga el móvil. Y en el preciso instante de pensarlo, empezó a sonar. Se inclinó, cogió el bolso del tocador y buscó a tientas el teléfono, hasta que consiguió palparlo y lo sacó.

—Hola.

—¿Así que no estás haciendo rodar los dados? —bromeó Jack.

Regan sonrió con satisfacción y se recostó en la cama.

—¡Un día más! Oye, ya es tarde en Nueva York. ¿Qué haces levantado?

—No podía dormir. Así que me puse a pensar en cuánto mejor será la noche de mañana que la de hoy. Siempre y cuando antes no te enamores de Tío Acidez o de alguno de los concursantes.

Regan se rió.

—No creo que haya muchas posibilidades de que eso ocurra. Aunque hay que tener en cuenta que cuando llegue la noche de mañana habré estado en Albuquerque, habré vuelto y luego habré volado a Los Ángeles.

El tono de broma desapareció de la voz de Jack.

—Oye, ¿a qué hora os vais a Albuquerque?

—Nos reuniremos en el vestíbulo a las tres de la mañana.

—¿A las tres?

—A las tres.

—En ese caso, te dejo que duermas un poco. No quiero
que mañana por la noche estés totalmente reventada.

—Algo me dice que no lo estaré.

—Algo me dice a mí también que no lo estarás. —Jack
rió—. Eso espero, al menos.

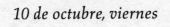

10 de octubre, viernes

Capítulo 66

Cuando sonó el teléfono, Regan se despertó aturdida. Cogió el teléfono completamente zombi.

—Hola —dijo la misma voz automática de unas horas antes—. Esta es la llamada despertador que encargó. Buenos días. Son las dos. La temperatura exterior es...

Regan dejó caer el auricular en el soporte. Esto es peor de lo que había imaginado. Con cara de sueño, salió de la cama y corrió a abrir la ducha. Era la única manera de conseguir que el cuerpo se moviera. La ducha no logró que se sintiera tan bien como si hubieran sido, por decir algo, las siete o las ocho de la mañana, aunque sin duda alguna ayudó. Se lavó el pelo, salió de la bañera, se secó y encendió el secador. Estaba segura de que iba a organizar un ruido de mil demonios. ¿Por qué los secadores hacían mucho más ruido en mitad de la noche?, se preguntó.

Regan sabía que allí fuera, en aquellas mañanas otoñales de aerostación, haría bastante frío. O eso había oído, por lo menos. Cuando consideró lo que tenía que ponerse, se decidió por unos vaqueros, un polo color lavanda y un jersey de manga larga. Se llevaría una chaqueta de algodón acolchada.

El ponerse capas y capas de ropa era frecuente entre los aeróstatas, o eso le habían dicho. No iba a salir en la imagen, así que no tenía que vestirse para la ocasión.

Cuando vio a las parejas reunidas en el vestíbulo, todos parecían que fueran a una boda. Las tres mujeres se habían puesto sendos trajes de fiesta; sus maridos iban con traje y corbata. Pese al intento generalizado de aparentar alegría, nadie parecía feliz. La tensión reinante entre las parejas se podía palpar.

—Anoche no me quité el maquillaje —le dijo Suzette a Regan—. Era tan fantástico que pensé que duraría hasta después del viaje en globo.

—Yo tampoco —dijo Elsa, agarrando la mano de Suzette con una fuerza un tanto excesiva.

Pero si tú nada más que te pusiste «un poco de colorete», recordó Regan. Entonces, miró a Vicky. Era evidente que su cara tampoco había estado cerca del agua corriente desde antes del cambio de imagen.

Victor, Sam y Danny se habían puesto todos unos vaqueros informales. Bien, pensó Regan, no voy vestida de manera inapropiada para el Gran Día.

Victor se había encargado de que hubiera una gran cafetera a disposición del equipo en el vestíbulo. Incluso había unas diminutas rosquillas.

—Eres una joya —le dijo Regan con fervor mientras se servía un gran vaso de java.

Victor se volvió hacia ella y le dedicó una sonrisa sincera.

—Gracias, Regan. Va a ser un día largo. Mejor que hagamos actuar a la cafeína.

Al cabo de unos minutos el grupo se metió en la furgoneta y enfilaron la Strip. Las luces de neón seguían con su parpadeo, y la gente paseaba por la calle como si fuera mediodía.

Esto es Las Vegas, pensó Regan. Realmente las veinticuatro horas al día, los siete días de la semana. De pronto pensó en lo que Honey le había dicho acerca de que Elsa había estado sentada en el Bellagio, y leyendo un libro, a las tres de la madrugada. ¿Podía ser que Honey estuviera equivocada? Echó un vistazo a Elsa, que miraba fijamente al frente.

Avanzaron en silencio, hasta que finalmente traspusieron la entrada principal de las instalaciones del Canal Globo y siguieron la carretera privada que conducía a la pista de aterrizaje. El aparcamiento del complejo estaba a oscuras, pero había varios coches aparcados. Me pregunto que está pasando, pensó Regan.

Subieron al avión de Roscoe, que tenía capacidad para veinte personas. Regan se sentó con Danny hacia la parte delantera. El piloto cerró la puerta, la aseguró y despegó hacia la noche. Parecía como si partieran a una misión secreta.

Agonías y Acidez se habían sentado, juntos, en la parte posterior. Regan se preguntó si ya se habrían decidido sobre quiénes serían los ganadores.

Cuando aterrizaron, una gran limusina blanca los recibió en la pista. Me recuerda la noche del baile de la universidad, pensó Regan mientras las tres parejas, ataviadas con sus elegantes trajes, entraban en el vehículo. Los demás los siguieron. Aún era de noche cuando la limusina salió del aeropuerto y se metió en la carretera.

Después de que el chófer tomó el desvío hacia el campo de despegue de los globos, el tráfico empezó a hacerse más denso. La limusina tenía un pase especial que les permitió el acceso al aparcamiento más cercano al campo de vuelo. Cuando los dejaron junto a una de las puertas de entrada, el sol estaba a punto de salir por el horizonte, y el aire, aunque frío, estaba en calma.

—Mirad todo esto —gritó Elsa.

El descomunal campo de vuelo estaba lleno de gente que desplegaba las envolturas de sus globos, preparándolos para el inflado. Danny se sacó del bolsillo un pequeño papel y lo consultó.

—Se supone que han de estar por ahí —dijo, indicando el camino al grupo.

Asimilando cuanto estaba a la vista, el grupo de *Amor sobre el nivel del mar* lo siguió, mientras Sam lo filmaba todo. Aquellos globos con formas especiales no tardarían en tomar vida. Sobre el suelo había de todo, desde coloristas personajes de dibujos animados hasta monstruos y brujas.

Los Júpiter esperaban en el campo de vuelo todo lo entusiasmados que se podía estar. Los periodistas de los informativos locales ya estaban allí con sus cámaras de televisión, impacientes por entrevistar a Danny, Tía Agonías y Tío Acidez. La «tarta nupcial» estaba dispuesta sobre el terreno, lista para ser inflada.

—Hemos oído que están haciendo un *reality show* —le dijeron los locutores a Danny.

—Sí, así es. —Danny sonrió, satisfecho por que aquello pudiera ser una realidad de verdad. Mientras Danny respondía las preguntas de los periodistas, Regan miró por todas partes. Sus padres, Harry y Linda se dirigían hacia allí. Ella echó a correr hacia ellos, entusiasmada por ver unas caras familiares.

—Regan —gritó Nora—. ¡Estás aquí!

—Mamá, papá, hola. —Regan abrazó a sus padres—. Harry, Linda, qué alegría veros.

—No nos perderíamos esto por nada del mundo.

—Pero no vamos a poder verte mucho rato —dijo Nora con un suspiro.

—Lo sé. Ojalá pudiéramos quedarnos después del viaje en globo, pero tenemos que volver a las Vegas para que puedan editar las secuencias de la feria. Y algo me dice que en cuanto se proclamen los vencedores, los demás concursantes no van a estar muy interesados en quedarse por aquí.

—¿Tienes idea de quiénes van a ganar? —preguntó Harry.

Regan puso los ojos en blanco.

—Ni el más leve indicio.

—Regan, pareces cansada —dijo Nora con preocupación.

—Es lo que tiene levantarse a las dos de la mañana. Pero estaré bien —insistió Regan.

Al cabo de algunos minutos, Danny se acercó hasta el grupo.

—¿Se acuerdan de mí? —les preguntó en tono de broma a Luke y a Nora mientras le presentaban a Harry y a Linda.

—Pues claro que me acuerdo —dijo Nora cariñosamente—. ¿Cómo están tus padres?

—Igual que siempre —respondió Danny con una sonrisa.

Luke le estrechó la mano.

—Dale recuerdos de nuestra parte.

Victor se acercó a avisar a Danny.

—Vamos a empezar. Quieren que subamos nosotros primero.

—Muy bien.

—Regan, ten cuidado —le instó Nora mientras el grupo de Danny se aproximaba al globo. El ventilador estaba en funcionamiento e impulsaba una potente corriente de aire al interior de la tarta nupcial. Era una experiencia increíble observar cómo el globo empezaba a tomar forma y tomaba vida lentamente. Los miembros del equipo de tierra estaban en sus puestos, sujetando las sogas a ambos lados del envoltorio para ayudar a que se extendiera de manera uniforme a medida que se iba inflando. Finalmente, Randy abrió la válvula del compresor del quemador, y una columna de fuego de más de seis metros salió disparada hacia el interior del globo. Una vez inflada completamente, la tarta nupcial tenía una altura de ocho plantas. El globo estaba cubierto de rosas, y en la parte superior se erguían una ceremoniosa pareja de recién casados. La nave estaba lista para entrar en acción.

Los pasajeros fueron ayudados a subir a la barquilla de uno en uno. En ese momento, las tres concursantes femeninas combinaban sus trajes de fiesta con unas zapatillas de deporte; Sam estaba haciendo una toma de sus pies. Una vez dentro de la barquilla, Regan echó un vistazo a Nora, que intentaba sonreír, aunque sin poder disimular la expresión de preocupación de su rostro. Cuando Randy lo ordenó, el personal de tierra fue soltando sucesivamente las sogas y la tarta empezó a elevarse. Parecía como si todos los ojos de la feria estuvieran posados en ellos.

Esto es un verdadero placer, pensó, maravillada, Regan, mientras miraba hacia abajo. Una muchedumbre sonriente agitaba sus manos hacia ellos; algunas personas estaban haciendo fotos. Otros globos se estaban preparando para elevarse. En pocos segundos la gente de abajo se fue haciendo más y más pequeña, a medida que el globo subía y subía hacia el cielo.

Mientras se movían como una nube, la tripulación permaneció en silencio. La mayoría era la primera vez que subía en un globo, y no cabía duda de que todos estaban experimentando una sensación mágica. Aunque la tensión en el grupo era considerable.

—Ya estamos aquí —dijo Agonías mientras se movían empujados por el viento. Regan estaba de pie junto a ella, y San estaba enfocando la cámara sobre la asesora sentimental.

—Así es —terció Danny—. Ya estamos aquí. Y creo que ha llegado la hora.

Agonías miró a Acidez pretendiendo conseguir un efecto dramático, y sacó un cheque del bolsillo de su anticuado vestido de abuelita. El cheque estaba doblado por la mitad. Agonías lo levantó. Regan echó un vistazo a las tres parejas, ninguno de cuyos componentes era capaz apartar la mirada del cheque.

—Acidez y yo hemos tenido que tomar una decisión muy difícil —prosiguió Agonías—. Las tres parejas aquí presentes se han esforzado mucho en reavivar la llama que una vez sintieron. La vida puede resultar aburrida en ocasiones, y, cuando eso ocurre, podemos pensar que nuestra pareja es aburrida. Es un error... la mayoría de las veces. Eso espero. —Soltó una risita—. Tenemos que esforzarnos en mantener viva la llama, igual que aquí nuestro piloto tiene que saber cuando avivar la llama para mantener este globo en el aire...

—Agonías, éste es un programa que sólo dura media hora —bromeó Danny.

Todos se rieron con nerviosismo mientras seguían subiendo y subiendo en el aire.

Regan miró hacia abajo y se sobresaltó al ver lo lejos que parecía estar la tierra.

—De acuerdo, de acuerdo. Bueno, Acidez y yo hemos decidido que la pareja que no sólo se ha esforzado en hacer que su matrimonio funcione, sino que además parece estar destinada a permanecer unida pase lo que pase, no es otra que la formada... —abrió el cheque, se detuvo y miró a todos los concurrentes; luego, se aseguró de estar mirando directamente a la cámara y anunció teatralmente—: por Barney y Elsa Schmidt.

Regan volvió la mirada hacia Barney y Elsa para darles la enhorabuena. Los instantes siguientes transcurrieron en la más absoluta confusión. Con el cuerpo en tensión, Suzette embistió a Agonías con tantísimo fuego en los ojos que pareció uno de los toros de los encierros de Pamplona.

—¡No! —gritó Suzette. En un abrir y cerrar de ojos, levantó en vilo a Agonías cogiéndola por los tobillos como si estuviera dando impulso a una compañera animadora, y la volteó hacia atrás sobre la borda de la barquilla del globo. Agonías aulló cuando su cuerpo diminuto salió volando de espaldas. Regan se abalanzó hacia adelante y la cogió por las rodillas antes de que el cuerpo de Agonías traspasara completamente la borda. Colgando del exterior de la barquilla, Agonías se desgañitaba, muerta de miedo, mientras Regan trataba denodadamente de agarrarla mejor y evitar que se cayera al vacío.

—Aaaaaaaagh —gritó Agonías, moviendo los brazos como si fueran aspas de molino. El cheque salió volando de su mano y empezó a descender hacia tierra mecido por el viento. Danny y Acidez, después de forcejear con Suzette, lograron tumbarla sobre el suelo de la barquilla, mientras Regan hacía acopio de todas sus fuerzas para sujetar las huesudas piernas de Agonías. Suzette siguió debatiéndose con violencia, perseverante en su intento de agarrar a Agonías. Bill, conmocionado, era incapaz de moverse. Victor y Chip se abalanzaron hacia delante y el globo se inclinó a un lado. Victor se colocó detrás de Regan, que estaba echada sobre la borda con la sensación de tener en tensión todos los músculos del cuerpo. Victor se estiró sobre la barquilla y consiguió agarrar uno de los brazos de Agonías. Entre los dos, él y Regan tiraron de la mujer hasta ponerla a salvo, cayéndose ambos de espaldas dentro de la barquilla. Al hacerlo, la rodilla izquierda de Agonías impactó de lleno en el ojo de Regan.

—¡Vuelvan a sus sitios! —gritó Randy—. Si este quemador se inclina, hará un agujero en la boca del globo.

—¡Sabía que los iban a escoger a ellos! —gritaba Suzette—. ¡Nunca tuvimos la menor oportunidad!

—¡Aterrizaje de emergencia! ¡Aterrizaje de emergencia! —comunicó Júpiter por radio al equipo de persecución—. Avisen a la policía.

—¿Estas loca? —empezó a gritarle Bill de repente a Suzette, que tenía los brazos sujetos a la espalda por Danny y Victor.

Agonías, que se había desmadejado en brazos de Regan, temblaba con violencia. No soltaría a Regan, ni siquiera para que la abrazara Acidez. Regan pensó que la mujer parecía un pajarito.

—Me has salvado la vida, Regan. —Su respiración era rápida y entrecortada.

—Ya estás a salvo —le aseguró Regan. Parpadeó y se dio cuenta de que tenía el ojo cerrado a causa del golpe. El corazón le latía aceleradamente.

Randy empezó a hacer descender el globo, mientras Suzette gritaba de modo incontrolable.

Todos estaban conmocionados y se aferraban a los laterales de la barquilla.

—Doblen todos las rodillas —ordenó Randy—. Y agárrense mientras aterrizamos.

Danny y Victor tuvieron que soltar a Suzette. Cuando la barquilla golpeó el suelo y cayó de lado, no lejos de donde habían despegado, Suzette salió gateando a toda prisa y se largó. Regan se arrastró fuera de la barquilla, corrió tras ella y la placó, tirándola al suelo.

Gritando como una loca, Suzette se quitó a Regan de encima y empezó a levantarse. Regan arremetió contra ella, consiguió placarla de nuevo, y se arrodilló sobre la espalda de Suzette. Regan tuvo que emplear toda su fuerza para mantener a aquella loca animadora inmovilizada contra el suelo.

Un coche patrulla entró en el campo de vuelo haciendo sonar la sirena y con las luces relampagueando. Los agentes que salieron del vehículo esposaron a Suzette, mientras Danny ayudaba a Regan a levantarse.

Mientras Regan intentaba recuperar el resuello, se llevó la mano al ojo, que le palpitaba.

—Creo que ya sabemos quién es el concursante con tendencias violentas —dijo, adoptando una flema deliberada.

—Me parece una apuesta segura. —A Danny le temblaba la voz.

Nora, Luke, Harry y Linda llegaron corriendo hasta ellos.

—¡Regan! —gritó Nora.

—Mamá, estoy bien.

—Tenía el horrible presentimiento de que esto... —Nora abrazó con fuerza a Regan—. Y entonces, cuando vi que la barquilla se inclinaba de esa manera...

Bill estaba llorando, hablando con uno de los agentes, mientras Suzette era introducida en el asiento trasero del coche patrulla.

—Ella no quería hacerle daño a nadie. Lo que pasa es que es muy competitiva, y esto le recuerda a su primera competición de animadoras.

—Menos mal que Agonías y Acidez no escogieron a esos dos. Habría sido una elección equivocada de todas, todas —dijo Regan, esforzándose todavía en recobrar el aliento—. Pero me apuesto lo que sea a que vuelven a aparecer en otro *reality show*.

—Regan. Tu padre y yo vamos a volver contigo a Las Vegas —dijo Nora con energía—. Allí cogeremos un avión para volver a casa esta noche o mañana. Pero ahora no voy a perderte de vista.

—Por supuesto —admitió Regan, feliz de tener compañía. Se rió con cinismo—. Acaban de quedar dos asientos libres en el avión.

Capítulo 67

En el vuelo de regreso a Las Vegas, Regan se sujetaba una bolsa de hielo contra el ojo, que estaba empezando a amoratarse lentamente. Tía Agonías no paraba de acercarse a interesarse por su estado. Había querido sentarse junto a Regan, pero Nora no estuvo dispuesta a ceder tal lugar; iba a mantenerse pegada a su única hija. La imagen de aquel globo inclinado y de una figura colgada del exterior seguía fresca en su memoria. Luke estaba al otro lado del pasillo, observando a su mujer y a su hija con preocupación.

El arrebato de Suzette era el único tema de conversación de todos.

—Doy gracias a Dios de que no le diéramos el millón de dólares —dijo Agonías—. Nunca nos habríamos enterado de lo chiflada que está.

—Bueno, ahora lo sabemos —contestó Regan—. Y, al menos, ya está a buen recaudo detrás de los barrotes antes de que realmente le haga daño a alguien. La gente con un temperamento violento acaba por explotar —masculló, ajustando la bolsa de hielo.

—Tal y como nos advirtió la web de Internet —comentó Danny.

Danny había telefoneado a Roscoe para informarle de lo ocurrido. La historia ya había salido en las noticias locales de la mañana en Albuquerque, y probablemente se difundiría en los programas nacionales cuando los informativos de la noche empezaran a emitirse.

Roscoe había expresado su preocupación, aunque, en el fondo, el suceso le había llenado de alegría; casi podía oler los índices de audiencia.

—Los padres de Regan están con nosotros —le había dicho Danny—. Asistirán hoy a la emisión. Me gustaría invitar también a mis padres.

—Cuantos más, mejor —había insistido repetidamente Roscoe.

—A propósito —dijo Danny—. Tendrá que cancelar el cheque y extender otro. Salió volando cuando Agonías hizo su salto mortal de espaldas.

—No hay ningún problema —insistió Roscoe. Cuando colgó el teléfono, prácticamente babeaba de placer.

Chip y Vicky no estaban tan decepcionados como lo habrían estado si las cosas hubieran discurrido en el globo tarta nupcial como se habían planeado. Habían hablado con sus padres y habían comprobado los mensajes que tenían en el contestador de su casa. Un agente ya les había dejado su nombre y su teléfono, rogándoles que le llamaran para tratar sobre un acuerdo editorial.

Como era de esperar, Barney y Elsa estaban extasiados; permanecieron abrazados durante todo el vuelo.

Cuando llegaron a Las Vegas, Danny se fue directamente a la sala de edición. Luke y Nora acompañaron a Regan al hotel Los Dados de Felpa.

—Vayamos a algún otro lugar a comer —suplicó Nora en cuanto vio el sitio.

—Por mí no hay problema —convino Regan.

Capítulo 68

A las cinco en punto, todas las partes interesadas se reunieron en la sala de proyección del complejo del Canal Globo. Los integrantes al completo de la comedia y *del reality show* estaban allí, además de varios empleados de Roscoe a los que Regan no había visto con anterioridad. Nora y Luke estaban sentados con los padres de Danny. Regan ocupó su sitio en la primera fila, al lado de Danny, momento en el que advirtió que Honey estaba sentada sola en la parte de atrás y la invitó a sentarse con ellos. Danny se sentó entre las dos mujeres. En la primera fila también estaban Bubbles, Pete *el Piloto*, James, Kitty y Roscoe.

Roscoe se dirigió al escenario y dio la bienvenida a todos. Para la gran final de la competición había decidido ponerse su chaqueta de piel burdeos hecha a medida, un cinturón con reluciente hebilla de plata, unas blandas y espléndidas botas de piel y una de sus finísimas corbatas de lazo favoritas.

—Ésta ha sido una semana interesante. Todos estamos ansiosos por ver los dos programas, así que no perdamos más tiempo. Empezaremos con *Llévame a lo más alto*. —Hizo una señal al técnico de la cabina de control, que bajó las luces mientras Roscoe se sentaba junto a Kitty.

Una música suave inundó la sala. Sobre la pantalla resplandecieron las palabras *Llévame a lo más alto*. Una voz en *off* empezó a decir:

«La aerostación ha estado practicándose durante años, pero no siempre ha sido una actividad segura, ni el aire ni en la tierra. Lo cierto es que, siempre que uno aterriza, hay muchas posibilidades de que invada una propiedad privada...»

La pantalla mostró un montaje de los actores subidos en el globo vestidos con trajes de época, aterrizando en un campo y ofreciendo champán a los granjeros que estaban a punto de atacarlos con horcas.

—Suzette habría estado perfecta en el papel de uno de los granjeros —le susurró Regan a Danny. Y puestos a pensar en eso, ¿qué fue de nuestro champán esta mañana?, se preguntó Regan. Si alguien se lo merecía, esa era precisamente *moi*.

El montaje era divertido, como lo era la comedia en general. Pero James era incuestionablemente horrible. La gente procuraba reír sus chistes por educación, pero su presencia en una escena resultaba desastrosa. Estaba envarado y hablaba si ninguna entonación. Regan echó un vistazo a Bubbles. Tensa la expresión, la realizadora se aferraba a los brazos del sillón. Pete *el Piloto* se retorcía las manos. Entonces, la pantalla fundió a negro, y la audiencia aplaudió entusiasmada.

Lo siguiente era *Amor sobre el nivel del mar*.

La voz de Danny atronó por el sistema de sonido cuando el programa abrió con una toma del faso globo aerostático situado en el exterior del hotel París.

«Bienvenidos a *Amor sobre el nivel del mar*, donde tres parejas competirán por renovar sus votos en un globo aerostáticos, un paseo que, sin duda alguna, resultará inolvidable...»

Danny se inclinó sobre Regan.

—Esta parte fue grabada antes de las aventuras de esta mañana —susurró.

Regan sonrió. El programa era realmente bueno; contenía los episodios divertidos de la semana e incluía la increíble escena del globo. Sam, como consumado profesional que era, nunca dejó la cámara para acudir a ayudar. Había grabado hasta el último detalle, lo cual contribuyó a un gran dramatismo. Elsa y Barney habían hecho un resumen con Danny en el estudio, en el que expresaban lo felices que sentían por ser la pareja ganadora.

«—Ésta ha sido nuestra semana de la buena suerte —barboteaba Elsa—. Primero, ganamos en la tragaperras y luego en el reality show. Pero lo que más feliz me hace es estar casada con Barney.»

Danny cerraba la sección con una broma acerca de que el cheque estaba en el correo, y el programa acababa con una escena del desfile de los globos: globos de brillantes colores de todas las formas y tamaños atravesaron, flotando, la pantalla.

La audiencia aplaudió, y Barney silbó, mientras se encendían las luces.

Roscoe volvió al escenario. Se detuvo y sonrió.

—¿Podría subir aquí la pareja ganadora, por favor?

Barney y Elsa, cogidos de la mano, subieron al escenario con una sonrisa radiante en los labios.

Roscoe carraspeó.

—¿Sabéis? Quería que esta competición resultara divertida. Vivimos la moda de los *reality show* y resulta difícil hacer un nuevo programa, sea *reality* o comedia, que sea diferente a lo que ya está en el aire. ¿Cuál es la vuelta de tuerca?, se pregunta la gente. Sé que todos estáis esperando a que anuncie cuál va a ser el programa que se emitirá esta noche y os preguntáis a qué viene tanta digresión. Bueno, divago porque la respuesta a qué programa se emitirá esta noche es...

Todo el mundo estaba expectante.

Roscoe recorrió la sala con la mirada, disfrutando del espectáculo.

—El programa que he escogido es... ¡ninguno!

Un grito ahogado colectivo se alzó en la sala. «¡Ninguno!», empezaron a gritar todos al unísono.

—Esperad —gritó Roscoe por encima del clamor—. Veréis, durante toda la semana he estado haciendo mi propio *reality show* sobre la competición entre vuestros programas.

—¿Qué? —aulló Bubbles.

—¡Sí! —gritó Roscoe—. Teníamos cámaras escondidas en los estudios y en los espacios públicos de vuestros hoteles. Muchos de los percances ocurridos los planeamos nosotros, y hemos grabados vuestras reacciones ante esas circunstancias; el correo robado, la cámara robada, el premio de Elsa en la tragaperras y muchos más. Esperad a verlos. Son para morirse de risa. Mi personal, aquí presente, hizo una fantástica labor trabajando todas y cada una de las noches, revisando todas las horas de metraje que habíamos grabado.

—Entonces, ¿Elsa no ganó realmente el premio de la tragaperras? —preguntó Danny.

—¡No! Metimos en el hotel una tragaperras que se había utilizado en el rodaje de una película. En las bandas giratorias no tiene más que cerezas. Contratamos a alguien para que la ocupara hasta que llegarais del estudio. Era una gran pequeña actriz, ¿no os parece? —preguntó Roscoe—. Me parece que se acaba de unir a nosotros.

Pequeña, pensó Regan. Se volvió y vio a la mujer en la parte posterior de la sala. Con una amplia sonrisa en la boca, se levantó para recibir un aplauso.

—¿Pero Elsa y Barney sí que han ganado el millón de dólares? —preguntó Danny acaloradamente.

—Bueno, ésa es otra cosa que quiero contaros. James, ¿harías el favor de levantarte?

James obedeció.

—La vuelta de tuerca en esto radica... en que Barney, Elsa y James no son lo que aparentan ser. Los tres son actores shakesperianos de Stratford, Gran Bretaña. ¿Acaso no son los mejores? Elsa y James son marido y mujer en la vida real. Saludad a sir Linsley y a lady Lotus.

Y en la sala de proyección se organizó la tremolina: Pete *el Piloto* saltó de su asiento, lanzándose hacia la garganta de James con los brazos estirados; Tía Agonías empezó a gritar quejándose de su correo robado y de que ella y Acidez se convertirían en el hazmerreír de la gente por haber escogido a una pareja que ni siquiera estaba casada. La consultora echó a correr hacia el escenario y empezó a golpear a Roscoe con sus pequeños puños. Pero el verdadero peligro era Pete *el Piloto*: había tirado a James al suelo. En ese momento, le rodeaba el cuello con los dedos y lo estaba estrangulando.

—Paradlo —gritó Bubbles—. ¡Paradlo!

Regan y Danny estaban intentando agarrar a Pete *el Piloto*. Elsa saltó del escenario para placar a Pete; al hacerlo, se le cayó la peluca y dejó al descubierto un peinado muy corto y elegante que le confería un aspecto completamente distinto.

Honey intentaba tranquilizar a Tía Agonías, convencida de que a la buena mujer le iba a dar un infarto. El pobre Acidez permanecía inmóvil en su asiento, estupefacto, casi sin poder respirar; de principio a fin, el día había sido demasiado para él.

—Pete, ¿te has vuelto chiflado? —chilló Bubbles cuando Regan y Danny lo separaron finalmente de James, que se frotaba su bien retorcido cuello.

—¿Chiflado yo? —aulló Pete con la cara roja como un tomate y las venas de las sienes abultadas—. ¿Y tú qué? ¡Tu y tu novio, que habéis estado escribiendo notas amenazadoras al otro equipo! ¡Toma! —Se sacó un sobre del bolsillo—. Se te cayó esto el otro día. ¡Ya puedes entregársela a Sam!

—¿Sam? —repitió Danny con incredulidad.

Sam dejó la cámara en el suelo y salió corriendo del edificio.

Regan se dio cuenta de que Jake estaba haciendo un montón de fotos mientras Kimberly garrapateaba unas notas. Deben de ser periodistas, se percató Regan. ¡Menuda sorpresa!

—¡Por favor, atendedme todos! —suplicó Roscoe—. ¡Se suponía que esto tenía que ser divertido! ¡Si vais a salir igualmente todos al aire!

—¡Es un redomado farsante, Roscoe! —le gritó Danny indignado.

—No, no lo soy. Solamente quería producir un *reality show* que la gente no olvidara. Pensé que *Las mañanas de Imus* tal vez me invitaría a su programa para hablar del tema.

—Podrá hablar con Imus desde detrás de los barrotes. El robo postal es un delito federal. Y estoy seguro de que muchas de sus otras bromas también son ilegales —le espetó Danny.

—Solamente deseaba que mi programa fuera una especie de *Objetivo Indiscreto* o que se pareciera un poquito a *Fear Factor*, que tuviera un poco de misterio. Incluso ideé pistas, como la provocar sospechas con los protectores labiales. Lo único que he querido en todo momento es ser como Merv Griffin. ¡Ha creado unos programas tan fantásticos!

—Merv Griffin odia los *reality shows* en los que la gente miente, hace trampas y roba para seguir adelante —le informó Regan.

—¿Y tú cómo lo sabes?

—Porque he leído su libro. Ojalá lo hubiera leído también usted.

—¡A juicio! ¡A juicio! —empezaron a gritar todos a una voz.

Kimberly abrió su móvil de una sacudida, olvidado ya su papel de ingenua.

—¡Tengo una noticia de primera plana! ¡Parad las rotativas!

Erene se desplomó en su asiento; Kimberly era periodista. Erene lo había estado temiendo desde el momento en que Roscoe le dijo que una pareja de jóvenes había aparecido en el campo de vuelo a la mañana siguiente de que Erene respondiera al teléfono: «Roscoe, ya se lo dije. El piloto tendrá listo el globo para que asciendan mañana por la mañana.» Erene había temido que hubiera sido un periodista quien estuviera al otro lado de la línea. Bueno, quizá escribiera un buen artículo. Pero todos seguían gritando lo del juicio. Erene se acercó corriendo a Roscoe y le susurró algo al oído.

—¡Atención! —gritó Roscoe—. Mi leal asesora, Erene, ha hecho una sugerencia fantástica. Si todos prometen perdonarme y no hacer ninguna tontería, como querellarse contra mí, a los que hayan trabajado en los programas desde el principio y ahora se sientan engañados les daré cien mil dólares por barba, en concepto de daños y perjuicios. Sinceramente, sólo quería hacer un programa divertido. Mi única intención era hacer reír a la gente.

Se hizo un repentino silencio en la sala.

—Acepto —gritó Pete *el Piloto*.

—Acepto.

—Acepto.

Y los «acepto» siguieron por toda la sala.

Pete, Abuela, su novio, Noel, Neil, Tía Agonías, Tío Acidez, Vicky, Chip y Danny dijeron que aceptarían el dinero.

—Acepto —gritó Bubbles.

—¡Tú y Sam intentasteis arruinar mi programa! —le espetó, desafiante, Danny.

—Sólo escribimos unas cuantas cartas. Eso fue todo. Además, Sam hizo un gran trabajo para ti.

—¿Y qué hay del aceite en el suelo? ¿Y de la plataforma que se cayó?

—Lo de la plataforma no fue culpa de nadie —admitió Leo—. Era vieja. Hace tiempo que tendríamos que habernos deshecho de ella.

—Sam puso el aceite en el suelo. ¡Pero luego lo limpió! —insistió Bubbles.

—Pues no hizo un trabajo muy concienzudo —terció Regan—. Porque yo me resbalé con él un par de horas después de que lo hizo Barney.

Barney se levantó de un salto.

—Cuando vi el aceite en el suelo, simulé la caída.

—Buen trabajo, Barney. —Roscoe aplaudió—. De veras que pensé que os alegraríais de estar involucrados en un *reality show* que acabaría consiguiendo un montón de publicidad. Y todavía podría haceros famosos. ¡Qué caray!, ese par de jovenzuelos, Jake y Kimbely, se burlaron de mí. Creí que eran una pareja de recién casados y resulta que son periodistas. No vais a tardar mucho en leer en la prensa sobre todo este asunto.

—En la edición del *Worldly Wickedness* de la semana que viene —afirmó Kimberly con orgullo—. Estará en los quioscos el martes.

—Es evidente que los actores y los equipos aceptarán tu oferta —le dijo Danny a Roscoe—. Pero Regan también debería recibir algún dinero.

—¡Regan Reilly me salvó la vida! —gritó Agonías—. Y si me hubieran matado, Acidez te habría demandando por cientos de millones.

Acidez asintió con la cabeza vehementemente.

—Danny... —empezó a protestar Regan.

—Regan Reilly recibirá otros cien mil más —anunció Roscoe—. Y espero que su madre acepte comer conmigo y con mi querida Kitty. A Kitty le entusiasman todos sus libros.

—Estaría encantada —dijo Nora.

—¿Aceptas el dinero, Regan? —preguntó Roscoe.

—Si insiste.

—Insisto. Bien. Ahora, iremos a comer y a beber algo y a las ocho podemos ver mi programa cuando se emita en Hot Air Cable. Eso será dentro de una hora y media. Os aseguro que es realmente bueno, y que todos quedaréis agradablemente sorprendidos.

Se produjo una espontánea salva de aplausos. Roscoe pareció emocionarse.

Regan sintió una palmadita en el hombro; se volvió y se quedó anonada de ver a Jack. Tenía mejor aspecto que nunca.

—¡Menudo ojo a la funerala que tienes ahí! —Él le acarició con ternura la piel en torno al ojo.

—Bueno, no cabe duda de que tienes vista para los ojos magullados —bromeó Regan—. Hoy ha sido un día de mucha emoción.

—Ya me he enterado.

—Estaba a punto de marcharme para reunirme contigo en Los Ángeles —le dijo Regan con dulzura.

—Cuando me he enterado de lo del percance del globo esta mañana, he venido directamente aquí. Quería reunirme contigo antes de que ocurriera algo más.

—¿Cómo lo has sabido?

—Tengo mis medios. ¿Te importa salir conmigo un minuto?

—Claro que no.

Jack saludó rápidamente con la mano a unos radiantes Luke y Nora mientras Regan lo seguía al exterior.

—Volvemos enseguida —prometió Jack.

Jack cogió a Regan de la mano y empezó a correr con ella hacia el campo.

—Tenemos que darnos prisa o se echará la noche encima.

—¿Adónde vamos? —Regan pudo ver en la distancia el globo de Canal Globo inflado y listo para zarpar—. ¡Jack!

—No iremos muy lejos.

—Creo que el paseo en globo de esta mañana agotó sobradamente mi cuota por hoy.

—Esta vez será diferente. Te lo prometo. Solos tú, yo y el piloto.

El personal de tierra ayudó amablemente a Regan y a Jack a subir a la barquilla. Momentos después, estaban flotando en el aire. El piloto parecía muy ocupado, concentrado en sus labores.

El cielo estaba precioso, tiznado de rojo, naranja y oro.

Jack y Regan estaban de pie, abrazados, mirando de hito en hito la belleza que se abría ante sus ojos. Jack se volvió a Regan.

—Señorita Reilly.

—Sí, señor Reilly.

—Haces que me olvide de este mundo.

Regan sonrió.

—Tú también.

—Es por eso por lo que pensé que éste sería un lugar apropiado para hacerte una pregunta.

Regan esperó. El corazón le dio un vuelco.

—Regan, ¿quieres casarte conmigo?

A Regan le escocieron las lágrimas en los ojos.

—Sí, sí que quiero casarme contigo.

Jack se metió la mano en el bolsillo, sacó un reluciente anillo de diamantes y se lo puso en el dedo a Regan.

—Te quiero, Regan Reilly. Y quiero pasar toda mi vida a tu lado.

—Yo también te quiero.

Jack se inclinó y la besó mientras el globo flotaba suavemente por el cielo.

Muy abajo, Nora y Luke miraban fijamente hacia el cielo. Esta vez, Nora tenía una enorme sonrisa en los labios.

—Me apuesto lo que sea a que a estas alturas ya le ha hecho la pregunta —dijo.

—A lo mejor podrían hacer una boda rapidita, aquí, en Las Vegas —sugirió Luke con ironía.

—Muérdete la lengua —dijo Nora, riendo—. Regan y yo vamos a pasárnoslo en grande planeando esta boda.

—El mundo debería estar pendiente —dijo Luke arrastrando las palabras— de las dos señoras Reilly.

Capítulo 69

Cuando Regan y Jack entraron de nuevo en la sala de proyección, todos sostenían una copa de champán. Nora y Luke se acercaron a ellos y les entregaron sendas copas.

—Estamos tan contentos. —Nora besó a Regan y abrazó a Jack.

—Las noticias vuelan —comentó Regan.

—Jack llamó a tu padre al móvil esta mañana para pedirle tu mano —le explicó Nora.

—¿Esta mañana?

—Nada más abandonar el campo de vuelo. Entonces, le contamos lo que había ocurrido.

—¡Eso sí que es sincronización! —Regan se rió.

—Fue entonces cuando decidí venir directamente a Las Vegas —aclaró Jack, rodeando a Regan con el brazo—. Antes de que te perdiera de alguna manera.

Roscoe subió al escenario de un salto.

—Brindemos por Regan y Jake Reilly.

—Jack Reilly —le corrigió Regan.

—Oh, es verdad. Jake es ese mocoso de periodista. —Roscoe levantó la copa—. Por Regan y Jack Reilly. Que tengan muchos años de felicidad.

—¡Eso, eso! ¡Bien dicho! —brindaron todos.

—Dos minutos para que empiece el programa. Todo el mundo a su sitio —ordenó Roscoe.

Danny y Honey se acercaron a toda prisa a Regan y Jack. Parecía que volvían a ser pareja nuevamente. Danny tenía la mano en la espalda de Honey, y ella sonreía de oreja a oreja.

Ambos felicitaron efusivamente a Regan.

Cuando Danny le estrechó la mano a Jack, Honey se volvió hacia Regan.

—Gracias, Regan —susurró.

—¿Por qué?

—Creo que ya lo sabes.

Regan sonrió.

—Espero que tú y Danny vengáis a la boda.

—Regan, ¡me encantaría!

—A sentarse todos —gritó Roscoe.

Las dos parejas tomaron asiento en la primera fila. Luke y Nora estaban sentados con Maddy y Shep una fila detrás de ellos. Maddy estaba adoptando una actitud menos intransigente hacia Honey. No cabía duda de que los cambios de imagen habían contribuido a mejorar el programa de Danny, y la bondad con que Honey había corrido al escenario para calmar a Agonías, hizo pensar a Maddy que tal vez la chica no sería una nuera tan mala, después de todo. Y dado que Regan estaba ya fuera de competición, Maddy decidió que debía ser amable con Honey. Era evidente que a Danny le importaba la chica.

Las luces se apagaron, y todos esperaron en silencio. La pantalla se iluminó y apareció la cara sonriente de Roscoe.

«Bienvenidos al *Reality Show* de Roscoe, donde nada es lo que parece.»

Que no te quepa la menor duda, masculló para sí Regan.

Durante los cuarenta y cinco minutos siguientes vieron a los dos grupos esforzarse en sacar adelante sus programas. Elsa no ganó realmente en la tragaperras; había sido una artimaña. «James» había ganado realmente varios premios de interpretación, y afirmó que interpretar el papel de un mal actor resultó más difícil de lo que había imaginado. En Gran Bretaña, Elsa había interpretado a varias mujeres fatales en el escenario. Y era la primera vez que Barney había recurrido al llanto para definir a un personaje.

Si Suzette llega a enterarse de que todo esto era una treta, pensó Regan, nos habría tirado a todos del globo. Lo más probable es que ahora se encuentre en una celda de Albuquerque, colgada de los barrotes.

Al final, el programa de Roscoe resultó divertido e inteligente. Las escenas en las que Bubbles estaba a punto de volverse loca con James no tenían precio. La de Elsa rodando por el suelo con la mujer de la tragaperras hizo reír a todos. Regan incluso se rió en la escena en la que ella y Barney habían desayunado juntos; la expresión de la cara de ella era impagable. Cuando se encendieron las luces y la gente aplaudió, Roscoe se levantó.

—Hay una cosa más... Hemos decidido que el Canal Globo os necesita. Así que, Danny, Bubbles, os voy a contratar a ambos para que sigáis produciendo vuestros programas. Pasad mañana a las nueve de la mañana por mi despacho para firmar los contratos.

Pete *el Piloto* dio un salto en el aire.

—La maldición se ha roto —grito—. ¡Estoy en un programa piloto que ha conseguido emitirse por la pequeña pantalla!

James se levantó.

—Por desgracia, vas a tener que sustituirme.

Pete le dio una palmada en la espalda.

—Ningún problema, sir Linsley. Tal vez puedas hacer un cameo cuando vuelvas a la ciudad.

—Estupendo.

Danny estaba radiante. Igual que sus padres, emocionados por que su hijo hubiera encontrado un trabajo fijo.

—Tendremos una presencia permanecen en la televisión —proclamó alegremente Agonías.

—Bueno, parece que estáis todos mucho más contentos que cuando os dije que os daría cien mil dólares a cada uno. ¿Significa eso que ya no tengo que pagar? —bromeó Roscoe.

—¡No! —gritaron todos, echándose a reír—. ¡Pague!

Roscoe rió y agitó las manos hacia ellos. Estaba teniendo el momento de su vida. Podría ser que, después de todo, la emisora le proporcionara la influencia que ansiaba.

—Bueno, estoy encantado de trabajar con todos vosotros. Regan —Roscoe bajó la mirada hacia la primera fila, donde estaba sentada la aludida—, ¿puedo convenceros a ti y Jack para que forméis parte de nuestro equipo?

Regan sonrió y negó con la cabeza.

—Gracias, pero tenemos otros planes.